冒険起業家　ゾウのウンチが世界を変える。

ニシャーラ、諸事情からあの10年間を本にするけど、いいだろ?

目次

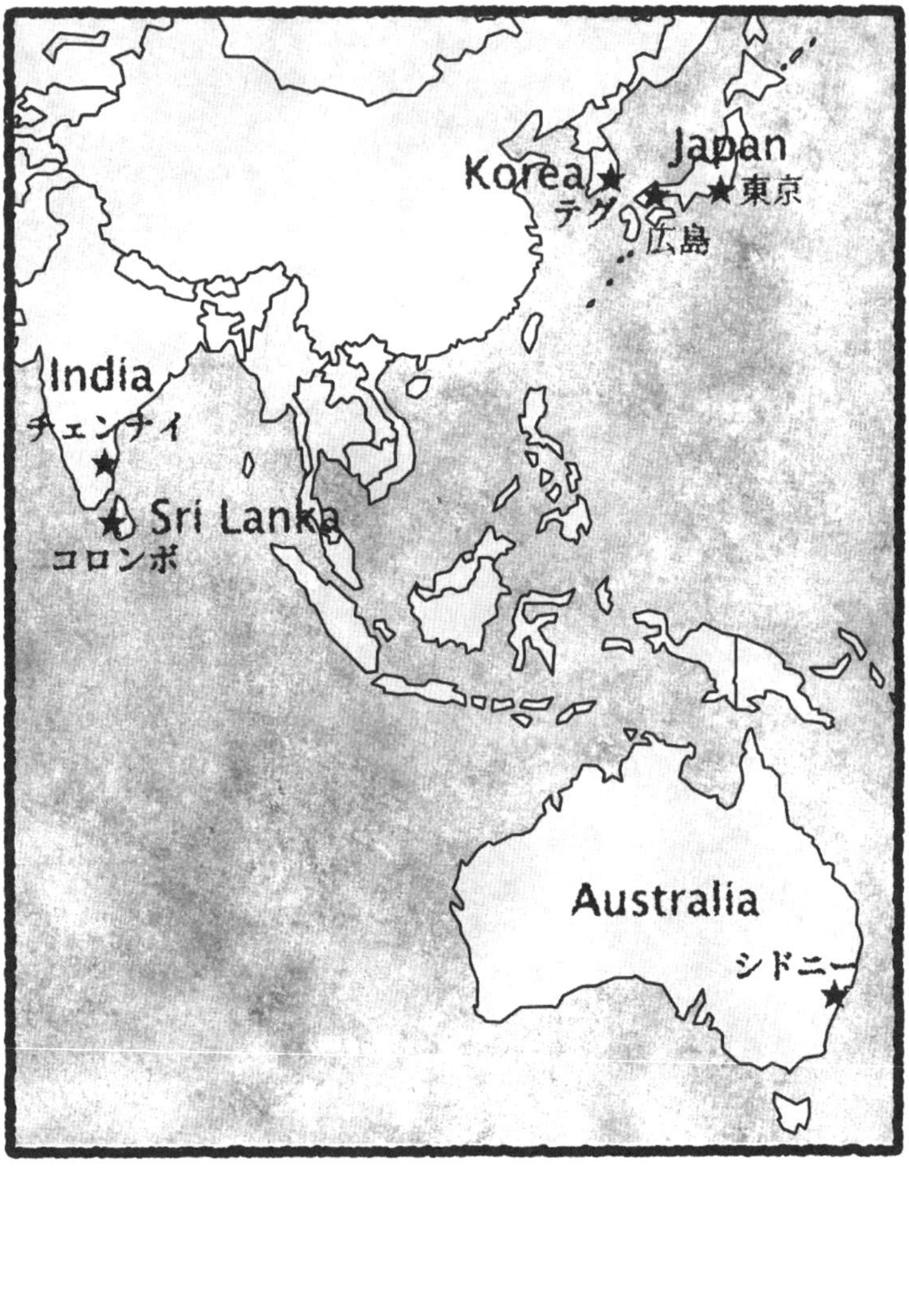
Japan
Korea
東京
テグ
広島
India
チェンナイ
Sri Lanka
コロンボ
Australia
シドニー

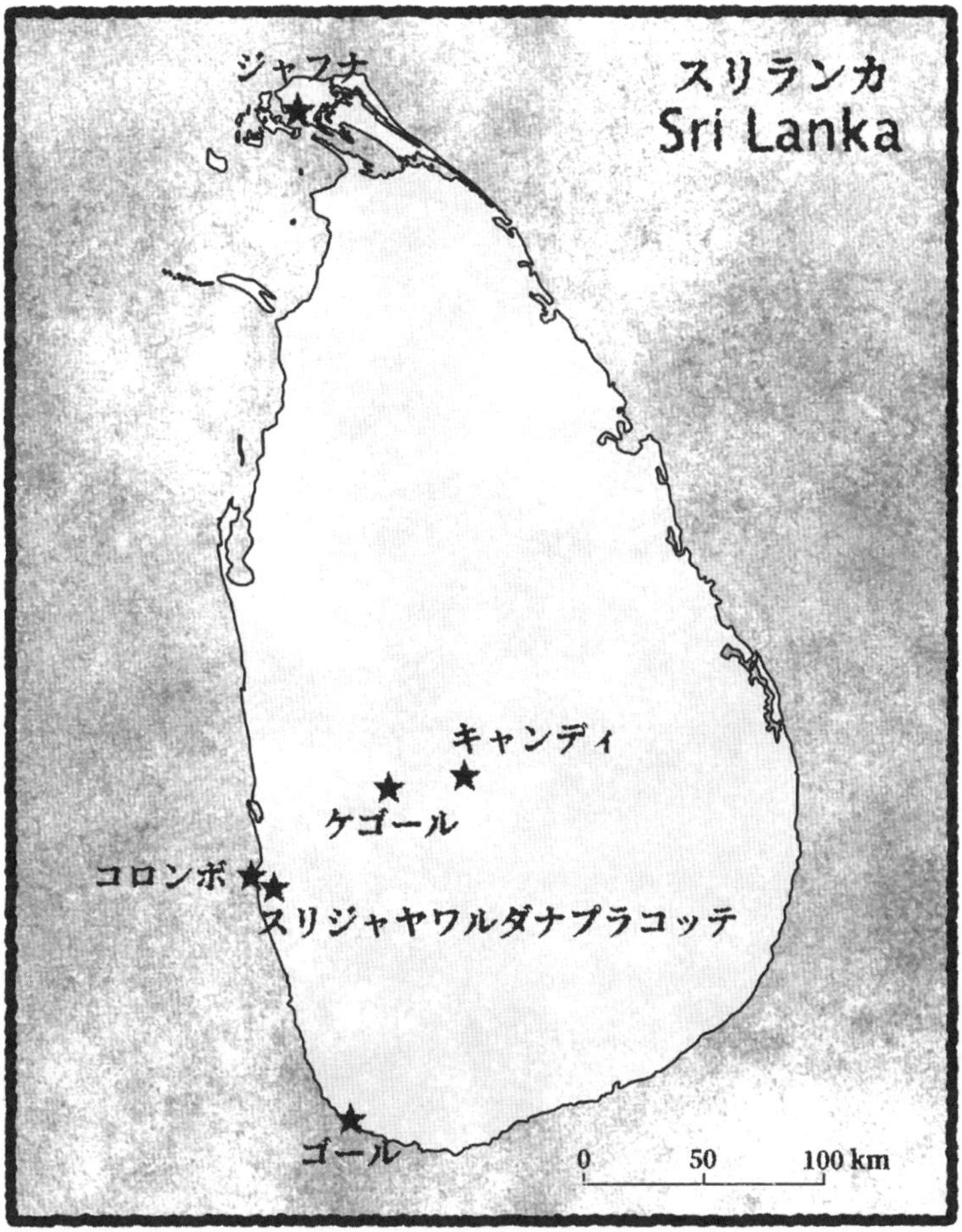
スリランカ
Sri Lanka
ジャフナ
キャンディ
ケゴール
コロンボ
スリジャヤワルダナプラコッテ
ゴール
0 50 100 km

これは実話をもとにした架空の物語である。実在の人物との類似は単なる偶然にすぎない。

第1章　ハレンチな仏教徒

スリランカ人との偶然の出会い

「ハロー、エクスキューズミー、道を教えていただけないでしょうか？」

訛りのきつい英語で道を聞いてきたのは、インド人のような顔立ちの小太りのスーツの男だった。

「ワッツハプン？（どうしましたか？）」

「はい、私はミスターオブチに会いにスリランカからやってきました。名前はティトです。ミスターオブチのオフィスへの最寄り駅はどこか教えてください、プリーズ」

「ミスターオブチとは、もしかして日本の**総理大臣の小渕さん**のことですか？」

「ザッツライ（そうです）」

エッヘン、というような自慢げな感じでティトは答えた。

「小渕さんのオフィスって首相官邸のことかな…、最寄駅は国会議事堂前だから、隣の駅ですね」

「オー、サンキューベリマッチ！」

「あのう、失礼ですけど、あなた、小渕さんとの面会のアポは取ってあるんですか？」

「いえいえ、なかなか連絡が取れなかったので直接来たというわけでして」

「んー、そりゃ会うのは難しいと思うけどな」

僕もよく外国で困ったときには現地の人に親切にしてもらうので、日本で外国人が困っていればできるだけの事をしたいと思っていた。

しかし、さすがに時の総理に面会させることはできそうもない。

「ここ日本では、総理大臣にはなかなか会えないんだよ」

「そうですか、それは残念です…。それではミスターイシハラに会いたいのですが、彼のオフィスの最寄駅はどこですか？」

「ミスターイシハラとは、もしや、東京都知事の石原さんのことですか？」

「ザッツ、コレクトゥ（そのとおりです）」

「新宿の都庁にオフィスはあるけど、行ってもアポ取ってないなら、まず会えないと思うよ」

「オーマイゴー…（まいったな…）」

大げさに困惑した表情をするそのスリランカ人を、僕は上から下までじっくり観察してみた。チョコレート色の顔は全体的にふくよかで、人は良さそうだ。でも眼光は鋭く、それは意志の強さというよりも、何をしでかすかわからないバイタリティを思わせた。スーツはヨレヨレ、派手なネクタイはペラペラ、足下を見れば模造革の靴で、大きめのアタッシュケースは傷だらけだった。まさに「東南アジアの田舎から出てきたおじさん」という雰囲気だ。

—まあ、僕には縁のないタイプの男にちがいない。

「他に用がなければ僕はこれで。テイクケア（達者でな）」と、帰ろうとしたときだ。

「**お、お金、貸してください**、私、とても困っているのです…」

ティトは頭に手を当て、眉毛をハの字にしながら、ハスキーボイスで必死にアピールした。

「いきなりお金の話とは、ワッツハプン？」

「実は宿泊先のホテルに法外な宿泊料を請求されてしまい、所持金のほとんどを失ったのです…」

ティトは首を振って、深いため息をついた。

僕も過去に、マレーシアのホテルでダブルブッキングされた上に、犬を追っ払うような扱いをされた悔しい思い出があったので、ティトが少し気の毒になった。

「よかったら、僕がそのホテルに電話して、もし余分に宿泊料を請求されてるのなら、なんとか返してもらえるように交渉してあげますよ」

「本当ですか！　あなたは親切な人だ。ぜひよろしくお願いします！」

そう言ってティトはホテルの電話番号が書いてあるショップカードを僕に渡した。

すぐに携帯電話でホテルに確認してみると、宿泊料金とは別に、かなり高額の**スペシャルビデオチャージ**が請求されていることがわかった。

「ティトさん、あなた、有料のスペシャルビデオをどのくらい鑑賞したのですか？」

サッとティトの表情が変わった。

「え？　私はそんなビデオは断じて観ていません。**仏教徒はハレンチな映像に興味ないのです**」

「本当に観ていませんか。じゃあ、なぜあなたはハレンチな映像だとわかったのですか…、やっぱり観たんですね」

僕は腕を組み、ティトの目を覗き込みながら、舌を数回鳴らした。

「実は異文化研究のために少し観ただけなのです。ほんの少しだけだと誓ってもいい」

「どのくらいの時間、エロビデオチャンネルを鑑賞したのかな？」

「記憶が定かではありません、おそらく2時間、いや、20時間くらいではないかと」

「20時間以上もエロビデオを見続けたんですか！　なんてスケベな…、それじゃあかなりの額をチャージされるはずですよ。すごい煩悩、お釈迦様も呆れてますよ…」

「それほどでもないです…」

ティトは頭をかきながら照れて笑った。

そんな彼がちょっと可愛くなって、僕は彼に少しくらいならお金を貸してもいいと思った。

＊

その数時間前のこと…

僕はターレ（市場内の運搬車の愛称）のアクセルを全開にして、真夜中の築地市場内を猛スピードで突っ走りながら、時間に追われ焦っていた。

最後の仲買用の配達を終えてから持ち場に戻った僕は、12月の深夜、気温零度だというのに額にびっしり汗をかいている。胸に『東都水産』の丸いロゴの入った上下の作業着に黒い長靴を履き、首にタオルを巻いた僕は、ホッケの開き詰め合わせ１００ケースを丁寧にターレに乗せたあと、業務用ラップでグルグル巻きにして固定した。

築地市場での僕の仕事は、全国各地、または世界中から運送されてくる水産物を、トラックから下ろして仲買業者の場所へ運んだり、競り場に品物を並べたりと、夜間の力仕事がメインだ。

—うわ、もう午前3時か…、また遅れちゃったな、やべえ…

その時、突然背後から、雷のような怒鳴り声が響いた。

「**おいコラ植田**、植田ヒサシ！　オメエまだトラック便、配達でてねーのか、**テメこのやろう！**」

頭にねじり鉢巻きのあんちゃんが、怒鳴りながら僕にズンズンと向かって来る。

―ひゃあ、また**ビンタ**かな…。

僕は不意に飛んでくるビンタを意識して身構える。

ところがあんちゃんはビンタの代わりに、熱い缶コーヒーを僕の胸に投げてきた。

「おう、それ飲んだら早くアレやっつけちゃえよ、テメこのやろう」

そう言って僕を睨んでから、**酒が切れて震える手**であんちゃんはタバコに火をつけた。

築地市場で働く作業員の中でも際立って声が高くて大きく、驚くほど遠くまで声が通ることで有名なあんちゃんは、僕が所属する東都水産の合物課の課長だ。名前は北山誠治、僕の直属の上司ということになる。築地市場では同僚や部下にだけでなく、仲買の客や荷主などからも「あんちゃん」と呼ばれ、すでに50歳を超えた小柄な男にもかかわらず、喧嘩が異常に強いことで一目置かれていた。

あんちゃんに皆の前で怒鳴られ殴られながら仕事をしていると、僕はさらに焦ってパニックになった。伝票を間違えたり品物を落としたりヘマを連発して、また激しく怒鳴られるという悪循環に陥った。指示に対して返事をしなかったりでもしたら、それだけで反射的にビンタが飛んでくるのだ。昼間は会社の経営者であり、妻帯者でもある僕には、ひどく情けなく惨めな状況だった。

僕はその頃、妻のミチと共働きで貯めた３００万円を資本金にして起業した有限会社ミチコーポレーションの経営者と、築地魚市場の東都水産の夜間作業員という二足のワラジを履いていた。

ミチコーポレーションは、中古印刷機や製本機械などの大型機械をアジアの発展途上国に輸出する商社としてスタートした。会社の主な業務は、まずホームページで機械買取のアナウンスを流し、それを見た印刷工場から見積査定依頼が来ると、すぐに現金を持って出張査定に出向き、即金で印刷機械を買い取る。買い取った機械は倉庫に保管し、海外のバイヤーにメールやファックスでオファーをする。商談が成立し、外為口座に手付金として売値の10％ほどの入金が確認できたら、印刷機を40フィートの船舶輸送コンテナにギュウ詰めに積載して輸出する。バイヤーから残金が無事に入金されればビジネスは成功。いわゆる**中古機械の輸出ブローカー**のような仕事だ。

印刷工場などから買い取る印刷機は、安価なものでも３００万円ちかくして、僕の会社の資本金を丸ごと使わなくてはいけなかった。１台買い取ると、その機械の販売代金をバイヤーから受け取るまで約ひと月かかるため、その間は新規の機械を仕入れる資金がなく、結果的にその間は何もすることができなくなる。**キャッシュフローは最悪の経営状態**だった。

銀行や信用金庫などの金融機関に行って融資を申し込んだりもしたが、当然ながら相手にしてもらえなかった。

数か月やってみて、国際ビジネスを３００万円の資本金で軌道に乗せるのは無理があるという結論に至り、なんとか資本金を増資するために、昼は自分の会社、そして**夜は危険でキツイ仕事だが給料がいい築地の魚市場で働き始めた**のだった。

＊

その日も僕は一晩中、築地魚市場でヘトヘトになるまで働き、すべての片付けをすませ、荷役用の運搬ターレのガソリンを満タンにして鍵をかけ、タイムカードを押したのは午前9時だった。

それから社員食堂で朝食を食べ、あんちゃんたちに挨拶をして帰ろうとしたときのことだ。

「おいコラ植田、これ実家のおっかさんに送ってやれ」

あんちゃんが、たくさんの牡蠣やアワビやマグロなどが入った大きな発泡スチロールの箱を指差して、「持っていけ」と僕を睨んだ。

「ああ、いつもすんません」

今月も僕のために自腹で買ってくれたようだ。

あんちゃんのビンタは理不尽で痛いが、**給料日**になると、錦糸町に飲みに連れて行ってくれたり、その日のように、何かおかずを持たせてくれたりする。

「給料日はまっすぐ嫁さんのところに帰れよ植田！　いいか、街でウロウロしねえで、さっさと家に帰るんだぞテメこのやろう！」

あんちゃんと一緒にいた他の先輩たちも「そうだぞ、あんちゃんの言う通りにしとけよ」など言いながら爆笑している。

―言われなくてもさっさと帰るよ。

あんちゃんはワンカップを飲みながら、ハエを追っ払うように僕に手を振った。

僕は魚介類がどっさり入った発砲スチロール箱を愛知の実家に発送してから市場を出た。そして最寄駅まで近道の築地本願寺の境内を通り、地下鉄の階段を降りた。

パラパラと人が少ない通路から電車を乗り継いで、日比谷線霞ヶ関駅のホームを歩いていた、ちょうどそのとき、僕はティトと出会ったのだった。

＊

「わかりました、それでは少しだけですが、お金を貸してあげますよ」

「なんてことでしょう！　あなたは本当に親切な人だ。心の優しい立派な紳士です。心から尊敬と感謝の気持ちをあなたに伝えたい、サンキューソーマッチ！」

千円くらいあげようかと財布の中を探したが、たまたま**一万円札**しかなかったので、しょうがなくその１枚を彼に渡した。

「これで何か食べて帰国してください」

ティトは目薬を差したように目をパチパチとさせながら、驚きと興奮の表情に変わった。

「おお、ありがとう…、サンキュウベリーマッチ！　私はあなたを絶対に忘れない、ええ忘れませんとも！　ありがとう、ありがとう、本当にありがとう！」

固く握手した手を握ったまま、目に涙を溜めて、ティトは何度も何度も僕にお礼を言った。

やっと握手の手を離すと、ティトは一万円札と僕の名刺を固く握りしめ、「それでは私はこれで」と言い残し、さっさと町の中へ消えていった。

まさかこの時の一万円札が、国家を巻き込む大騒動に発展することになろうとは、その時は思いもよらなかった。

男の職場・魚市場

あんちゃんに限らず、築地の魚市場で働く男たちの中には、パンチパーマやアイパーで固めた人が多い。刺青が首からチラッと見える人や、指や前歯が通常よりも少ない作業員などヤクザ的な人もたまに見かける。

仕事中にガンを飛ばされたり、髪の毛を掴まれて怒鳴られたりは日常茶飯事だったが、あんちゃんといれば安心だった。あんちゃんの無敵ぶりを知らない者は市場にはいなかったし、あんちゃんの後ろを歩くと皆が頭をさげるため、まるで僕は**その筋の親分の後ろを歩く若い衆**のような気分になった。

僕にとってあんちゃんは恐怖の上司であり、仕事に関しては猛烈に厳しい人だったが、基本的に部下の面倒見は良かった。休憩中にワンカップや蕎麦を買いに行かされる時には、ちゃんと僕の分もご馳走してくれたし、防水手袋や長靴などが古くなると、市場内にある作業員用の雑貨屋に行って買ってくれた。たまに小遣いをくれることもあった。

僕がヘマをして、皆の前で怒鳴り散らされたりビンタを張られたりした日は、仕事後に、市場内にある『馴染みの洋食タケダ食堂』や『カツ丼食堂の豊ちゃん』、『ラーメン井上』などに連れて行ってくれた。

「おめえはトロいしヘマするし、フォークリフトも下手くそだけどな、まあ、毎日ちゃんと休まずに市場に来て、それなりに頑張ってるから飯を食わしてやるんだぞ、いいかテメこのやろう！」

築地の魚市場のアルバイトを始めて1か月ほど経った頃、午前3時半頃のタケダ食堂で、僕はメカバタ（メカジキのバター焼き）とカキフライの大盛り定食をご馳走になりながら、あんちゃんの話を聞いていた。あんちゃんは震える手で、ワンカップのグラスに尖らせた口をつけて、旨そうに飲みながら、説教を続けた。

「いいか、おめえがもっと頑張れば正社員にだってなれるんだからな。正社員になって残業もパリっとすれば、月に70万くらい給料もらえんだから。そしたらおめえ、嫁さんも楽にさせてやれるし、もっと馬券も買えるし、日本人の女がいる店でもたっぷり飲める。だからおめえ、もっとビシッとやるんだぞ、いいか、わかったなテメこのやろう！」

その頃の僕の手取り金額は28万円ほどだった。アルバイトと正社員では同じ仕事をしていても手取り金額が倍以上違ってくるため、僕はなんとか正社員になろうと思っていた。

しかし、僕はこの築地魚市場の仕事を長く続けるつもりはなかった。もともと自分の会社の資本金の足しにするために、夜間のバイト感覚ではじめた仕事だったから、貯金が**目標金額の1500万円**に達した時点ですぐに辞めるつもりだったのだ。もちろんそんな計画をあんちゃんには秘密にしていた。厳しいながらも僕の将来や家族のことを心配してくれるあんちゃんには、正直に言えなかったのだ。

資本金のための貯蓄は、少しずつだが順調に増えていった。あんちゃんのおかげで、入社して半年後には正社員にしてもらえたため、給料も倍近くに増えて手取りで50万円から多い月で60万円以上になった。ミチコーポレーションからの手取りは波があったものの、平均で50万円ほどあったので、ふたつ合わせて月平均で100万円近くは稼いでいた。

しかし、それらの収入にはいっさい手をつけず、シティバンクの個人口座に全額貯金して、家賃や食費などの生活費は全てミチの給料から賄《まかな》った。まるでヒモ男のような生活だったが、なんとか目標金額1500万円を貯めるために、僕は夕方5時から夜の8時までの3時間睡眠の生活を毎日続けた。荻窪のマンションから築地の魚市場へ、1時間以上かけて電車通勤して、毎晩懸命に働きながら、ひたすら貯金し続けた。

その頃ミチは、三鷹にあった医療機器メーカー『アイディックラボ』というアメリカ系企業の日本法人で、経理の仕事をしていた。彼女はオーストラリア留学時代に、英文簿記や英語圏の主要な事務用ソフトのスキルを身につけたため、収入も安定し、休みも比較的取りやすかった。特技の活かせる職場で、東京でのびのびと仕事をしながら、僕を支えてくれていた。

そんな毎日が慌ただしく過ぎて行く中、昼の本業と夜の築地の仕事をしながら、ミチと力を合わせて貯めていった貯金は、1年半後にはついに目標金額の1500万円を超えていた。

ぼちぼち築地の市場ともお別れをする時期が近づいていた。厳しいながらも僕を仲間として迎え入れてくれた築地の先輩たちや、定年退職まで一緒に働くものだと信じて可愛がってくれているあんちゃんに、いつどのような形で辞めることを告げようかと、僕は真剣に悩んでいた。

―**裏切り者**だと思われるだろうか…。

だがいつか、キリがいいところで、あんちゃんにはちゃんと言わなくてはいけない…。

男のラブレター

あんちゃんといえば、忘れられない思い出がある。僕があんちゃんの下で働き始めて、やっと仕事を一通り覚えた頃のことだ。

当時あんちゃんは、ある魚河岸に勤める一人の中年女性に好意を寄せていた。あんちゃんは密かにその彼女を『**でかいケツ**』と呼んでいたが、本気で彼女と所帯を持ちたいと思っていた。

僕は妻帯者ということもあり、市場の競りがひと段落した時間に、時々あんちゃんの恋の相談相手をさせられていた。日頃厳しく怒鳴られている20歳以上も年上の先輩に急に恋の相談なんかを持ちかけられて、僕は戸惑いを隠せなかったが、自分なりになんとか恋のカウンセリングをこなしていた。

ある日、ベタだとは思ったが、「**いっそコクってみたらどうっすか**」と提案してみた。するとあんちゃんは顎を撫でながら少し考えてから、「それならお前の思う通りにやってみてくれねえか」と、凄むように迫ってきた。そして僕はラブレターを代筆させられるハメになった。

—まいったな…

まあお世話になっているのは間違いないし、自分なりになんとか書いてみようと、あんちゃんになりきって、真面目にラブレターを書いてみた。

だいたい、こんな感じで書いた。

『**気づいたら、あんたがいた…**

あんたは圧倒的に魅力的だし、それに気づかない奴は愚かだぜ。
でも俺ほど人生レベルであんたの花嫁衣装を熱く待ち続けている奴はいねえと思う。
もし奇跡的にあんたの都合がよかったら、地中海料理に招待したいと思って、
この手紙を書いたんだ…
ー中略ー
勝どき橋前の入り口で待っています。いつまでも…　東水　北山誠治』

あれもこれもと書いているうちに、結果的に便箋2枚にわたる超大作に仕上がった。最初のパートから、「**気づいたら、あんたがいた**」みたいな決め台詞をいきなり使ってみたが、あんちゃんはいたく気に入ってくれた。

「よく書けてるじゃねーか」

「そうっすか、ありがとうございます！」

「**じゃあ、今からおめえ、でかいケツに渡してこい！**」

—ええ！ オレが？

まいったな、と思ったが、迷っているとまたビンタが飛んでくる。僕はヤケクソで渡しに行くことにした。

すぐに僕はターレに乗って、彼女がいる魚河岸に向かった。

「これ、うちのあんちゃんからっす」

一方的に彼女に手紙を渡すと、「それじゃオレはこれで…」と、ターレを逆走させて戻ってきた。

彼女はキョトンとしていたが、逃げるように帰る僕に向かって「ありがとう」とお礼を言ってくれた。

部署に帰ってすぐに、あんちゃんにその旨を報告した。

「あんちゃん、今、渡してきたっす」

「おー、そうか…」

「ありがとう、って言われたっす」

「おおう…、そうか、そりゃよかったな」

あんちゃんは冷静を装ってはいたが、タバコに火を点ける手元は、アルコールが切れた時の倍以上にプルプルと震えていた。

「あの人、美しいっすね」

あんちゃんを茶化すと、「うるせーテメー、さっさと配達行って来い、テメこのやろう！」と、ビンタが飛んできたが、それは**いつもより優しいビンタ**だった。

あんちゃんは嬉しさを必死で抑えた表情で、鉛筆をペロペロなめながら帳簿をつけていた。

約束の時間になり、僕はこっそり現場まで尾行するつもりだったが、あんちゃんに「ついて来るんじゃねえ」と追っ払われたため、「そんならオレはこれで」と挨拶だけして、さっさと帰宅した。

翌日。

「あんちゃん、昨日はどうでした？」

「おう、植田か。お前こんど台湾パブに連れて行ってやるよ。俺、昨日行ったんだけどな、これもんで最高だったぜ」と、あんちゃんは両手で大きな胸の膨らみを強調するジェスチャーをした。

「台湾人の女ってのはあれだな、そうとうなあれだな、そう、綺麗なんてもんじゃねえ、半端じゃねーよ。たまんねーぞ。ハハハハ、ハハ…」

そう笑い飛ばしたあんちゃんの目に、うっすら光るものが溜まっていたのを僕は見逃さなかった。そして僕は途中から気の毒であんちゃんの目を直視することができなくなった。

あんちゃんは、僕がラブレターに書いておいたように、確かに勝どき橋の前に行ったようだ。市場の門番から聞いた話では、あんちゃんは寒空の下、早朝から昼過ぎまでずっとひとりで歯を食いしばりながら『でかいケツ』を待ち続けたらしい。

さらに悲惨だったのは、彼女の職場の同僚たちが密かに見物に行ったらしく、昔風のダブダブ肩パットのスーツでキメたあんちゃんが、凍てつく北風に吹かれながら、来ることのない彼女を何時間も待ち続ける哀れな姿を、皆にバッチリ目撃されてしまったのだ。その噂はあっという間に市場中に拡散されていた。

僕はあんちゃんに申し訳なくて、他にもっといい女性が現れないものかと、その後もずっと気にかけてはいたが、あんちゃんはまったく気のないそぶりをするばかりだった。それからは休憩中にミチのつくったオニギリなどをあんちゃんの前で食べたりするのも気がひけた。

そんなあんちゃんに市場を辞めることを告げられず、目標金額を超えてから、さらに2か月が過ぎた。シティバンクの口座の貯金額はすでに1600万円に達していた。

こんな大金を1年7か月という短期間で貯めることができたのも、ミチが支えてくれたおかげだった。何しろ家賃から食費から、生活費の全てをミチの給料で賄えたのだから。

――ミチのためにもこの資金で始めるビジネスは必ず軌道に乗せて成功させなくてはならない。

資金がプールできたのを機に、僕は会社の資本金を３００万円から１０００万円にして、さらに有限会社から株式会社に組織変更するつもりでいた。あとは築地魚市場を辞めるだけだ。

そうなると、あんちゃんともお別れしなくてはいけない。

僕が正社員に昇格できるように、あんちゃんはあちこちに頭を下げて色々と尽力してくれた。それなのに、正社員に昇格したその1年後にあっさり辞めることになるのだ。当然あんちゃんの顔をつぶすことになるし、なによりあんちゃんの気持ちを裏切る形になってしまう。

――どのツラをさげて伝えればいいのだろう？

たくさんビンタも貰ったが、あれほど赤の他人にお世話になったという経験は今までなかった。その恩人を裏切ることになるのが辛かった。

――しかし、夢の実現のためだ。

予定どおり辞めることに、心はブレなかった。

――明日、あんちゃんに伝えよう。


次の日の終業後、あんちゃんに市場を辞めると伝えた。

「ああ、そうか、わかった」

あんちゃんは意外にもあっさりと了承した。どこか冷淡な感じですらあった。

まったく驚いた様子がなかったのは、薄々この日が来ることを予期していたからかもしれない。

僕がいつか市場を辞めてしまうんじゃないか。それをなんとか先送りにしたくて、あんちゃんは一生懸命に僕に親切にしてくれていたのかもしれない。そう思うと、胸が張り裂けそうだった。

あんちゃん以外の先輩や上司は、みんな必死に留めてくれた。事務所で送別会を開いてもらったとき、僕は彼らに正直に新規のビジネスを立ち上げるつもりだと、将来の夢を話した。

「そんな甘くねえぞ、考え直せ」

「もっと家族のこと考えろ」

そんな声が、いくつもあがった。

それでも僕は、絶対に諦めないし、やり遂げてみせると言い張った。

「おめーがやりたい事があるのはわかった。だが絶対に**家族を路頭に迷わすような決断はするなよ**、いいな」

「キリがいいところで諦めるのも男だぞ、いいか、無理はするんじゃねえ。ダメならまた築地で一からやればいいんだから、なあ植田…」

なかには目に涙を溜めて僕の肩を叩いてくれる先輩もいた。

「おめえが辞めると、少し寂しくなるな」

みんな口々に名残惜しそうに言って、コップに酒を注いでくれた。

あんちゃんは、僕が辞めると言い出した日から、ほとんど口をきいてくれなくなった。最後の日に挨拶に行っても、あんちゃんは会ってもくれなかった。

テロの国からの誘い

築地魚市場を退職後も、僕は相変わらず印刷機械のブローカーを続けていたが、魚市場での経験は僕を変えた。

魚市場では各部署に分かれ、リーダーが部下に指示を出し、大きな目的に向かってみんなで力を合わせて成功を目指す。ヘマをすれば連帯責任となり、怒ってくれる上司もいる。時間との戦いの中、困難な仕事を無事にさばいた後の達成感、そしてチームで味わう連帯感は男の喜びだった。

それに比べて、ミチコーポレーションでの仕事は、自宅の一室のオフィスでたった一人、中古機械情報を海外のバイヤーにひたすらメールとファックスで送り続け、注文が来れば機械を輸出するだけという、単純で孤独な仕事だ。もちろんうまくやれば儲かるし、１か月の給料は独立前のサラリーマン時代よりも断然よかったが、ずっとやっていると正直ほとほと飽きてくるのだ。

何か大きな仕事をしたい、魚市場の仕事のようにチームでできる仕事がしたい、という気持ちが日に日に強くなってきた。

―だからといって、他にどんな仕事をすればいいのだろうか？

僕はサラリーマン時代に機械の輸出業しか経験したことがなかったし、新たな事業を立ち上げるには経験も知識も不足していた。

築地を辞めてから2か月が過ぎていた。僕は様々な異業種交流会に参加して、新規事業のヒントを探すことにした。

信用金庫の交流会、商工会議所の名刺交換会、インターネットで見つけたＩＴ研究会、エコビジネス交流会、国際ビジネス交流会など、よさそうな異業種交流会があれば片っ端から参加した。しかし、ヒントになる交流会には、なかなかめぐり合うことはできなかった。

ただ交流会で場慣れしてくると、だいたいのパターンがわかってきた。どの異業種交流会も、最初にひとり2、3分ずつ自己紹介をして、その後は軽食を囲んで懇談会や名刺交換会をして終わる。参加費はだいたい1人1000円から3000円くらい。

交流会が終わってからファミレスなんかに誘ってくる人は、だいたいが**ネットワークビジネスか宗教の勧誘**だ。テーブルに着くと、偶然っぽく登場した仲間が途中から合流してきて、ふたりがかりでひたすら勧誘してくる。酷いときはドリンクバーの注文のみで、朝方近くまで勧誘が続いたこともあった。リストラされた元大手企業の男の自慢話やビジネスの説教を延々と聞かされて、最終的に喧嘩になることもあった。

僕は毎週のように参加していたが、税理士や社労士、保険業者の名刺が貯まるばかりで内容は代わり映えせず、参加すればするほど嫌になった。それでも僕には交流会に参加するしか、新しい人脈や知識を得る術がなく、とにかく根気強く通い続けていた。僕はヒントを求めて、必死にもがいていたのだ。

そんなある日、僕の携帯電話に非通知の電話が入った。どうせ何かの勧誘だろうと思いつつも電話に出ると、突然、英語で話しかけられた。

「ハロー、ワタシを覚えてますか？　マイフレンド、**アイミスユー**」

「イエス、ウエダスピーキング。失礼ですが、僕にはちょっと…あの、どちら様でしたっけ？」

「ワタシです、ワタシ。ティト、スリランカのティトだよ、忘れたんですか！　東京の地下鉄の駅であなたに助けてもらったティトですよ。覚えてないんですか？　私はあなたを忘れないよ、ハワユー？　ファイン？」

ティトのことは僕の記憶からほとんど消えかかっていたが、押しが強くて変な訛りの英語と特徴的なハスキーボイスを耳にして、かろうじて思い出した。

「ああ、あのときお金を貸してあげたスリランカ人のティトか、ハワユー。無事に帰国できたのかい？　あんとき貸した金、返してくれるのかな？」

「それよりいい話があるんだよ。あなたにスリランカに来てほしいんだよ。私の結婚式に招待したいのです！」

「結婚式？　あなたの？　あなたいったい何歳なの？」

僕はティトのことを随分年上だと思っていたが、実はまだ30代前半で、帰国後にすぐお見合いをしたらしい。相手はティトが好みだという太った女性だったとかで、即決で結婚を申し込んだという。

「あらためてヒサシ、あなたを私の結婚式に招待します。ぜひスリランカに来てください、旅費はあなたのお金で」

「え、招待なのに自分で旅費を出すの？　ところで僕が貸したお金はいつ返してくれるのかな？」

「ヒサシ、これはあなたにとってもチャンスなのです。**スリランカにはたくさんのビジネスチャンスがあるのです**。もし来てくれたら、たくさんのビジネスマンや政治家を紹介しますよ。だから是非とも来てください、旅費はあなたのお金で」

どうやらティトは、僕が貸したお金のことには触れたくないようだ。そして自分の結婚式に招待したいが旅費を出す余裕はなく、自分で航空券を購入して来てほしい、そう言っているのだ。

いきなりの申し出に僕は戸惑ったが、スケジュールを調整してみるから、結婚式の日取りなどの詳細をメールかファックスで送ってくれと言って電話を切った。

ティトは相変わらず図々しくて押しの強い奴だと思ったが、なんとなく憎めないキャラだった。

―**スリランカか。いったいどんな国なんだろう**。地図の位置すらわからないけど…。

確かティトはビジネスチャンスになると言っていた。まるで助けた亀に竜宮城へ連れられた浦島太郎のような話だ。ただ旅費は自腹だが…。

僕は自宅に戻って、さっそくインターネットで調べてみた。そして驚きの事実を知ることになった。

―**竜宮城どころか、激しい内戦の真っ只中の国じゃないか!**

スリランカ民主社会主義共和国、かつてのセイロンだ。総人口の7割にあたる多数派民族シンハラ人と2割弱のタミル人による激しい内戦が20年ちかく続いており、街中でも頻繁にテロ事件が起こるなど、世界でも最も危険な国のひとつだということだった。

外務省の海外安全ホームページを調べると、政治・経済・社会情勢などの危険度レベルは最高のレベル4で、邦人に対しては**渡航延期勧告**が出ていた。

―うーん、ティトはのんきな顔をしてたけど、こんなにも危険な国から来ていたのか。これほど危ない国に行く外国人は、**戦場ジャーナリストか国連の平和維持軍、武器商人**くらいだろうな。

僕はティトの結婚式の招待を丁重にお断りをすることにした。

＊

中古印刷機のブローカーの仕事で僕は数か月に1度の頻度でインドやマレーシアなど、海外出張に出かけていた。機械を海外の業者に売り込んで輸出するために、バイヤーのオフィスに在庫の資料を持参して訪ねて回るのだが、熱心に機械を売り込むというよりも、仲良く食事をして酒を飲み、遊びの合間に時々仕事の話をするような感じだった。そうすることで結果的に中古印刷機の営業活動につながるのだ。いくら右から左のブローカーといっても、やはり何らかの営業・接待は必要なのだ。

ある日、インドに出張する準備をしていたとき、エアメールが届いた。スリランカのティトからだった。封を開けると、カードが入っていた。ウェディングカードだ。

とっくに断ったはずだったが、ティトからの正式な結婚式への招待状だった。

—待てよ、スリランカってインドの南にある小さな島だったよな。

今度出張で行くのは、インドの都市チェンナイだ。チェンナイは確かインドの南部に位置する都市だったはずだ。そこからスリランカへなら、飛行機でそれほどかからないだろう…。

—外国人の結婚式に招待してもらうなんて珍しいことだし、ついでに行ってもいいかな…

僕の気持ちは、スリランカ行きに傾き始めた。しかし、激しい内戦がつづく危険な国だというのが、やはりひっかかった。

—もし行くとしても、ミチには言わない方がいいな。

そのとき、妻のミチは**妊娠**していた。

ミチは僕より7歳年上なので、すでに30代半ばだった。僕はそれほどでもなかったが、ミチは以前から子どもをほしがっていた。彼女には待望の子だ。

内戦中の国へ行くなんて言える雰囲気ではなかった。**平和ボケ**な僕は、どうせ自分が危険な目に遭うはずがないと、根拠もなくそう思っていた。しかし、ミチに話せば心配させるだけだろうし、妊娠中の不安は母子ともに禁物だ。

結局、ミチには内緒でスリランカに行くことに決めた。

「お前の結婚式に出席することにしたよ」と国際電話で伝えると、ティトは電話の向こうで小躍りするほど喜んでくれた。

「ヒサシ、ありがとうマイベストフレンド！ 本当に嬉しいよ。スリランカでの宿泊や食事、移動はすべて俺に任せてくれ、再会が待ち遠しいよ！」

日本で無一文で僕に金を借りたティトが、「スリランカ滞在中の経費はすべて持つ」と言っても、素直には信じられなかった。

—まあ、仮にティトがバックれたとしても、空港でホテルを探せばなんとかなるだろう。

スリランカ行きの航空券はチェンナイで購入するとして、とりあえず僕はインドへと飛ぶことにした。

初めてのスリランカ

インド・チェンナイでの仕事は、地元の印刷機械輸入商社サファイヤ社と、スプラブハット社の2社との商談が唯一の仕事だった。

商談といっても、いつもグナと呼んでいるサファイヤ社のグナセカラ社長と、数日間一緒に飲み食いして過ごすだけだ。グナは僕がもう1社とも取引があることを知っており、できるだけ僕をそのバイヤーに会わせないように朝から晩まで同行していた。

グナは近い将来、政界に打って出る夢を持っていて、チェンナイでは社会貢献活動や寄付行為も頻繁に行っていた。菜食主義で酒もタバコも一切やらないグナは、自分にだけでなく部下にも厳しく、真面目な経営者として知られていた。

だが、そんなグナも日本に出張すると豹変する。日本の空港に到着するやいなや、待ってましたとタバコに火をつけた。食事もサーロインステーキやカルビなどコッテリしたものを好み、夜はストリップショーやフィリピンパブに連れて行けとせがんだ。そして日本に滞在中は常にウィスキーのミニボトルを持ち歩き、仕事の合間にチビチビとやるのだった。

インドでは政治家を目指す禁欲ベジタリアン、日本ではストリップ好きのエロ肉食家。僕はそんな人間らしいグナが好きだ。

グナのインドでのビジネスはうまくいっており、サファイヤ社はチェンナイではかなり大きな事務所を構えていた。

僕はグナに「この後、スリランカに行くんだ」と話した。すると彼は、間髪入れずに制止した。

「いかん、あんな国に行くもんじゃないよヒサシ。**あそこは今、戦争してるんだぞ**、危ないじゃないか。お前、父親になったんだろ、もっと自覚しろ」とグナは痛いところをついてきた。

「スリランカのような危険な国へ行くのはやめて、もう少しチェンナイに滞在しろよ。来週はチェンナイのスタジアムでクリケットの国際マッチがあるから一緒に観戦しようぜ、なあ、そうしろよ」

僕は1週間ほど前に**父親になった**ばかりだった。

産婦人科の新生児室に寝かされている我が子を廊下からガラス越しに初めて見た光景が蘇った。そこには10人ほどの赤ちゃんがうつ伏せで寝かされていたが、僕の息子は他のどの赤ちゃんよりも愛おしくて可愛らしく見えた。

父親になってからというもの、僕はほぼ毎日、仕事をサボっては新生児室のガラス窓の前にへばりついて、ぼーっと自分の息子の様子を眺めていた。

我が子というのは不思議なもので、どれだけ長いこと見つめていても、まったく飽きないものだ。**他の赤ん坊が皆、子猿に見えるくらい**、我が子だけが輝いて見えた。小さな手がグーを握ったり開いたり、小さなお口があくびするのを見ていると愛おしくて堪らなかった。産まれるまでは、あまりピンとこなかったが、実際に父親になってみると、その幸福感は例えようもなかった。

やっぱりスリランカに行くのはやめようかな、一瞬そう思った。政情に詳しいグナがそういうのだ。きっとハンパではない危険が待ち受けているのだろう。

戸惑い迷っていると、なぜかティトの寂しそうな顔が頭に浮かんだ。そして僕はグナに伝えた。

「友人の結婚式に出席する約束をしたんだ。だから、やっぱり行かなくちゃいけないよ」

約束は守らなければならない。それは、僕がこれから本格的に船出しようとしているビジネスの世界の鉄則じゃないか。

「そうか、でもやっぱり俺は心配だな、**とにかくテロに気をつけろよ**。大勢の人が集まる場所へは絶対に行くなよ、いいなヒサシ」

グナの忠告をお守りがわりに、インドでの日程を終えた僕は、チェンナイの空港からスリランカ最大の都市コロンボ行きの飛行機に搭乗した。航空運賃は約１００ドル（約1万1千円）だった。

座席が横一列4席しかない、小さくてやけに左右に揺れる飛行機だった。その揺れが、未知の国への不安をかき立てたが、それもわずかの間だった。１時間ほどのフライトで機はコロンボ空港に到着し、僕は生まれて初めてスリランカという国に降り立った。

機内から出てタラップに立つと、そこには絶景が待ちかまえていた。椰子の木が雄大に連なり、それを飾るようにオレンジ色のキングココナッツが実っていた。その背景には日暮れ前の雲ひとつない深く青い空が広がり、見たこともないカラフルな鳥が飛び交っている。どこからともなくエキゾチックな伝統音楽が聞こえてきて、とても内戦で混乱している国とは思えない。

コロンボ空港はとても小さく、到着ゲートを出るとすぐに、家電商品中心の古い免税店が数軒並んでいた。昭和の懐かしい感じの二層式洗濯機や、焼けたらパンが飛び出す古めかしいトースター、つまみチャンネルのテレビなど、レトロな家電が並ぶ免税店の店員たちが手を振って僕を呼び止めようと声をかけてくる。

僕は通路を早足に通り過ぎて、荷物の受取場に向かった。ベルトコンベアに乗ってスーツケースが流れてくるのを待つ人たちの輪の中に入ると、まわりからの視線を強く感じた。東アジア系外国人は僕一人だったからだろう、わざわざ内戦の国にやってくる物好きな外国人が物珍しいのだ。

なんだか居心地の悪さを感じていた僕は、20歳前に購入してオーストラリア留学時代から愛用しているブルーのサムソナイト製のスーツケースが流れてくると、さっさと引き取って空港のエントランスを通り過ぎた。そこには銀行の両替サービスのブースが4、5軒連なり合っていて、中からスタッフが必死に手招きをしているのが見えた。

「両替はこちらだよ、さあ早く早く！」

どの両替屋のブースに行けばいいのかわからなかったが、とりあえず一番正直そうな中年男のブースに行った。そしてパスポートを提示して3万円を渡すと、男の横に座っているサリー姿の女性スタッフが、昔の古い手打ち式の計算機で両替の計算を始めた。

5分程待たされている間、人なつこそうな中年男が話しかけてきた。

「あんたはNGOか？　観光で来たのか？　こんど俺の村に遊びに来いよ」

どこで覚えたのか片言の日本語を混ぜながら、男はしゃべりつづける。

「日本の車はなかなか壊れないぞ、いい車作るなあ日本人は。生の肉を食べるって本当なのか？」

僕は自分のパスポートと3万円が心配だったので、札束を数える女性スタッフの手元を見つめたまま適当に聞き流していた。

計算が終わると、手書きで金額が書かれた安っぽいワラ半紙のレシートにサインするように言われた。その前に金額を確認すると、3万円が3万ルピーに両替されていた。だいたい100円が100ルピーのようだ。

—実にわかりやすいレートだな。

サインをした直後、**ものすごい厚みの札束を渡された**。日本の感覚なら３００万円くらいの札束だろうか。しかもお札はほとんどがボロボロ、ヨレヨレで、破れたのやメモのような落書きがされたものもあった。ピンクやブルーやオレンジのカラフルな色を使って政治家や孔雀の絵がプリントされていて、どことなく偽札感満載なのだ。

一応金額を確認するために数えはじめたが、１００ルピー札や50ルピー札が混在していて途中で面倒くさくなってやめてしまった。

—それにしても、こんなに分厚い札束、財布に入らないよな。

仕方なく札束をそのままカバンに突っ込んで、空港の建屋前の待合広場に出ると、人でごったがえしている雑踏の中から、10名ほどのスリランカ人が、たまげるほどの騒々しさで何かを叫び、手招きしながら一斉に僕に近づいてきた。

何事かと注意を向けると、タクシーの呼び込みだった。

「タクシー、タクシーはこっちだよ。乗りたい人は早く来い！」

僕のスーツケースの取っ手を掴んで、自分のタクシーへ運ぼうとする者までいた。

「ヘイ、こら、カンバック！　オレの荷物を勝手に持って行くな！」

観光客が少ないため、タクシーの客の奪い合いはすさまじい。

僕は閉口しながら出迎えてくれるはずのティトの姿を探した。

すると横幅3メートル程の**横断幕**が目に入った。よくよく見ると『**ミスターヒサシウエダウエルカム トゥ スリランカ！**』と、手書き文字が大きく描かれていた。そして、大きく目立つその横断幕を持っている10名くらいのスリランカ人の輪の中に、あのティトがいたのだった。

「ヒサシ！ ヘイ、ミスターヒサシサン、あなたの兄弟ティトはこっちだよ！ よく来てくれたね！ ウエルカムトゥスリランカ！」

横断幕には僕の名前の横に日の丸と、なぜか昔のテレビドラマ『**おしん**』の子どもの頃の似顔絵も描かれている。後で聞いた話では、スリランカでの『おしん』の人気は相当なものらしい。

すぐに僕は彼らに近づいて行った。ダブダブのスーツを着たティトと、ヨレヨレのスーツを着た仲間たちも、皆はちきれそうな笑顔で寄って来た。そしてなんとも言えない、人なつこそうな表情で僕に握手を求めてきた。

「ウエルカム トゥー スリランカ、マイブラザー」

感激して涙を溜めながら、ティトは僕に抱きついてきた。ティトの体からは、ほんのりスパイスの匂いがした。

「ヒサシ、ついに俺の国に来てくれたんだな！ 再会できて本当にうれしいよ。疲れてないか？ このバナナ食べろよ、すごくテイスティだぞ」

ティトは興奮して、マシンガンのように話しかけてきた。

「ティト、ハワユー。結婚おめでとう！ スリランカは初めてだからよろしく頼むよ」

「大丈夫だ、ドンウォーリー。これから5日間、俺たちの町キャンディで過ごしてもらうよ。キャンディは素晴らしい街だから心配しなくていいぞ。いろいろと準備しているから、明日からおまえ忙しくなるよ！」

僕を強くハグした後、ティトは仲間を紹介した。

「こいつはウダヤ、俺の右腕だ。**ハンサムだろ、だけど家は貧乏**なんだ。こいつ宝石の販売員もやっているんだよ。なのに金は持ってないよ、売れたら駄賃をもらうだけなんだ」

「ウダヤです！　ナイストゥミーチュー、ミスターウエダ！」

ウダヤは整った顔でニッコリ笑うと、握手の手を差し伸べてきた。すこし鼻が大きくて活動的な男に見える。

「彼はエリックで、隣の小さいのはスモールエリック、実の兄弟なのにふたりともエリックって名前なんで、俺たちは兄をエリック、弟をスモールエリックと呼んでる。ふたりともタミルだよ」

スリランカでは主流派シンハラ人の政府軍と少数派のタミル人の反政府組織が長年にわたって内戦を続けているが、ティトたちの仲間はシンハラ人もタミル人も仲良くやっているようだ。

「それから、この棒のように細い男の名前はマハナマだ。マハナマの父親はレンガ職人で、こいつもレンガ職人の修行をしていたんだけど、途中で挫折して、今は俺のところに来ているんだよ」

マハナマは、口ひげをはやした口元をほろばせて笑っている。

エリック兄弟もマハナマも田舎の陽気な若者という感じで、素朴で優しそうな青年たちだ。

ティトはさらに続けた。

「この初老の紳士はカルーさん、**アナリスト**だ。英語は話せないけど、元々あまり喋らないから気にするな。そしてポケットのネズミはアルバートくんだ」

カルーさんだけ他の連中と比べると年齢がかなり上だった。その年配の男の**上着のポケットから小さなハムスターが顔を出している**のはなんともいえずシュールな光景だった。カルーさんは何かの植物のタネだろうか、それをハムスターに食べさせながら目で会釈して静かに微笑んだ。とてもアナリストには見えない。おそらく無職だろう。

ティトが次から次へと仲間を紹介してくれるのはいいが、どれも変わった名前なので、とても覚えられない。

「最後に、彼はニシャーラだ。静かだが優秀な男で、コンピュータに詳しいよ」

「よろしく、ニシャーラ」

手を差し伸べると、ニシャーラは伏し目がちに握手に応じた。どことなく影が薄くて、いかにも地味な感じの青年だった。

このニシャーラが将来、スリランカでのビジネスにおいて僕の右腕のような存在になろうとは、そのときは想像すらできなかった。

皆で空港の駐車場に向かって行くと、ゲートの前で兵士が5、6人立っていた。僕の顔を見てニッコリ笑っているが、両手にはしっかりと**自動小銃**を抱えている。

やはりこの国は内戦中なのだ。危険が隣り合わせであることを、僕はそのとき初めて感じた。

その兵士の集団の横に、古いボロボロのトヨタハイエースが停まっていて、その中からもう一人スリランカ人が出てきた。

「やつはドライバーのマンジューラだ。彼がこの5日間、俺たちをあちこちに運んでくれるんだ。ヤツはほとんど英語が喋れないけど、俺がいるから気にしなくてもいいぞ」

マンジューラは僕をチラッとみると、遠慮がちに僕のスーツケースを受け取り、車に積んだ。

全員が乗り込むと、ハイエースはゴロゴロとエンジンをうならせて出発した。

「ティト、今夜はオレ、どこに宿泊するんだい？」

「キャンディのホテルだ。ここからだいたい１００キロくらい先だ」

—１００キロか…。高速道路なら1時間半くらいかな。ちょっと遠いけどしょうがないか。

ところがそれは甘い予想だった。実際は山道の悪路を5時間、クラクションを鳴らしっぱなしの荒い運転が続いた。しかも一車線しかない道路をカーチェイスしながらだったから乗り心地は最悪で、僕は酔って吐き気がしていた。

車内ではティトたちがあちこちをバンバンと叩いてリズムを取りながら、素朴な歌を楽しそうに歌っている。

「ヒサシ、お前も日本の歌を何か歌ってくれないか」

吐き気を我慢していた僕の肩をティトが叩いた。

「そうだそうだ、ミスターウエダも歌ってください！」と、皆もしつこくせがんだ。しょうがなく僕は坂本九の『**上を向いて歩こう**』を歌い始めた。すると、皆もところどころ一緒に歌いだした。

「その歌知ってるよヒサシ。世界中で流行った昔の日本人の歌だろ、なんていい歌なんだろうなヒサシ。その歌聞いてると涙がでてくるよ。それにしてもお前は上手に歌うな。日本では歌手もしてるのか？」

皆、大げさに喜んでくれて僕も嬉しかったが、車酔いがひどくてそれどころではなかった。

移動中、もう夜も深くなっていたが、道端ではフルーツの屋台があちこちで営業していた。ティトは車を止めて大量のフルーツを買い込んできた。

「これを食べろ、すごく美味いぞ」と、小さいサイズのバナナやランブータン、マンゴーなどをどっさりとくれた。

　車に酔っていたのであまり食欲はなかったが、せっかくなので一口だけバナナを食べてみると、車酔いも吹き飛ぶ驚きの美味しさだった。香りといい甘さといい、日本で食べていたバナナとはまったく違う濃厚な味なのだ。

「美味い！」と、僕は思わず叫んだ。ティトはニヤリと笑い、あまり大きくない鼻の穴を広げた。

「そうだろそうだろ、日本で食べたバナナは随分まずかったからなあ。さあ、もっと食べろよ」

　ティトは次から次へとバナナの皮をむいて僕に渡すと、「これも食べるか？」と、あつあつの塩コーンと大きなアボカドを目の前に突き出した。あまりの美味しさに夢中で食べる僕を見て、エリック兄弟は抱き合って喜んだ。僕がフルーツのおかわりを頼むごとに、まるでホームランを打った後に大喜びで迎え入れるベンチのチームメイトのように、車内で大喝采が起きた。

　美味いのもそうだが、その値段にも驚いた。パイナップルはひとつ5円から10円で売られているのだ。スリランカのフルーツを日本に輸入したら儲かるのではないか、とあれこれ考えていると、急にトイレに行きたくなってきた。

「トイレに行きたい」とティトに言うと、彼は運転手のマンジューラに声をかけた。

「ヒサシが、ネイチャーコールだ！」

　ティトは立ち小便をするのに最適な場所を探すように指示した。

　僕はすぐにもしたかったが、車はさらに30分ほど走ってから、ようやく止まった。

　そこは大きな岩がそそり立った崖の頂上だった。

「ヒサシ、ここがトイレに最適なスポットだ。ここで小便をすると最高だぞ」

ティトは僕にその大きな岩の上に立ってするように促した。しょうがなく僕は岩によじ登り、そこから立ち小便をした。すると、すぐにティトを含めた数名が、僕の横に並んで同じように小便を始めた。

やわらかな風に吹かれながら、眼下に広がるジャングルの絶景を目がけて放水する堂々たる小便は、なんとも爽快で気持ちがいいものだった。

ふと夜空を見上げた僕らは、一瞬こぼれ落ちる**流れ星**を見た。満天の夜空を皆と並んで見上げながら、なんと**ロマンティックな立ち小便なんだろう**、と僕は思った。そして、横で嬉しそうな顔で一緒に小便をしているスリランカ人の青年たちに、僕は親しみを感じ始めていた。

古都キャンディ

キャンディまでの5時間、僕は車内で一睡もできなかった。ようやく宿泊先に到着した頃には心身ともに疲れ切っていた。

「ここが今夜から宿泊するホテルだ。今日は疲れただろう、ゆっくり休んでいい夢を見てくれ」

電灯が少なく真っ暗なため、どんなホテルなのかわからないのだが、夜空がきれいな所だ。見上げると、流れ星がいくつもこぼれ、足元には蛍が数匹、ゆらゆらと飛んでいる。

チェックインを済ませて部屋にスーツケースを運ぶと、ティトの仲間たちは一人ずつ順番に僕と握手を交わして、つぎつぎに別れを告げた。

「シーユートゥモロー！（また明日会いましょう！）」

しかし、なぜかティトだけは、まだ部屋に残っていた。

「ティトも帰っていいよ。また明日、シーユートゥモロー！」

「ドンウォーリー、俺は今夜はこの部屋にヒサシと一緒に泊まるんだ」

「え、でもここにはベッドが一つしかないぜ」

「えへへ、**俺たちは一緒のベッドに寝るんだよ**、ドンウォーリー」

—マジかよ！

ここは外国で、僕は無防備。ティトはがっしりした体で僕はヤセだ。

まさかとは思ったが、これはあまり好ましい状況とは言えず、僕は身の危険をキャッチした。

「ティト、悪いけどオレは一人じゃないとリラックスして寝られないんだよ。もしティトもこのホテルに泊まるんなら、別の部屋をとってくれ、悪いけど頼むよ」

妙な感じにならないように、できるだけクールに言った。

するとティトは「そうか、わかったよ、じゃあ明日は6時半にノックするから、一緒に朝食を食べよう！　シーユートゥモロー！」と、あっけなく部屋から退散してくれた。

僕は急いで部屋のドアや窓をロックした。暑かったがズボンを脱がず、ベルトをキツめに締めて寝ることにした。

後でわかった事だが、スリランカでは**ベッドで同性の友達同士が添い寝したり**、道端で手をつないで歩いたりしても、特にスペシャルな状況ではないらしい。大人になっても**母親と一緒に寝たりする**というし、人類愛の国なのだろう。

翌朝。

ベッドから起きて部屋の窓から見た景色に、僕は思わず息をのんだ。

―うおーー なんて景色だ！

蚊が多くて熟睡できなかったため、爽やかな目覚めではなかったが、バルコニーからの眺めは、そんな放心状態を吹き飛ばしてしまった。

「おおー、でっけえ！」

夜のキャンディは街灯もなく真っ暗だったために気がつかなかったが、どうやらこのホテルは広大な**ジャングルのど真ん中**の山の頂上にあるらしく、眼下には見慣れない熱帯雨林が広がり、木々を花や果実がヴィヴィッドに彩っていた。よく見るとその壮大な森に溶け込むように、ポツポツと邸宅が散見できた。

あまりの美しさに感動した僕は、カメラのシャッターを夢中で押し続けた。

―これがスリランカか！

日本とはまったく違う森だ。いやジャングルといったほうがいいだろう。日本では見られない大きなコウモリの大群が樹影にぶら下がっている。色とりどりの鳥やリスもたくさんいる。空は信じられないほど青くてでかい。この景色を見ることができただけでも、僕はスリランカに来て良かったと思った。

そのとき、突然バルコニーに何かが飛び込んできた。なんと猿の親子だった。

僕はスリランカの猿を初めて見た。最初は歯を剥き出して威嚇してきたので、噛むのではないかと少し警戒したが、猿は僕が攻撃しないとわかると足元に近づいてきた。のんびりした感じの親子の猿で、人間を怖がらないようだ。

日本の猿とほぼ同じ大きさで、見た目もそれほど違いはない。明らかな違いと言えば、髪をオシャレに真ん中で分けている点で、これには笑えた。

何か食べ物をほしがっている様子だったので、日本から持ってきていたカロリーメイトのフルーツ味をひとかけらあげてみた。母親猿はフレンドリーにカロリーメイトを受け取り、あっという間に食べてしまった。そして「**子どもの分もくれ！**」と再度手を差し出してきた。もうないぞ、と空箱を振って見せたが、いつまでも諦めずに手を向けてくる。

そこへティトがやってきた。昨日と同じシャツをだらしなく着た彼は、何事もなかったかのように猿の親子を追っ払いながら言った。

「ヒサシ、目覚めは爽やかかい？　朝食を食べよう」

朝食はパンとジャム、スクランブルエッグとベーコンという、ありふれたメニューだったが、そこに添えられたフルーツの味に、またしてもシビレながら、僕は夢中で食べまくった。特にパパイヤにライムの絞り汁をかけて食べると興奮するほど美味しく、できれば『パパイヤ記念日』を作りたいくらいの感動だった。

「ヒサシ、今日は忙しいぞ。たくさんのビジネスマンがヒサシに会うために、すでにこのホテルに来ているぞ」

「オレに？　なんで？」

「心配するな、日本語ができる通訳もちゃんと呼んである。お前はただ日本語で普通に話せばいいだけだ、ドンウォーリー」

ティトが言ったのは嘘ではなかった。たくさんのスリランカのビジネスマンたちが、抱えきれないほどの商品サンプルを持って、朝早くからホテルのロビーに行列を作って待っていたのだ。つい数か月前まで魚市場であんちゃんにビンタを食らっていた、ただの日本人男に会うために。

「このヤシ殻の繊維で作ったマットはどうですか」

「このムーンストーンは日本で高く売れますよ」

男たちは商品サンプルを目の前に広げては、次々に売り込んできた。

「この粉でタイルを作りませんか？」

「この紅茶はとても等級が高くて美味しい紅茶ですよ、日本のマーケット用にどうですか？」

ティトはこの中から、もしビジネスが成立すればバックマージンでももらうつもりのようだ。

しかし、どれもガラクタみたいな商品ばかりだった。少し惹かれる物があっても、僕の営業力では日本で売れそうには思えなかった。

それからも政府の役人やＮＧＯの人間などが、ひっきりなしに僕に会いに来たり、お茶に招待してくれたりした。ティトの結婚式に参列する他は、別に何の予定もなかった僕は、来る者は拒まず、来いと言われれば、深く考えず何処にでも出向いていった。

―オレは一体この国で何をやってるのかな…。

そう思うときもあったが、とにかく深く考えないようにした。当時のスリランカでは外国人はたいそう珍しいらしく、僕はどこへ行ってもスターのように迎えられ、なんとなく悪い気はしなかった。

結婚式当日の朝、ティトはいつもにも増して張り切っていた。手伝いに来ていたウダヤたちも一様にスーツでキメている。

美しいサリーを着た新婦も、お化粧に余念がない。**ティトが太った女性が好みだという話は本当だった。**数年後には肝っ玉かあちゃんになっていそうな女性だ。

ビュッフェスタイルの料理も豪華で、10種類以上あるカレーやカツレツ料理、大きめの魚のフライ、フルーツやケーキなどが豪華に並んでいた。まだ式が始まっていないにもかかわらず、たくさんの人たちがすでに食事を食べ始めている。何事にもおおらかなお国柄なのだ。

ふと気づくと、新郎新婦のテーブルのすぐ横には、特別席が用意されていた。

その席だけやけに目立つテーブルクロスで、オモチャの日の丸の国旗が飾られている。

—まさか、あそこにオレが座るんじゃないだろうな…

司会者が音響のチェックをしている最中、走り回る子どもたちはぐちゃぐちゃに絡まったマイクのコードに足を引っ掛けて転び、おでこを強くぶつけて泣いている。

様々な音楽を流して音のバランスをチェックしている最中、ふと聞き覚えのあるイントロが流れた。坂本九の『上を向いて歩こう』のイントロだった。

「ヒサシ、結婚式のハイライトはお前の歌でビシッとキメてもらうから、よろしく頼むぞ！」

歌を歌わされるのは覚悟していた。

「それから、お前の席は特別に用意したんだ、あの金ピカのクロスの席に座ってくれ」

そう言ってティトは嬉しそうに僕に握手を求めた。

僕は外国から来たスペシャルゲストとして、ティトの結婚式の最中、何度もスポットライトに照らされ、歌やダンスを披露させられることになった。そして熱烈なリクエストの末、『上を向いて歩こう』を二度も歌わされた。

ティトの結婚式は大成功に終わり、僕にとってもとても素晴らしい思い出になった。

全国女性会議と異様な熱気

結婚式が終わってからは、僕はあちこちの学校や公民館や集落の集会所などに連れて行かれた。そして、なんでもいいから日本についてスピーチするように頼まれた。アトラクションに空手の形を真似て、薄い板を拳で割って「ダーっ」と気合の雄叫びをあげると、会場の老若男女が拍手喝采して大喜びした。

なぜか何処へ行っても「上を向いて歩こう」をリクエストされた。スリランカではこの曲が流行っているのかと思ったが、どうやらティトが仕組んでいたらしく、僕は地方まわりのクラブ歌手のようだった。

スリランカ3日目の午後、僕は**全国女性会議**という年に一度開催される、シンポジウムのようなイベントにゲストとして招待された。

そこでも僕は、何か日本についてスピーチをするように依頼された。その会場にいたのはほとんどが女性で、皆カラフルな民族衣装のサリーを着ていて壮観だった。僕はお約束の空手の真似事をし、「上を向いて歩こう」を歌い、日本のことについて自分なりに真剣にしゃべった。

そして最後に、その日僕が着ていたユニクロのフリースについて話した。

「この服は**ペットボトルをリサイクルして作られたんだよ。**とてもエコロジーな服です」

僕はフリースを皆に見せながら、軽い気持ちで紹介したのだったが、びっくりするほど大きな歓声が上がった。女性たちの目つきが急変したのがわかった。

それからすぐに質問が飛んできた。

「ゴミのペットボトルが服になるなら、**ジャングルに捨ててあるボトルのゴミでも服ができるのですか？**」

僕は、にわか知識で答えた。

「はい、基本的にはできると思いますよ、ただしちゃんと分別されたきれいなボトルじゃないと無理だと思うけど」

するとすぐに次の質問が飛んできた。

「ゴミが洋服に変わるということは、その服は毒になりませんか」

「ならないですよ。それにとても着心地がいいです。よかったら触ってみてください」

そう言うと、ワラワラワラと会場の女性たちが一斉に駆け寄って来て僕のフリースを撫で始めた。僕は素っ裸にされるのではないかと恐怖を感じたほどだった。気がつくと、あっという間に僕のフリースは手垢で汚れてしまっていた。

その後もペットボトルのリサイクルについての質疑応答は、30分以上続いた。

イベントが終わった後、全国女性会議の幹部女性たちが、ティトを囲んで何か訴えていた。

そして、そのうちのひとりが、つかつかと僕の方にやって来て言った。

「ちょっと一緒に来てくませんか、先生」

「先生？　オレのこと？」

「ヒサシ、彼女たちはおまえをある場所に連れて行きたいと言っているぞ。見てもらいたい所があるそうだ。どうする？」

ティトが間に入って言った。

特に忙しいわけでもなかったので、僕は彼女たちに同行することにした。僕は通訳と共に彼女たちのハイエースに乗り込み、深いジャングルの荒れた細い道を進んでいった。車内には８名の女性が乗っており、後部座席の真ん中に僕は座らせられていた。

夕闇が迫りつつある薄暗い車内で、普段見慣れないサリーを着た褐色の肌の女性たちに前後左右を囲まれていると、すこし心細くなってきた。彼女たちが次々に振り返りながら微笑んでくる口元から真っ白な歯が光って見えるのが、なんともいえずミステリアスだった。

―オレはいったいどこに連れて行かれるんだろう？

ジャングルの道を進んで30分ほどした頃、ハイエースが停車した。

車から降りた僕は、目の前に広がる光景に立ちつくし、息ができなくなった。目の前10メートルほど先に、とてつもない量のゴミが巨大な山をつくっていて、ハンパじゃない悪臭があたりに漂っていたのだ。

「あれが**ダンプヤード**です」と、案内してくれた女性が教えてくれた。

驚いたのは、このダンプヤードには家庭ゴミだけでなく産業廃棄物も混じっており、よく見ると

注射針などの医療廃棄物もむき出しで捨てられていたことだ。周辺には犬や猿などの動物もうろついている。生ゴミなどの食べ物も捨てられているからだろう。

ゴミの山のあちこちから、薄闇に煙があがっているのが見えた。大量の生ゴミが腐敗して発生したメタンガスが自然発火したのだろう。

「このゴミが、あなたが着ている服になるのですか？」

女性たちが食い入るように僕を見つめて、あらためて質問した。

僕にはそのゴミの山がフリースになるとは、とてもじゃないがイメージできなかった。しかし、きちんと分別すればビンや鉄、紙くらいならリサイクルできるのではないかと思った。

「理論的には、ちゃんと分別すればゴミは資源になります。リサイクルして商品などに再生することも可能だと思います」

僕は一般論としてそう答えた。通訳がそれを伝えると、女性たちが一斉に歓声を上げ、僕の手を握ってきた。

僕は戸惑いながら、不吉な予感を覚えた。

──この通訳の女性、ちゃんと正確に伝えてるのかな…？

それからも僕らはダンプヤードの周辺を歩いて回った。

ゴミの山の周辺にはスラム街のような貧相な家が何軒も連なっていた。初めて外国人（僕）を見たらしい幼い子どもたちが、興奮しながら無邪気に走り回っている。さらに周りをよく見ると、牛やバッファローなどの家畜がゴミをあさっていた。住民はこの牛のミルクを飲んでいるそうだ。

—それにしてもここの人たちの健康は大丈夫なんだろうか？

周りに住んでいる人たちとあいさつして握手をしたとき、**指が6本**ある人がいるのに気が付いた。よく見ると、奇形などの障害を持つ人たちも目立った。

ダンプヤードは年々巨大化しており、ゴミの外観もプラスチックの容器など、外国から輸入される商品からのものが年々加速度的に増加しているそうだ。

—こんなにも巨大なゴミの山、膨大な量の廃棄物の塊が、利益を生むビジネスになるのであれば、まさに一石二鳥だよな。

そんなことを考えたが、畑違いの自分にできることは何もないとも思っていた。

ずっと一緒にいた通訳の女性は、主流派のシンハラ人ではなく、少数派のモスリムだった。僕がティトたちと話すときは英語で問題なく会話ができるのだが、スピーチなどの聴衆の中には英語がわからない人も多いため、通訳の彼女は僕の話す日本語をシンハラ語に訳してくれていた。

ただ、その**通訳の話す内容がデタラメ**っぽく感じるというか、あてにならないように僕には思えた。聴衆の様子を見ていると、僕の話とマッチしないリアクションが多いのだ。

もしや彼女は知らない日本語を勘を働かせて大げさに訳したり、わからない部分をそのまますっ飛ばすなど、適当に通訳しているのではないだろうか。

「おいティト、あの通訳はオレがゴミのリサイクルの話をしたとき、どんな風に説明したんだ？」

「なんでそんな事を言うんだヒサシ、みんな喜んでいたじゃないか」

「いや、通訳が話した途端に聴衆が過剰に大喜びしてたじゃないか。そんなに喜ばれるような話をしたつもりはないんだけどな。ダンプヤードのゴミがリサイクルできるかどうか聞かれたとき、オレは**理論的には可能**だって説明しただけなのに、いきなり盛大な拍手が起きたし、握手攻めにあったり拝まれたり、最後は抱きつかれて喜ばれたぜ」

「ああ、あれか、あのときヒサシが話したことを、通訳はこう説明してたぞ、**〈我々日本人のテクノロジーは、このダンプヤードのゴミを素敵な洋服にすることができるのです〉**ってな。そうじゃないのか？」

「なんだって？　理論的には可能だって言っただけだぞ。なんで通訳はそんな風に言ったんだ？」

「ヒサシがそう言ったんじゃないのか？　**〈私ならそれができる〉**って通訳してたぞ。だからみんなすごく喜んでいたんだ、俺も嬉しかったぞ」

「違う、それは断じて違うぞティト、オレはそんな事言ってないし、約束もしてないからな」

「心配するなヒサシ、みんな大喜びだったじゃないか。今日も大成功だ。よかったなヒサシ、俺も嬉しいよ、我が友ヒサシに幸あれ！」

ティトはご満悦だったが、僕は心に一抹の不安を感じながら、ゴミの山を降りていった。

スリランカ最終日の朝、キャンディ市の役人たちが、僕に会うために宿泊先のホテルにやってきた。

皆カッターシャツにネクタイ姿で、日本の真面目な役人のイメージとは違って、とてもフレンドリーな雰囲気だ。僕がロビーに出て行くと、3人とも人なつこい笑顔で僕を迎え握手を求めた。

3人は、名前をトンシンへさん、チンドラさん、カンダマルさんと名乗り、名刺をくれた。

――なに！　こ、これは奇跡か…、3人合わせて「トンチンカン」じゃないか！

この発見は日本人、もしくは日本語に精通した人間にしか理解できないと思われ、僕はその場の誰にも発表できず、無念だった。

トンチンカンを代表してチンさんが僕に話しかけた。

「キャンディ市職員のチンドラです。あなたがこのキャンディ市で計画している、ゴミをガーメント（衣服）にリサイクルするプロジェクトですが…」

「はい？ 僕がですか？ リサイクルプロジェクトって、僕はそんなこと何も…」

「大丈夫、現時点ではまだ水面下の極秘事項だという事はもちろん理解しております。ただ、市としましては立場上、色々と知っておきたい事もありまして」

トンチンカンのカンさんが続けた。

「このキャンディ市は、あなたのゴミリサイクルプロジェクトをいつなんどきでも歓迎いたします。あなたのような**エコロジーの専門家**をこの街は、いや、この国は必要としているのです。見てごらんなさい、ビニール袋や空のボトルが町中に捨てられ、あちこちに氾濫しています。嘆かわしいことです。かつての美しかった古都、このキャンディは、いまやゴミだらけのうす汚れた街になりつつあるのです」

「しかし僕には、そんなプロジェクトに心当たりはありませんが…」

やはり昨日の通訳がおかしな伝え方をした事で、妙な誤解が広がっていると確信した。

「ご安心ください」と、今度はトンさんが言った。

「キャンディ市はできる限り協力させて頂きます。あなたには日本の最新テクノロジーをぜひこの国に持ってきてほしいのです。今すぐスタートされなくても構いません。ですが一日でも早く我が国もエコなシステムを構築する必要があると考えています。全てはあなたのおっしゃる通りなのです！」

ティトは目を細めて、満足そうに僕を見つめていた。

―えらいことになっちゃったぞ…

キャンディ市の役人たちは、その後も僕が帰国するまでずっと行動を共にした。お土産屋やレストラン、トイレにまで付いてきて、何か監視されているような気分になって不快だった。それでも一日中一緒に過ごし、お互いの家族の事を話して、写真を見せ合ったりしているうちに、グループで観光している友達のような気分になっていた。

いよいよ空港でのお別れの頃になると、僕はトンチンカンたちと個人的な連絡先まで交換するほど親密になっていたが、ゴミのリサイクルプロジェクトへの期待が重圧になり始めていて、一刻も早くここスリランカから逃げ出したい気分だった。

空港にはティトの仲間たちも全員が駆けつけ、ちょっとした騒ぎになった。搭乗手続き中もゲートの外から大きく手を振り続けるティトらスリランカの面々に、僕は**最後のサヨナラの意味**を込めて手を振った。

―ありがとうスリランカ、もう訪れることはないだろうけど、いい思い出になったよ…。

僕は心の中で、そう別れを告げたが、すでにこの時点で引き返せない大きなうねりに飲み込まれていた。

２０００年４月、僕は28歳だった。

第2章　列車を飛び降り、ファンキーロードへ

さらば学歴

「ほれ!」

担任ではない先生が、ビラでも配るように僕に渡した**卒業証書**には、確かに植田ヒサシと書かれていた。

1990年3月31日。

同じように単位を落として、卒業式に出られなかった他の惨めな生徒たち数名と共に、僕は高校の視聴覚室で追試験の結果を待っていたのだった。

「もらった卒業証書、名前が自分のか確認したら、もう帰っていいぞ」

しきりに腕時計に目をやりながら、先生は無表情で僕らを追っ払うように言った。

「それじゃ、先生」

—二度と会うこともねーな。

僕は勢い良くドアを開け、渡り廊下を通り過ぎ、階段を2段飛ばしで玄関まで駆け下りた。

—ひゃあ、やっとこの学校ともお別れだな。

靴を履き替えた後、もういらなくなった上履きは、下駄箱の横にある大きな傘立て箱に投げ捨てた。

「おい、お前、そこに捨ててくな!」

毎朝校門で待ち構えて、遅刻した生徒を殴ることを朝のルーティンにしている、頭部が中途半端に禿げ上がった**ローランドゴリラ**似の教師、白木先生が叫びながら近づいてきた。

「うるせえゴリラ！」

白木先生に別れの挨拶を投げつけた僕は、そのまま走って校門を通り過ぎた。近くの農家の資材置き場に隠していたジャンボ（原付バイク）を引っ張り出してキーを差し込み、キックしてエンジンをかけた。

今までのように顔や制服を隠して、こっそりとバイクで通学するのもこれが最後だ。

―今日でオレの最終学歴が高卒になったということか…

それが僕の、**学歴社会のレールから外れた瞬間だった。自分の力だけが信じられる世界**に飛び出したのだ。

今日でお別れの校舎を振り返ることもなく、僕はアクセルを勢いよくふかしながら、隣接する系列大学の、立ち入り禁止の芝生の敷地内を、猛スピードで通り過ぎていった。

広島市内で建設機械のリース会社を仲間と共同経営していた父親と、同じく広島市内にあるデパートで呉服店員だった母親の間の長男として、僕は岐阜市の市民病院でひっそりと生まれた。

両親はふたりとも広島出身にもかかわらず、僕は少年時代を岐阜で過ごした。両親が出会ってすぐの頃、父は共同経営者に裏切られて借金を負わされ、そんな男との結婚を祖父母に反対された母が、親の反対を押し切って父と**かけおち**した先が、岐阜の田舎町、芥見だったからだ。

僕は姉とふたりの妹、そして弟と、年が近い5人兄弟の長男として、山や川に囲まれながらのびのびと育った。弟は出産時にへその緒が首に巻きつき、酸欠になったのが原因で、**軽度の知的障**

害児として生まれた。

母が弟の面倒に多くの時間を費やしていた分、僕は厳しく躾《しつ》けられることもなく、自由に少年時代を過ごした。父親は「俺の子どもだから、時期が来れば自分からやるだろう」と、勉強に関しては放任主義だったが、僕はまったく勉強をしなかった。

知的障害を持った弟が生まれた頃から、両親はある有名な**新興宗教**にのめり込み、一時期かなり熱心に勧誘活動や関係書籍の販売活動などを無償でさせられていた。

数年して**洗脳**から覚めた両親は、その宗教団体から脱会を試みたが、それを阻止しようとする団体関係者から毎日のように追い回された。しかたなく僕ら家族は、隣県の愛知県春日井市の高蔵寺ニュータウン内にあった公団住宅に移り住むことになった。

僕はあと数か月で小学校を卒業だという時期に転校をさせられることになり、中学高校とも春日井市にある学校に進学した。

かけおちや宗教、弟の障害のことなど、いろいろと苦労した両親だったが、僕には愛情をたっぷり注いでくれた。いつまでたっても全く勉強をしようとしない僕に焦り始めた母は、新興宗教の洗脳から覚めた頃から事あるごとに、学歴が僕の将来にとっていかに大事かを話して聞かせるようになった。

「できるだけいい大学に入れるように一生懸命勉強しなさいよ。そうすれば大企業に就職できるんだからね。大企業に就職したら一生安泰なんだから、ほんとよ。お父さんが広島大学を出てるんだから、あんただってやればできる子なの、負けずに頑張りなさい」

かけおちして流れ着いた縁もゆかりもない岐阜の田舎町には、専門知識が活かせる呉服屋の仕事もなく、着物学校が最終学歴の母は、安定した仕事を探すのに四苦八苦していた。知的障害児を含む５人の子どもをかかえての苦しい生活の中、母はなんとしても長男の僕には安定した人生を送ってほしいと思ったのだろう。いつまでたっても本気で勉強をする気配のない僕に対して、学歴社会の定番ルートを強く勧めた。

僕自身はそんな母の気持ちを知りもせず、勉強に全く身が入らなかった。というより、僕は早い時期から学歴社会の定番ルートを逆説的に考えていた。勉強ができる奴に有利なこのルートでは僕は不利だと考え、安定しないからハイリターンでチャンスに満ちているのだ、と中学生の頃にはすでに**冒険ルート**を目指す方が自分には向いていると感じ始めていた。学校へは給食を楽しむために通っているような生徒だった。

僕は勉強をまったくしなかったかわりに、悪さばかりは人一倍しでかした。教室にゴキブリや**シマヘビの死骸**などを持って行き、女子にサプライズを提供する事にささやかな喜びを感じるようなガキだった。

給食では誘導尋問テクニックを駆使して女子から**プリンや冷凍みかんを奪取**したり、**理科室に野良犬をゲリラ的に投げ入れて**立ち去ったり、放課後になると、出て行くことを禁止されていた校区外に自転車で飛び出していった。それらを目撃したつまらない奴らは、すぐさま学校に密告し、僕は母を悲しませることになるのだった。

しかし、たかが子どもがすることだ、根っから悪気があったわけではない。にもかかわらず、先生をはじめ周囲の大人は厳しく、僕は評判が悪かった。ある日、一緒に遊ぶ約束をした友達の家まで呼びに行き、玄関で待っていると、家の中から友達の母親が「植田くんとは遊んじゃダメって言ったでしょ」と友達を叱っているのが聞こえた。そのときは、子供心に少しだけ傷ついた。

あまりに落ち着きがないために、教室で僕は、先生の机の真横に特別に設置された『**ひとり班**』という特殊な席にさらし者のように座らされていた。僕自身はあまり気にしていなかったが、授業参観日のときだけは少し母が気の毒だった。年に一度の晴れ舞台で、息子がそんなワイルド極まりない席に座らされている事など予想もせず、呉服屋時代にローンで買った一張羅の着物を着て教室に入った瞬間の、最初に視界に映った光景を母は忘れられないと、後に語ったほどだ。

そんな少年時代を過ごしていたこともあって、僕は早くから「自分はどうせ大学には行かないだろうから、学歴社会の勝者にはなれそうもない」と自覚していた。かといって低学歴の就職先については、母からさんざんネガティブな話を聞かされていたから、不安もないではなかった。

だが、結果的に**自由かつエキサイティングに人生を楽しむためには、中途半端な進路は選ばず、職人やアーティストになるか、自分で会社を起こして社長になるしかない**という考え方に、自然に傾倒していった。だから高校を卒業した後も中途半端な大学や専門学校には進学せず、かといってどこかに就職もする気もさらさらなかった。

学歴社会のレールを外れた僕が選んだ道は、とりあえず親元を離れ、海外のどこかへ行って揉まれてみることだった。

自分探しとか、自分自身の人生をゼロから再構築するためとかではなかったが、海外のどこかに飛び出してワイルドに生活してみることが、今の自分にとっては最適な人生の準備期間だと楽観的に考えていた。とにかく海外に何かを求めたのだ、内なる成長を促す何かを…。

そんなとき、近所の床屋で散髪中に、たまたま読んだ女性週刊誌の記事に、**ワーキングホリデービザ**というのを目にした。オーストラリアやカナダ、ニュージーランドなどの国で、1年間だけアルバイトをしながら勉強や旅ができるマルチビザで、20代くらいの若い女性に人気だと書かれていた。動物が大好きな僕は、**コアラがいるオーストラリアがいい**と直感的に思い、南半球にある外国、オーストラリアで暮らす事に興味を持った。

どこか外国に行っていろいろな体験をすることで、少なくとも英語などの外国語が習得できるだろう。帰国したら旅行会社にでも就職して修行のつもりで数年働き、25、6歳になる頃には、自らの旅行会社を立ち上げて、旅行者を素敵な場所へ連れて行って楽しませながら、世界のあちこちに友達を作って愉快に暮らすことをなんとなくイメージしていた。

そんな自由で愉快な暮らしをするために、まずは海外へ行き、そこで語学をはじめ、『あらゆる何か』を学んで、最終的に社長になると、漠然かつ楽観的に考えた。

そうと決まれば一刻も早く、僕はオーストラリアに行って外国生活をしなくてはいけない。そのためには、**それを実行するための準備資金**を作る必要があった。


オーストラリアへの旅費や、現地で仕事を見つけるまでの当面の生活費などの資金作りのために、僕は愛知県の実家の近くにあった飲料ボトルのキャップ工場で、夜の12時から朝の9時までアルバイトを始めた。

そのバイトは退屈極まりない単純作業で、夜を徹する仕事だったが、賃金は時給１３００円と悪くなかった。ベルトコンベアで流れてくる栄養ドリンクのキャップが、きちんと印刷されているかどうか、一晩中ボーっと見ている検品の仕事で、不良品が流れてくると、それをつまんで弾くのが僕の役目だ。

毎日、9時間ベルトコンベアの前に座り、約40センチ間隔で流れてくる栄養ドリンクのキャップを見つめているだけの仕事は、僕に眠気との戦いを強いた。

仕事中には、よく歌を歌って時間を潰していた。騒音と共にベルトコンベアに乗って流れてくるキャップに向かい、大声を張り上げて、好きな歌を歌い続けるのだ。よく歌ったナンバーはビートルズやビリージョエルなどの簡単な英語の曲だ。3時間もやっているとレパートリーがなくなって困ったが、僕は歌を歌うことで、単調な時間と懸命に戦っていた。

資金が貯まるまでの辛抱と思っていたが、嬉しい誤算だったのは、**気づいたらビートルズのおかげで英語のボキャブラリーが増えたことだ。**

工場では1時間毎に10分間の休憩があり、深夜2時前後には夜食の弁当が支給された。休憩室には炭酸の栄養ドリンクが大量に置かれていて、僕は食後に3本は飲んでいた。他のバイトもよく飲んでいたから、工場内はまるで田舎の田んぼで耳にするカエルの鳴き声のように、作業員のゲップがあちらこちらから聞こえていた。

職場では挨拶代わりにゲップをするのが流行り、豪快なゲップをする者が一目置かれた。僕もインパクトの強いゲップができるように日々の努力を惜しまなかったが、そのせいで今でも、**何か大事な場面で緊張するとゲップが出る癖がついてしまった。**

このほかに昼間のアルバイトも掛け持ちした。これも近所にあったＮＡＳスポーツクラブというスポーツジムのトレーナーの仕事で、時給は９００円だった。夜中のキャップ工場に比べると、昼のトレーナーの仕事は時給が安い上に、お客さんと一緒に筋トレをやらなくてはいけないため、体力的にもかなりハードで、毎日が筋肉痛との戦いだった。

僕は、約1年間で１００万円ほど貯めることに成功した。そして、高校を卒業した翌年の秋に、ワーキングホリデービザを取得し、ついにオーストラリアに旅立つことになった。

オーストラリア！

１９９１年11月、20歳。

生まれて初めて、外国へ飛び出す日…。

アルバイトで貯めたまとまった金は全てトラベラーズチェックにした。

─たくさん金を持っているというのは心強いものだなあ。

１か月後には所持金のほとんどを使い果たしてしまう事になるとは知らず、浮かれ気分の僕はチェックインカウンターで搭乗券を受け取り、意気揚々と出発ゲートへ続くエスカレーターへと向かった。

見送りに来てくれた両親に、「そろそろゲートに入るよ」と告げると、「おう、気をつけてな」と父は僕の背中に声をかけた。母は真顔で必死に手を振り続けている。

何度か振り向きながら出発ゲートの奥へと向かって歩き、最後に振り返ったとき、なんとも寂

しそうに立ちつくす両親の顔が見えた。親の気持ちなど考えてもいなかったが、その表情を見た瞬間、心が締め付けられるように悲しくなった。この日を最後に、ずっと一緒に暮らしてきた両親の元を離れて、自立した生活をして行くことになるのだ。

「それじゃ、行ってくるよ！」

この空港でのお別れは自立への宣言であり、冒険のような人生への旅立ちの瞬間でもあった。

マレーシアに3日ほど滞在して、初めての海外観光を楽しんだのち、僕はオーストラリアのシドニーに向かった。

ちょうど僕が到着した日、ひとりの日本人青年が空港内で事件に巻き込まれた。僕と同じようにワーキングホリデービザを取得してオーストラリアにやって来たその青年は、1年間の外国生活が始まる記念すべき初日に、到着したばかりのシドニー空港内のトイレで、気絶した姿を空港職員に発見された。

男性用トイレの個室内で発見されたその日本人青年に特に外傷は無かったが、**肛門部に微かな出血**が確認された。のちに日豪プレスという現地の日本語新聞で、僕はその事件の詳細を知ることになったのだが、同じ日本人として他人事ではない恐怖を感じた。

スリランカでティトが一緒のベッドに寝ようと誘ったとき過剰に反応したのは、この記憶がフラッシュバックしたからだ。性犯罪は女性だけでなく男性も、特に小柄な日本人ならば、常にその危険性はある。自分の身を守ることに対しては細心の注意を払わなくてはいけないのだ、そう考えさせられた嫌な事件だった。

ほとんど英語が話せない僕は、この事件をきっかけに危機感を覚え、すぐに英語学校に通うことにした。その学校はウェセックス・イングリッシュ・カレッジという名前の外国人用の英語学校で、シドニーの中心部にあるセントラル駅の近くにあった。日本食レストランでもらった現地日本語新聞の広告に載っていた英語学校だったためか、日本人が多く通っている学校だった。

その学校には日本人の他に韓国人、台湾人、タイ人、フィリピン人などたくさんのアジア圏留学生が通っていた。僕のクラスの半分は韓国人で、あとは台湾人、フィリピン人がふたりずつ。そして僕はここで、ひとりの日本人女性と運命的な出会いをした。

彼女は名前を、小島ミチといった。ミチは福岡県のお茶の産地で有名な八女市出身で、実家から通っていたゴルフリゾートの事務の仕事を退職して、英語を学ぶために留学ビザを取得してシドニーに来ていた。

教室で初めて彼女を見た瞬間、10人ほどのクラスメートの中で、ミチだけが僕と同じ日本人だと、直感ですぐにわかった。

「日本人だよね？」

「うん、そうだよ」

「やっぱりな、そうだと思ったんだ」

僕は初めての異国で、心が安らぐのを感じた。

「オレ、ヒサシ」

「私はミチ、小島ミチです」

「君の髪の毛、すごく長くてサラサラだね、ハハハ」

「え？　ありがとう」

僕が緊張しながらミチの髪を褒めると、彼女は素直に喜んでくれた。

彼女は半年間を英語学校で学び、その後はビジネスカレッジを受験する予定だと話してくれた。僕は予算上の理由もあり、生活に必要な最低限の英会話を習うために、この英語学校には1か月間分だけしか授業料を支払っていなかった。

初めて会ったその日から、ミチとは毎日一緒に過ごした。クラスで唯一の日本人同士ということもあり、授業中だけでなく、放課後も休日もほとんど行動を共にした。

お互い英語が未熟だったこともあって、初めての外国生活の中でいろいろと助け合ってもいた。

彼女は27歳、僕は20歳で歳が7つ離れていたが、シドニーでは年齢のことを気にする人はいなかった。常にフレンドリーな雰囲気の中で、僕らは自由な空気を満喫していた。

日本ではあれほど勉強が嫌いだったにもかかわらず、英語学校での1か月は、まるで大晦日に修学旅行に来ているかのようで、あっという間に終わった。

英語学校が修了してホームステイ先の家を出たあと、僕はチャツウッドというシドニー北部の新興住宅地にある、古い赤レンガでできたアパートの2LDKの部屋を、中国人の中年男とシェアする形で住み始めた。このシェアハウスは、シドニーモーニングヘラルドという地元新聞の生活欄から見つけて、一人で内覧して決めた。

ミチは引き続きホームステイをしながら英語学校で勉強を続け、僕は仕事を探しながら毎日のように彼女に会いに行った。

学校に行かなくなってすぐに、僕はミチの事ばかり考えるようになってしまった。わざわざオーストラリアまで来て、英語の勉強をするために学校に通ったにもかかわらず、僕は日本人のミチと会ってばかりいた。英語習得のためには良くないと自覚してはいたが、学校で会えなくなってから気づいたのは、僕はミチに完全に夢中になってしまっているということだった。

早く仕事を見つけて、ミチにいいところを見せたかったが、いい仕事はなかなか見つからなかった。すぐに所持金も底をついてしまい、いいところを見せるどころか、逆に金を借りたりご飯を奢ってもらったりしていた。

いきなりぶつかった英語力の壁

シドニーで仕事探しを始めてから１か月は、せっかくオーストラリアまで来たのだから、ぜひ現地の企業で正社員として働きたいと、ポジティブかつ楽観的に考えていた。

しかし永住権も労働ビザも持っていない僕は、ほとんど書類審査の時点で落とされ、奇跡的に書類審査がパスできても、まず確実に面接で落とされつづけた。面接の英語がちんぷんかんぷんで全く通じないのが致命的だったのだ。

結局はジャパレス（日本料理レストラン）のウエイターの短期バイトくらいしか仕事はなかった。日本食レストランは客単価が比較的高い割には、時給は安く、朝から晩までこき使われることで有名だった。

もちろん僕もできればジャパレスのウエイターだけはやりたくないと思っていた。わざわざオーストラリアまで来て、なぜ日本人社会の中で日本料理を運んだり皿を洗ったりしなくてはいけないのか。僕は学歴社会のレールから脱出して、人生を変えるためにオーストラリアまで来たのだ。

しかし、現実には日本人相手の仕事しかありつけないという事実を、甘んじて受け入れるほかなかった。

せめて好きな旅行に関わる仕事がしたい。旅行関係の仕事なら、多少は楽しい事もあるだろう。そう思った僕は、日本の旅行会社にアタックしてみることにした。

旅行会社といえばＪＴＢが最大手だ。僕は迷わずＪＴＢシドニーオフィスに電話をかけた。すると「ちょうど今週末、合同面接日なので履歴書をもって来てください」と日本語で言われた。

さっそく手ごたえを感じた僕は、レポート用紙に簡単な履歴を書き込み、翌日ＪＴＢシドニー支社のビルへと出向いた。詳しい事情は何も知らず、ただ意気込みだけは立派で、ミチには「オレもＪＴＢのツアーガイドの仕事を頑張るから、ミチは英語の勉強を精一杯がんばれよ」と、もうその気になっていた。

だが、その週末の面接日、世間知らずの僕は、赤っ恥をかくことになった。


面接会場に入ると、すでに30人程の就職希望者が控え室で待機していた。それを見た瞬間、僕の頭からは脂汗が吹き出た。そこに並んだ連中は皆一様にスカしたスーツで決めているのに、僕は破れたジーパンに**ハードロックカフェ香港のTシャツ（偽物）**にビーチサンダルだ。

会場にいた皆の視線が刺さった。僕のナリを見た瞬間の、まるで困った子どもを見るような冷たい瞳から僕は目をそらした。中には、クスクスと失笑している女子もいた。

自分の世間知らずなウカツさに腹が立ったが、その時点ではまだチャンスはあるのではと、微かな希望を持ちつつ、静かに目を閉じて試験開始を待った。

ＪＴＢの就職試験は二部に分かれていた。最初に日本語と英語のペーパーテストがあり、その後は会議室で合同面接とスピーチテストという構成だった。

僕はペーパー試験ですでに戦意を消失していたが、途中で立ち去れる雰囲気ではなかった。合同面接とスピーチテストでは、どれだけ恥をかくことになるのか想像もできなかったが、今さら逃げることもできず、オロオロしているうちに、無情にも開始時間となった。

ＪＴＢシドニー支社長は大会議室に入室して、すぐに僕の存在に気づいた。すると彼はため息をつきながら、「オーマィガー」とでも叫ぶように天井を見上げた。それからすぐに視線を僕に戻すと、いきなりこう言った。

「22番の方、今日はもういいですが、こういうオフィシャルな場では、それなりの格好をしたほうがいいですよ。それは日本でも、ここオーストラリアでも同じだと思います」

僕の頭から、ふたたび脂汗が吹き出した。

支社長は「今日はいいですが」とは言ったが、それは僕の不採用を直接その場で告げたに等しかった。その意味は、そこにいた全ての受験者が理解した。僕は一刻も早くそこから脱出したくて、退席のタイミングを計っていた。しかし、すでにスピーチテストは始まってしまい、バックれるタイミングを完全に失った僕は、頭の中が真っ白になったまま椅子に金縛りになっていた。

緊張感に満ちた会場で、英語によるスピーチ。簡単な自己紹介のあと、それぞれがパレスチナ問題などの世界情勢についてスピーチしていた。誰もが淀みなく英語をあやつっている。日本では旅行会社や商社などに勤めていた者や、元客室乗務員、そして元英語教師もいるようだ。

そして、ついに僕の番が来た。

「それでは22番の方、お願いします」

「はい、いや、あの〜、イエス…、アイムウエダ、ハロー…、ゲコ（ゲップ）」

その瞬間、会場全体に香港包囲網が敷かれたかのように、凍てついた視線を感じた。バカにされているという惨めな気持ちで心が折れそうになったが、僕はなんとか頑張り続けた。

「あー、アイム グッド ツアーガイド…、ベリーファイン…、ベリーコールド…、サンキュウベリマッチ…」

そう言い終わると、僕はひとりで拍手をしながら勝手に腰をおろした。

その後のことは、まったく覚えていない。


そのとき僕は、チャツウッド駅の入り口のすぐそばにある、**狭くて小汚い日本食レストラン『与作』**でのキッチンハンド（調理補助）の仕事の内定をもらい、一日だけ働いていた。給料はたった週１８０ドル（月給８万円程で粗末なまかない付き）だったが、そのときすでに所持金が20ドル（約２千円）しかなかったため、しかたなくそのレストラン『与作』で一日こき使われた。

しかしＪＴＢの給料が週８００ドル（月給で約35万円）だと知った僕は衝撃を受け、すぐにレストラン『与作』の仕事を辞退し、ＪＴＢの試験を受けに駆けつけたのだった。ＪＴＢが僕を採用してくれる可能性は、限りなくゼロに近いと悟ってしょんぼりしていたが、どうしてもあの週１８０ドルの『与作』でこき使われるのは嫌だった。

せっかくオーストラリアまで来て、あんな冴えない日本食レストランの安月給で召使いのようにこき使われ続けるのは、日本で昼夜を問わず懸命にアルバイトに励んで資金を貯めて、はるばるシドニーまでやって来た僕にとって、全くナンセンスだった。

僕はつぎに、ＪＴＢがだめならＪＡＬはどうかと考え、懲りもせずに今度は日本航空の採用試験にチャレンジすることにした。

ＪＡＬはＪＴＢよりも難関であることはオフィスの大きさを見ても容易に予想できた。しかも相変わらず僕はスーツを持っておらず、もちろん買う金もなかった。仕方なく僕は同じナリ（ハードロックカフェ香港の偽物Ｔシャツ）でＪＡＬのオフィスに向かった。ＪＴＢの支店長の冷淡なアドバイスが脳裏に浮かんだが、いくら考えてもスーツがないという現実は変わらない。ダメ元と腹を決めて、とりあえず訪問してみることにした。しかも、アポなしの飛び込みだった。

世間知らずと行動力は比例しているのかもしれない。『**世間知らず力**《パワー》』だけが僕のエネルギーの源だった。ＪＡＬの受付で、僕は「支店長を呼んでほしい」と依頼した。もともとダメ元だからと開き直っていた僕はリラックスしていた。

受付嬢は、あまりにもラフなスタイルとナチュラルな厚かましさ、なれなれしい態度の僕を見て、支店長の御子息かなにかと勘違いしたらしく、ただちに内線電話をつないでくれた。

すると、すぐさまＪＡＬのお偉いさん風の中年日本人男性が出てきた。

「君は何？」

「支店長、僕は怪しいものではありません。本来ならスーツで来るのが望ましいと思いましたが、あいにく今スーツを持っていません。恥ずかしながら苦学生だからです」

ダメ元ではあったが、僕は必死でもあった。

「実は今、仕事を探しています。支店長の顔でいい仕事を紹介していただけないでしょうか。できればＪＡＬで働きたいのですが、こんな私はいかがでしょうか！」

「ＪＡＬは君には無理だよ…」

お偉いさんには、あっさり断られた。それでも僕は、自分がいかにＪＡＬが好きか、両親は新婚旅行でＪＡＬを使った、ＪＡＬが自分を見捨てたら、キャセイパシフィックに行くしかありませんね、などと理屈をこね続けた。するとお偉いさんは、系列のホテルニッコーなら紹介してあげてもいいと、僕にはとてもありがたい提案をしてくれた。

そのオファーは週給３８０ドル（月給で約18万円くらい）で悪くなかった。

こうして僕は、ホテルニッコーというシドニーでも有名なファイブスターホテルのアルバイトにありついたのだった。

後で知ったのだが、応対してくれたその人は、実は支社長ではなく、現地採用の平社員だった。もし支店長だったら、息子ではなかった僕を見て、失礼なヤツだ、と追い出されてしまったかもしれない。僕はつくづく運がいい男だ。

しかもこのことがきっかけで、僕は約1年後に進学した現地学校のインターンシップの単位を取得するために、ＪＡＬの系列の旅行会社に1か月間通わせてもらう事になるのだ。そのときは、本物の支社長にインターンシップ合格のサインをいただき、最終的な単位を取得させてもらった。

ホテルニッコーのスタッフとして働くようになってからも、僕はミチとデートを重ね、あっという間にワーキングホリデーの1年が過ぎようとしていた。その間、日本語環境の中にいた僕の英語力は驚くほど上達していなかった。

一方、ミチの英語は着実に上達していて、すでに英語学校を卒業して、地元のビジネススクールのビジネス秘書コースに進学し、英文簿記や速記、プログラミングなどの勉強を始めていた。

―オレはいったいなんのためにこのオーストラリアに来たのだろうか？

このままワーキングホリデーのビザが終わって帰国しても、ただ海外で遊び癖がついたプータローが日本国にひとり増えたというにすぎない。このままでは僕の人生はろくなもんにならないことは予想がついた。それになにより、僕はミチと離れるのが嫌だった。

―オレはビザが切れて帰国するが、必ずまたすぐにオーストラリアに舞い戻ってくるぞ！

僕は一旦帰国して、なんとか資金を作って再度ビザを手に入れて、またオーストラリアに再入国する決意でいた。

オーストラリア再入国

ワーキングホリデービザが終了すると、僕は一時帰国した。

そしてすぐに新潟県の苗場プリンスホテル内の中華料理レストラン『桃李』でウエイターのバイトをはじめた。住み込みで三食ついていたため、バイト期間はまったくお金を使わずにすんだ。

他のアルバイト連中は毎晩飲み会やスキーに明け暮れていたが、僕は頑なに金を使わず、仕事が終わると社員寮でタダのテレビを観て時間を潰した。同僚からは相当のケチだと思われていただろうが、僕の頭の中にはシドニーの事しかなかった、というかミチのことしかなかった。

ここでバイトをしていた3か月半の間ずっと、僕はミチに手紙を書き続けた。内容はたあいもない話や手描きのイラストなどがほとんどだったが、1日も欠かさず毎日3枚の便箋に何かを書いてシドニーのミチにエアメールで送っていた。

手紙はホテルの事務所に預けて、夕方に集配に来る郵便局員に渡してもらっていたため、事務所の職員は誰もが僕の手紙のことを知っていた。僕のエアメールの遠距離恋愛はプリンスホテルの女子社員たちのホットな噂ネタになっていた。

毎日の手紙の他にも、週に一度はテレホンカード1枚分、約15分の国際電話をかけて、ミチの声を聞いていた。アルバイト仲間は、そんな僕をからかったが、僕はまったく気にしなかった。

1秒でも早くシドニーに戻りたいという気持ちを心の支えにして、苗場プリンスホテルでの3か月半のアルバイトで、僕は約150万円を貯金した。

そして、一時帰国してから4か月後、留学ビザを取得した僕は、ふたたびミチのいるシドニーに舞い戻ったのだった。

オーストラリアに再入国したその日から、セントレナーズという街でミチが住んでいたシェアハウスに転がり込み、その1か月後に、正規留学生として、シドニーの歴史あるウイリアムスカレッジというビジネススクールに通い始めた。相変わらず僕の英語力はかなりプアーだったが、入学試験がマークシートだったせいもあり、奇跡的に合格できたのだ。

ウイリアムスカレッジは100年の歴史がある、地元オーストラリア人のためのビジネススクールで、シドニーの都心からハーバーブリッジを渡ってすぐの町、ノースシドニーにある有名校だ。

ここで僕は、旅行学の勉強と旅行ビジネスに必要な様々なライセンスを取得するコースを専攻した。クラスメートのほとんどは地元のオーストラリア人ばかりだったから、低水準の英語力のせいで、なかなか彼らと仲良くなれなかった。そんな僕はいつもクラスで孤立しており、宿題や課題の作成、グループ活動などでも他の学生とうまくコミュニケーションが取れずにいた。

そんな孤独な僕をフビンに思い、なにかと面倒をみてくれていたのが、学長の奥さんであるミセスリンダだった。

彼女はいつでも僕の悩みやボヤキを聞いてくれたり、困ったときの相談にのってくれていた。僕の英語が極端にエキセントリックだったにもかかわらず、ミセスリンダは毎日ランチの時間になると芝生の庭で、僕の話を辛抱強く聞いてくれた。「**UFOを見た**」というような、僕のくだらない話にも、ミセスリンダは常に真剣に感想を述べてくれた。が、実を言うと最初の2か月くらいは、僕はミセスリンダの話をほとんど理解できていなかった。

「僕は留年したら帰国するしかないんだよ。お金がギリギリだからね」とぼやいたときは、「神様が見てるから大丈夫よ、頑張りなさい」と、肩にそっと手を乗せて、笑顔で励ましてくれたものだった。彼女は母親くらいの年齢だったが、紛れもなく僕の最初にできたオーストラリア人の親友だった。

ウイリアムスカレッジはアジア諸国からの優秀な留学生もいたが、毎年クラスの40％の生徒はなんらかの単位を落とし、数か月延長か留年していた。当然、僕も何年か留年するか、途中で諦めて帰国するだろうと誰もが予想していた。

ところが僕は、全ての単位をギリギリではあったが取得することに成功した。しかも、ほとんどの科目が不合格ラインに1点差という不思議な点数でパスしていた。さらには卒業直前に、学年では唯一僕ひとりだけ、ベストアチーブアワーズという、努力賞のような賞を受賞して、表彰状と賞金までもらうことになった。

僕が奇跡的に卒業できたのは、相当なラッキーが重なったからだと思う。今となっては知りようもないが、ミセスリンダが夫である学長にあれこれ特別なアレンジを頼んでくれていたのかもしれない。そのおかげで僕は、世界のほとんどの国で旅行代理店を開業できるライセンスを取得した。さらにガリレオなどの航空チケット予約システムの検定に合格し、ＩＡＴＡ（国際航空運送協会）の決算資格も取得することができた。卒業する頃には、そこそこの英語力も身についていた。


恩人のミセスリンダは、ひどい喘息持ちだった。吸ってはいけないはずのタバコを吹かしながら、「私のようにつまらない人生を送ったりしたら駄目よ、あなたの夢は何？ どんな夢でも絶対に諦めないで頑張りなさいよ」と、いつも優しく語りかけてくれたが、僕は適当に口笛で答えたり、蜘蛛やコウロギを彼女の手の平にのせて驚かせたりしていた。

ミセスリンダは、僕が卒業して帰国した数年後に病気で亡くなった。

彼女の訃報を聞いたときはとてもショックだった。そして彼女の恩義に報いることができなかったことを後悔した。しばらくは、心にぽっかりと穴があいたような気持ちだった。

起業の真似事

僕はウイリアムスカレッジに通いながら、同時にビジネスを始めた。

きっかけは、クラスメートの韓国人留学生キムとの会話だった。

「せっかく誘ってくれて悪いんだけど、今夜もバイトなんだよ。生活のために働かなくちゃね」

「ヒサシ、生活のためなんかに働くことないぞ。シドニーまで来て自分の時間を安売りするなよ」

「でも仕事しなきゃ食っていけないじゃない、どうしろってのよ」

「どうしてもシドニーで働くなら、何か自分の夢に関連する仕事にしなきゃ、将来の役に立つ経験ができるような仕事さ。**毎日の飯のために自分の貴重な時間を使うと、クソをして流したらまたゼロだ。**あっという間に時間は過ぎて帰国の時期が来るぞ」

「でも、夢に関連する仕事といっても、ジャパレスくらいの仕事しか求人は出てないぜ」

「おいヒサシ、仕事は自分で作るもんだぞ、そこらに転がってる誰でもできる安い仕事に食いつくな。自分で起業すりゃいいんだよ」

「仕事は自分で作るものか…、確かにそうだ。でも金も経験も無いのに、何か策でもあるのか？」

「ああ、俺に一策あるから、お前やってみるか」

すぐに僕はバイトで貯めた資金で３ＬＤＫのマンションを週１８０ドルで借りて、１部屋を自分で使い、残り２部屋をふたりの留学生に週１２０ドルずつで貸すことにした。これで僕は事実上タダで部屋を使い、さらに週60ドルの利益を上げることになった。自分も留学生のくせに、他の国の留学生の大家さんをはじめたのだ。

キムが思いついたこのビジネスモデルは、簡単に軌道に乗せることができた。さっそく僕はミチを呼び寄せて、一緒に住むようになった。

さらに僕はキムと組んで『ワールドエディケーションセンター（ＷＥＣ）』という名前で会社を登記して、留学生情報サービスのビジネスを始めた。アジアからの留学生を対象とした進学情報サービスで、大学やビジネスカレッジに進学する彼らに必要な情報を提供したりカウンセリングをして進路決定のサポートをするビジネスだ。事務所はシドニーで最も有名な大通りであるジョージストリートに構えた。築１００年超の古い雑居ビルの四階を週３００ドルで借りた。内装は自分たちで適当に改装し、中古のデスクや椅子、カウンターやパンフレットのラックなどを運び込んだ。

シドニーのほとんどの英語学校の掲示板に宣伝ポスターを貼り、駅などで配られているフリーペーパーに広告を載せたりしたところ、すぐに効果があり、毎日のように留学生がやってきた。

僕らは留学生の希望進路をヒアリングして、適切な進学先を推薦した。学生が進学先を決めると、無償で僕らが願書の作成と申し込みを代行してあげるのだ。そして月末になると、各学校から授業料の10％をコミッションとして送金してもらうというビジネスモデルだった。

このビジネスは日本食レストランでアルバイトするよりもはるかに効率良く稼ぐことができたが、面倒も多かった。暇な学生たちがいつも数名オフィスにたむろしていたし、タダでコーヒーを飲んだりタバコを吸ったり電話をかけたりするため、僕らは彼らを追っ払うのに苦労した。それでも、実際のビジネスを通じてたくさんの経験をすることができたのは財産になった。カウンセリングや進学先の学校の担当者と交渉するうちに、英語力も飛躍的に伸びたし、多くの友人を作ることができた。

僕がキムと一緒に起業して参考になったのは、**あまり深く考えずに、まずは何でもさっさとやってみる**ということだ。資金や経験が無いからと、やらない理由探しをするよりも、自分が興味があってやりたいのなら、まずは始めるのだ。いざ始めてしまえば、たとえ問題に直面しても、その都度考えながら工夫改善していけば、なんとかなるものだとファンキーに思うようになった。

そんな中、僕もミチも同時期にそれぞれ通っていた学校を卒業する時期がきていた。シェアハウスや学生情報センターのビジネスも悪くはなかったが、３年もオーストラリアにいると、シドニーでの生活にも少しずつ飽きてきていた。

そろそろ日本が恋しくなっていた僕らは、学校の卒業を機に、一緒に帰国することにした。親に何でもやってもらっていた生活から抜け出し、オーストラリアに来てからというもの、自炊はもちろん、電気、ガス、水道なども英語で契約し、自動車免許も取得することができた。病気をすれば地元の病院に行き、アルバイトやビジネス立ち上げも経験した。自ら稼いだお金で学費も払い、無事に卒業までできた。事業をして税務署で税金の還付までしてもらい、おまけにビジネスで稼いだお金を５０００ドル近く貯金することができた。

僕は自信に満ち溢れていた。

—どの国のどんな街だろうと、オレならやっていけるぞ。

もちろん、東京でもだ！

東京！

１９９４年1月、僕は日本に帰国した。愛知県春日井市の実家で1週間ほど両親や弟妹たちと過ごした後、上京して安アパートと仕事を探し始めた。福岡の実家に帰ったミチを呼び寄せて一緒に暮らすためだ。

本当はすぐにでも起業したかったが、日本での社会経験がなかった僕は、自分がどんな事業をしたいのかすらわからなかった。旅行業はもうやりたいとは思わなかった。ホテルニッコーで、毎日わがままな旅行客の相手をしたからだ。旅行は客として楽しむほうが僕には向いている。

かといって他に自分が何をやりたいかを見つけられずにいたこともあり、まずは修行がてらどこかの商社にでも就職して、いろいろなビジネス経験を積んでみることにした。

帰国直後、地元でもない東京で新生活を始めるための資金は、たった10万円ほどしかなかった。シドニーで貯めた５０００ドルは、帰国直前のタイミングで為替レートが急激な円高に進んでしまい、それだけで15万円も目減りしてしまった。

さらに日本に帰国の途中で、僕はミチと一緒に、東南アジア数カ国周遊の旅をして、持ち金の半分以上を使ってしまっていたのだ。そのため僕は、予算内で借りられる安いアパートを探さなければならなかったが、保証人の必要もなく予算内で入居できるような物件はなかなか見つからなかった。

物件が見つかるまでの間、僕はオーストラリアで知り合った、葛飾区在住の友人、トモオの実家に居候させてもらっていた。

トモオの家族は、実家の一部屋を僕のために空けてくれただけでなく、朝晩の食事や洗濯まで、トモオの母親がすべて面倒をみてくれた。そればかりか、物件を探し回って毎晩疲れ切って帰って、夕食をご馳走になりながら不首尾の報告をする僕を「あんた、諦めないで頑張りなよ、そのうちきっといいアパートが見つかるから」と、やさしい言葉で慰めてくれた。食卓では僕が照れながら**４杯目のご飯おかわり**を頼むと、いつも喜んで茶碗によそってくれた。

そんなある日、たまたま読んだジャパンプレスいう在日外国人用の英語新聞のクラシファイド（暮らしの情報欄）で、保証人のいらない外国人用アパート物件を見つけた。それは『**夢見荘**』**という怪しい名前のアパート**で、家賃は４万５千円、敷金・礼金・保証人不要という、僕が求めていた理想の条件だった。

そのアパートは、井の頭線の西永福駅から徒歩25分で、和田堀公園の目の前だった。古びて安っぽいボロボロの木造二階建てで、中に入るとボロボロ感はさらにひどく、老朽アパートそのものだった。夢見荘は全部で10部屋あったが、全ての部屋が空き部屋だった。あまりのボロさのため借り手がつかなかったのだろう。

しかし、僕に選択の余地はなかった。今の僕の条件で借りられる物件は、この夢見荘くらいしかないだろうと判断し、僕はそのボロアパートに入居することに決めた。

ついに家が決まったと報告すると、トモオの母親は自分の息子のことのように喜び、「変なアパートならすぐに戻っといで」と、よそってくれたご飯の上に自分の唐揚げを乗せてくれた。

トモオ家は、お歳暮やお中元でもらったままの食器やタオル、毛布などを「持っていけ」と持たせてくれた。あまりの量に僕が困っていると、使わないテーブルなどの家具もさらに追加でくれて、全部まとめて車でアパートまで運んでくれた。

都会の人間は冷たくて人情が薄いとか、ドライなイメージがあったが、トモオ一家に家族の一員のように親切にしてもらった僕は、すっかり東京が好きになった。

トモオ宅を出て、生まれて初めて自分で借りたボロアパート『夢見荘』の四畳半の部屋に、せんべい布団を敷いて横になった最初の日の夜、僕は猛烈な寂しさに襲われた。

物音ひとつせずカビ臭い部屋は、砂壁の金色の粉がポロポロ剥がれ落ちて、あちこちに散らばり反射して怪しく光っていた。寝返りするたびにきしむ音が、まるで座敷わらしのささやきのように聞こえてきて薄気味悪く、寂しさと恐怖に耐えるために、僕はミチの写真を眺めたり鼻歌を歌ってなんとか堪えていた。

住所が決まったので、次の日からさっそく僕は就職活動を始めた。自分で起業することを前提にした下積みとしての就職だ。

近所のコンビニで就職情報誌『ビーング』を購入すると、2つの商社に、履歴書を送った。そして数日後には両方の面接を受け、時をおかず両社から採用通知をもらった。

ひとつは墨田区にあったアパレルプラント機材の商社、もう一つはヨーロッパから雑貨を輸入してデパートに卸している商社だった。

最初は深く考えずに後者に就職しようと考えていた。すぐにでも**オシャレなヨーロッパへ海外出張**させてもらいたかったからだ。しかし採用担当者の話を聞いた瞬間、すぐに考えが変わった。

「それで僕は、いつ頃ヨーロッパに買い付けに行かせてもらえるのですかね？」

「キミ、あのねえ…、この私でさえ10年勤務して、やっと同期で唯一バイヤーのポジションを勝ち取って、年に１度海外出張できる身になったんだよ、**君なんか10年、いや15年早いよ**」

―下積み10年だって？　そんなに待てるわけねーだろ…

10年と聞いて落胆した僕は、すぐにアパレルの方に転向した。

「僕はいつ海外出張に行けますかね？」

「ああ、君ね、植田くんだっけ。そうね、**来週からでも上海と南通の縫製工場に行って、製造ラインの設置作業に参加してもらいたい**んだけど、パスポートとか大丈夫かな？」

「ええ、もちろん大丈夫ですよ」

そのアパレルプラント機材の商社は零細企業だったが、高卒で未経験の僕でも英語がある程度話せる事を見込んで雇用してくれた。正式に採用通知をもらった翌日から、僕はその職場で働き始めたのだった。

僕の仕事はジューキやペガサスなどの工業用ミシンや、裁断機、検針機などのアパレル関係機械を、中国や韓国の縫製工場に販売するための輸出業務全般だった。

インボイスやパッキングリストと呼ばれる船積書類の作成をしたり、保税倉庫に商品をトラックで運んだり、銀行の外為課に行きＬ／Ｃという国際商取引信用状を提出したりと、貿易実務全般を一人で任され、月末には取引先を回って集金もさせられた。

それればかりか、**社長が町内会長**だったため、たまに町内会報や商店街のお祭りチラシの作成を頼まれたり、社長の趣味関連の雑務など会社の業務以外のこともやらされたりしたが、僕に不服はなかった。小さい会社で商品の流れやお金の流れに関する、あらゆることを体験できれば、のちに起業するうえで大いに役立つだろう、そう考えていたからだ。

これでアパートにつづいて、就職もなんとかなった。たったの1か月ほどで、このふたつを手にすることができたのはラッキーというしかなかった。

僕はすぐに、福岡の実家にいるミチに電話をした。

「すぐに飛行機を予約して、カバンひとつで来ればいいよ」

そう伝えると、ミチは1週間後の日本航空の羽田行きの便を予約してくれた。彼女がちゃんと約束どおり待っていてくれたことが嬉しくて、僕は胸が踊った。

その1週間後。

その日の朝はとても寒くて、アパートの目の前にある和田堀公園は、辺り一面に霜が降りて真っ白になっていた。肌寒かったが、晴天の空からの日差しは暖かくて気持ちよかった。

ミチは暖かいシドニーでは見たことがなかった厚着をし、赤いマフラーと手袋をつけて、カバンひとつで東京にやって来た。

夢見荘で見た夢

到着時間よりもかなり早めに羽田空港に迎えに行った僕は、1時間ほど待った到着ゲートからミチが出てくるのをすぐに見つけ、軽く手を振った。

たかだか2か月ぶりの再会にもかかわらず、オーストラリアではなく日本で初めてミチと会ったことで、僕はなんだかわからないが照れてしまい、しばらくの間、顔を見ないまま、一人で東京についてあれやこれやと喋り続けていた。

早歩きの僕を追いかけるように寄り添いながら、僕の東京での話に「ふーん」「へえ、すごい」などと愛想よく頷いている彼女が、すぐにシドニーで一緒に過ごしていた頃のミチと同じだとわかって安心した。

電車の中でも僕のおしゃべりは止まらなかった。僕は渋谷や原宿や下北沢などの賑やかな繁華街の話を聞かせながら、ミチが「ふーん、竹下通りに行ってみたいなあ」と言えば、「そんなのすぐに行けるよ。アパートから近いんだから簡単なんだ。渋谷だって下北沢だってすぐに行けるよ」などと得意げに話し続けた。乗り換え駅が近づいて僕がせっかちに座席を立てば、ミチもすぐに従った。

一人で来たばかりの頃の東京と、今日の東京は、まるで別の街のように感じられた。この東京で、僕は何でもできるような気分になっていた。

ますます僕は早歩きになった。

駅から駅へと乗り換えながら、必死に僕を追いかけてくるミチを、たまにふり向いて確認しながらも、気が急いでいた僕は足早に歩いた。これからふたりで暮らす街へと向かった。

羽田空港での再会から2時間後、これから僕らが一緒に生活するアパートが見えてきた。

「ほら、あのアパートがそうだよ」

「あ、あの角の古い二階建の家？」

僕らは和田堀公園のど真ん中を突っ切って一直線に歩いていく。

「あのアパートは今のところ、オレしか住人がいないんだ、ボロボロだろ」

「うん」

「夢見荘って言うんだ。見ての通りオンボロでビンボくさいんだ。でも中はもっと古くてボロっちいから、きっとミチは驚くと思うな」

僕はちらっとミチの横顔を観察した。

「一番奥の四畳半の部屋がオレの部屋なんだ。便所も風呂も台所も共同なんだけど、他に誰もいないから、全部がオレ専用みたいなもんなんだよ、すごいだろ」

「ふーん、すごいね」

「どう？」

僕はミチの反応を心配しながら言った。

「うーん、最初見たときはちょっと怖いと思ったけど、でも大丈夫だよ」

ミチは嬉しそうにそう答えて笑った。

彼女の表情を見て、僕は正直ほっとした。というのも、シドニーでの僕らは、高級マンションとまでは言えないが、赤いレンガが印象的な、ちょっと小洒落た3ＬＤＫユニットマンションに住んでいたからだ。

こんなにもオンボロで、風呂や便所も共同のくたびれた古アパートで、しかも『夢見荘』なんてマンガに出てくるような貧乏くさい所にこれから住むことになるなんて知ったら、ミチはシドニーでの生活とのギャップに耐えられないんじゃないかと心配していたのだ。

すぐに僕はミチの手を引いていき、玄関の前に立った。築44年の二階建てで、地震が来たら真っ先に崩壊してしまいそうな建物の玄関は、古墳のような形の旧式の鍵穴の引き戸だ。

「来てみなよ」と笑いながら、僕は引き戸を開け、ミチの足元に新しいスリッパを置いた。

前日に近所のスーパーで買っておいた２００円くらいの安物だったが、ひまわりの絵がプリントされたそのスリッパを履いたあと、脱いだ靴のかかとの向きを直しているミチの笑顔に僕は微笑み返した。

―ひょー、なんだかウキウキするな！

シッポを激しく振りながらクルクル走り回る犬の気持ちがわかる気がした。スキップしたいのを抑えてアパートの中を案内した。

ミチは玄関を入ってすぐ横にある共同台所に興味をひかれたようだった。いかにもボロアパートらしい感じの、古くさくて狭い空間で、ミチは備え付けのコンロの上にある棚を開けたり閉めたりしている。

かいがいしく台所の使い勝手を試しているミチの後ろ姿を見つめながら、僕は自分の選択に間違いはなかった、と胸を張りたくなった。

―さあ、今がそのときだ！

僕はミチの背中に向かって、あらかじめ準備していたプロポーズの言葉をかけた。

「すぐに福岡が恋しくなるかもしれないけど、この街にずっと住みたいと思えるようになるまで、一緒に頑張ろう」

「え？ なにか言った？」

「あ、いや、オレ、よく働いて、毎年ミチにきれいな指輪を買ってやれるように頑張るよ」

「え、指輪？」

「あの、いや、だからその、いつまでも一緒にいてほしい相手には指輪をその、えっと…」

1分ほどして、それがプロポーズだと気づいたミチは、驚いたように口に手を当て、嬉しそうに呆れた顔を見せた。

「いいよ」

少し恥ずかしそうな表情をうかべたミチは、そういって僕のプロポーズを受けてくれた。僕は素直に喜んで、すぐにミチを抱きしめた。

こうして僕たちは正式に結婚することになったが、実際に籍を入れたのは2年後のことになる。


僕らはオンボロ夢見荘で1年ほど暮らした。

ミチは上京してすぐに、オーストラリアで学んだ英文簿記のスキルを生かして、外資系医療機器メーカーに就職した。

僕らが夢見荘に住み始めて1か月後、他の部屋にトルコ人やインドネシア人の男が住み始めた。陽気な青年たちだったが、トイレットペーパーを使わないで水で尻を洗う彼らは、毎回の使用時にトイレを水浸しにした。台所には何十種類ものスパイスを並べ始め、調理の後は汚れたままだった。カルチャーギャップも最初は新鮮だったが、そのうち嫌気がさし始めた。

ちょうどその頃、貯金もだいぶ貯まってきたこともあり、僕らはJR中央線荻窪駅から徒歩15分、環八沿いにある小さな２Kのマンションに引っ越した。一日24時間、車が途切れることのない大通りに面したマンションで、家賃は月８万円だった。

マンションにはエレベーターが付いていた。僕たちの部屋は二階だったからエレベーターはほとんど使わなかったが、それがあるだけで東京での生活がステップアップしているように感じられて、嬉しかった。

荻窪に引っ越してしばらくした頃、僕は会社を辞めることになった。

本当は３年くらいは勤めて会社経営に必要な経験を積み、独立後に役立つ人脈も築きたいと思っていたが、結果的に僕のサラリーマン生活は２年しか続かなかった。

原因は人間関係だった。社長のムコ養子で、直属の上司だった専務とウマが合わなかったのだ。言った言わないの争いをいつも繰り返していて、20代半ばの生意気盛りの僕は、ミスやヘマが多いくせに、上司に口ごたえばかりしていた。そのうち会社に行くのが嫌になってきて、辞めることばかり考えるようになった。

すでに貿易実務のイロハはマスターしていたし、ぼちぼち仕事に自信もついてきた頃だったこともあり、どうせ遅かれ早かれ辞めて起業するつもりだったため、ある日のちょっとした喧嘩をきっかけに「**そんなら辞めさせてもらいます**」と辞表を叩き付けてしまったのだ。

その一件が僕の背中を押してくれたとも言える。ぼくは前倒しで独立する決心を固めた。荻窪の自宅マンションの一室を事務所にして、ついに念願だった自分の会社を立ち上げることにした。

このとき26歳。きっと、何かを立ち上げる運気だったのだろう、僕は会社を退職したのに続いて、結婚式、そして起業を同時に準備することになった。

会社を辞めた日の夜、ミチに起業する考えを伝えた。

「**自分の会社をつくることにしたよ**」

「え！」

「きょう会社を辞めたんだ」

「は？」

「もうミシンを中国や韓国に売る会社とはおさらばさ」

「へえー、そうなの…」

少し驚いた表情をしたが、ミチはすぐに下を向いて20秒ほど沈黙した後に言った。

「それでどんな会社をするの？」

「うん、とりあえずは、中古機械の輸出業をやるんだ、**オレは社長だよ**」

「ふーん」

ミチは相変わらずうつむいたままだ。

「それで社名はミチにするよ」

「え、あたしの名前？」

さすがに、これには驚いたらしい。

「そうだよ、もう決めたんだ」

社名を「有限会社ミチコーポレーション」にしたのが、**事実上2度目のプロポーズ**になった。

「これで多少ケンカしたってもう離婚はできないよ。何しろ会社名が奥さんの名前なんだからさ」

僕はケラケラと笑っていたが、実際は真剣だった。

今日からオレはミチの夫になり、一家の長として、そして会社の社長として、**家族も会社も大事に大事に育てていくんだという、ささやかながらも人生の決断をした瞬間**だった。

それからすぐに僕らは結婚式を挙げた。

結婚式をするならふたりが初めて出会ったシドニーで盛大にやろうと思い、会場は僕らが住んでいたシドニー北部の町チャッツウッドの教会にした。

シドニーにはお世話になった人や友達もたくさんいたので、招けるだけの人数を招待した。さらに家族や兄弟もみんな連れていくことにした。結婚式の費用と僕らの旅費とは別に、福岡のミチの両親と妹、そして愛知県の僕の両親と姉夫婦、弟を招待するために、約２００万円かかった。

盛大で感慨深かった結婚式が終わると、僕は本格的に起業の手続きに取りかかった。

会社設立に必要な書面の作成も、司法書士、行政書士には依頼せず、全て自分でやった。近所の文房具店で登記に必要な書類のひな型セットを購入して、定款なども全て手書きで作成した。実印や銀行印、名刺なども全て同じ文房具店にオーダーして作ってもらった。

会社設立の作業は思ったほど難しい作業ではなかった。全ての作業が完了するまでに1か月ほどかかったが、特に困った問題はなかった。ただ、会社登記の際の印紙代が予想以上にかかったのには驚いた。

オフィスは自宅の一室を使うことにした。パソコンとタイプライターと電話とファックスを机に並べ、壁には世界地図を貼った。

このときはまだ、スリランカという国が、世界地図のどこに位置しているのかすら僕は知らなかった。

第3章　スリランカ国民の誤解と救世主伝説

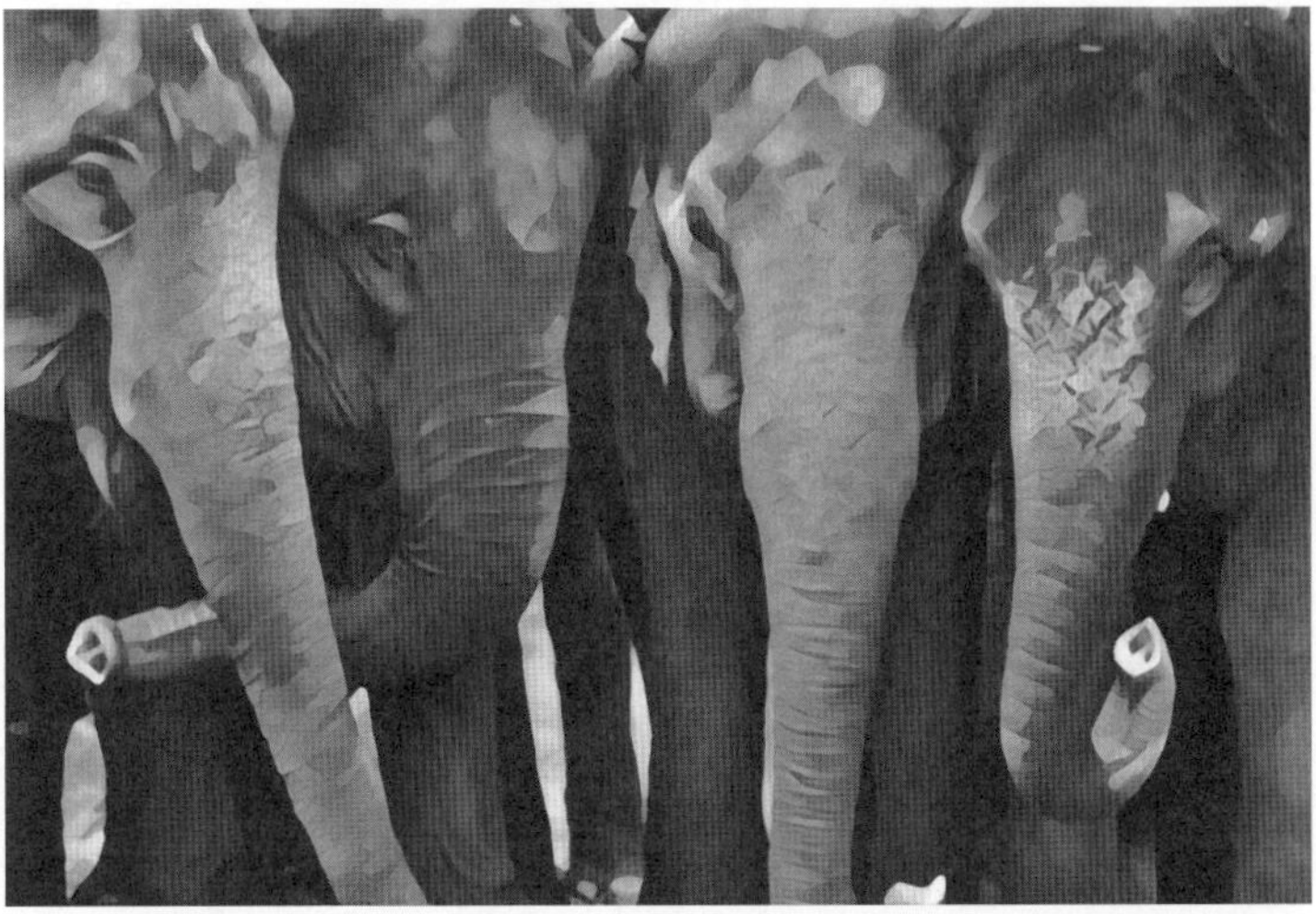

エコロジーの専門家、現る

ティトの結婚式に出席するために初めて訪れたスリランカから帰国すると、以前と全く変わらない日本での生活が待っていた。

僕は相変わらず中古印刷機械の輸出業を営みながら、同時にいろいろな新ビジネスを模索していた。とにかく退屈な中古機械の輸出ブローカーの仕事から、何か新しい事業に乗り出したかった。

実際に、いくつかのニュービジネスにもチャレンジしてみた。

たとえば、外国人向け中古家電販売業だ。廃棄されたテレビやラジカセ、ビデオデッキなどの家電ジャンク品を廃棄物回収業者から二束三文で仕入れ、レンタカーのトラックに満載して横浜の山下埠頭や本牧埠頭へ持って行き、パナマ船など世界中からくる外国籍輸送船の乗組員に売りさばくビジネスだ。トラックを埠頭に横付けすると、すぐに船乗りたちが集まってきて、あっという間に品物は売り切れた。だいたい言い値でさばけた。米ドルの現金でその場で支払ってもらうため、単純でわかりやすいビジネスだった。

しかし、たまに**偽札が混ざっている**ことがあるため、僕は現金を受け取るとすぐにその場で目視でチェックをするようにしていた。偽札を見つけると、その場で指摘して、別のお札に替えてもらうのだが、どう見てもオモチャのような偽札でも、頑固に本物だと言い張る人や、逆に文句を言ってくる人もいて、頻繁にトラブルが起こり、騒いでいると港湾関係者に苦情を言われることもあった。仕入れルートもあてにならない場合が多く、在庫を持っていると言いながら、買い付けに行くと持っていなかったり、仕入れ値がコロコロと変わるなど、すぐにこのビジネスを続けるのが嫌になった。

他にもいろいろ試してみたが、その中でもいいところまでいったのは、マレーシア工業団地向け消耗品サプライビジネスだ。現地に進出した日系メーカーの合弁工場向けに、日本製のＵＶランプやクリーンルームのフィルター、レンズを磨く研磨材、従業員用トイレのサニタリー商品といった消耗品を輸出販売した。最初のうちは１００万円単位の注文をもらうこともあり、支払いサイトも月末締め翌月末払いと極めてクリーンで早く現金化できたため、商社としては割のいいビジネスだった。

うまく軌道に乗りそうだったので、オーストラリア留学時代のクラスメイトで、クアラルンプール在住のマレーシア人のアンソニーを誘い、彼と一緒に小さなオフィスを構えて、日系企業が集中する工業団地の各工場の担当者を相手に営業をしてまわった。

最初のうちはうまくいったが、すぐに日本の**大手商社が嗅ぎつけ、**僕らと同じビジネスを始めた。彼らは僕らの何十倍もの在庫を取り揃え、僕らより便利なサービスを展開したため、僕らのお客が次から次へと横取りされていった。すぐに僕らは窮地に陥ったが、トドメは数年前からの**アジア通貨危機の影響で、アンソニーが破産したこと**だった。これが決定打になり、僕はこの事業から撤退した。

他にも小さなビジネスを新規に興そうと努力してみたが、どれもうまくいかなかった。

そんなある日のこと、『エコビジネス研究会』という環境関連の異業種交流会に出席したことで、僕の人生が急展開することになった。

そのイベントの会場となった新宿の古い雑居ビルの中にある貸し会議室には、約15名の参加者たちが集まっていた。イベント名のとおりエコロジー業界の関係者が多く出席していた。環境コンサルタントや廃棄物関連機械メーカーの営業マン、鉄クズ屋の経営者の息子、水の浄水器のマルチビジネスのディストリビューター、中間処理業の経営者などだ。

その参加者の一人に、たまたまペットボトルリサイクルビジネスの専門家だという人物がいた。

—ああ、ペットボトルか、そういえば確か…

僕はすぐに先日行ったスリランカのゴミの山のことを思い出した。それで、その男にスリランカでの話をしてみることにした。

「スリランカでは毎日すごい量のペットボトルが他のゴミと一緒くたにされて山に投棄されているんですよ、僕はこの目で見てきたんです」

するとその中年の男は、すぐに身を乗り出してきた。

「現地の市長から、ペットボトルのリサイクルビジネスをしてほしいと依頼されたんですが、僕にはよくわからない業界だったので困りました」

男は品定めするように僕の全身を眺めまわすと、中指でメガネを持ち上げて僕を睨みつけた。その奥の瞳が輝いたのを僕は見逃さなかった。

「ペットボトルのリサイクルは今、日本でもビジネスチャンスとして加速度的に大きくなりつつありますよ。主にカーペットや衣料用生地などに再生されて販売も好調です」

もったいぶるように、男は言った。

「ことに中国では廃ペットボトルのフレークやペレットなどの再生原料自体のニーズが物凄い勢いで高まっています。私の知り合いで中間処理業をやっている社長の多くも、日本の使用済みペットボトルを粉砕してフレコンバッグに入れては、せっせと中国に輸出していますよ。ペレット状のペットだと1トンあたりFOB価格（本船渡し料金）で3万円くらいにはなりますからね、けっこう儲かりますよ」

あらためて交換した名刺を見ると『株式会社ケーイーピー企画 代表取締役社長 小西正行』と印刷されている。小西さんは手持ちの自分の名刺の束を指で弾きながらつづけた。

「この名刺も、ペットボトルをリサイクルして作ったフィルムでできているんですよ。諸官庁や大手企業の環境関連部署など、エコに配慮した組織や会社のビジネスパーソンでこのペットボトル名刺を使っている人は多いんです」

そこまでいうと小西さんは、またもったいぶって間を置いてから言った。

「実はこのフィルム、私の会社で独占的に扱っている商品なんですがね…」

「そうなんですか、すごいですね！」

僕は驚きながら、頬のあたりがこそばゆくなった。

―これは、もしかすると…

たぶん僕も無意識に身を乗り出していたはずだ。僕のリアクションに気をよくした小西さんの話は、さらに勢いを増して大きくなっていく。

「私はもともと某大手百貨店の外商部のマネージャーをしていましてね、そこでペットボトルの圧縮機械の会社のコンサルティングだとか、大手メーカーの工場のゼロエミッションのディレクティングだとか、ゴミ処理施設のコジェネ関連のコンサルだとか、日本の最先端の環境ビジネスにはほとんど絡んでいましてね」

小西さんは、頭部が見事に禿げ上がり、身体はだらしなく緩んだ中年太り体型だが、顔の肌はまだ若く、年齢は40代半ばくらいに見える。

「その部署が、ちょっと前に日本で開催された世界陸上というスポーツイベント、これオリンピックに匹敵するレベルのイベントですがね、その世界陸上の環境関連のコンサルの仕事を受注しましてね。もちろん国からの仕事ですよ。そのプロジェクトリーダーを私が担当したんだけど、それで首都圏中のコンビニの前にゴミの分別用ボックスを置いてペットボトルを回収するプロジェクト、東京ルールⅢというんだけど、そんなようなことをずっとしていたわけですよ」

僕には小西さんの言うことのほとんどがちんぷんかんぷんで理解できなかった。しかし、内容がどんどん具体的になってきたのに引き込まれていった。

「当時は私専用の事務所として池袋のサンシャインビルの一室を好き勝手に使わせてもらっていたけどね、ジムやラウンジも使い勝手よかったし、高層階のオフィスとか快適な仕事環境を会社には提供してもらっていたんだけど、半年前に独立しましてね。もっと縛りなく自由に大きな仕事をしたくってね。今は環境関連事業のコンサルティングがメインでやってるんですよ」

小西さんはふたたび間を置いてから、僕を試すように言った。

「コジェネとか環境アセスとかって聞いても、普通の人たちにわかるかな、ハハハ」

――確かに環境保護やエコロジーってのは、世の中のためになるし、これからの時代にマッチしてるっていうか、時流に乗って急成長するかもな。

小西さんの自慢気な話しっぷりが少し鼻についたが、僕はすっかり彼の環境ビジネスの話に夢中になっていた。

「植田くんが行ったスリランカって国だけどね、一国全てのペットボトルがまったくリサイクルされないまま、山林に廃棄され続けている状況というのはすごく問題だと思うよ。ペットボトルに限らず、ゴミをそのままずっと山に廃棄して野焼きしたりしていると、必ず公害問題を抱えることになる。日本でも水俣病やイタイイタイ病とかあったけど、今の使い捨て時代のスピードから考えると、スリランカがゴミの島みたくなるのは時間の問題だろうね」

先日スリランカで目にしたゴミ山が、僕の脳裏に浮かぶ。確かにこのままではゴミの島になるのは明らかだ。

「ただ、誰もまだペットボトルのリサイクル業をやってないのなら、オーソリティを得て独占的にやれば、莫大な利権というか、これはすごいビジネスチャンスとも言えるよね」

ここで、期せずして僕と小西さんの目が合った。なにか不思議な磁気のようなものが僕らを引き寄せ始めていた。

「人口や輸入量や生産量、観光地でのペットボトルの消費量など、いろいろリサーチしてみないとはっきりは言えないけど、なんといっても一国のペットボトルだからねえ、すごい消費量だろうね。首都ともなれば少なくとも1日100トンくらいはゴミとして捨てられてるだろうから、1トン3万円で100トンだから、単純計算でも毎日300万円の売り上げか。儲かれば儲かるほど環境にもやさしいビジネスだしね、スリランカの人たちにも喜ばれるだろうし、ゴミの分別が進めば他の廃棄物、たとえば紙や鉄、空きカンなども全てリサイクルできるし、分別する物によってはペットよりもっと儲かるよ」

小西さんはゆっくりとした口調で、ここまで一気に語った。そして最後に付け加えるように、こう言った。

「植田くん、もしよかったら、私が一緒にスリランカへ行ってあげようか」

「えっ、僕と一緒にスリランカへですか？」

「そう、行ってみないとわからないでしょ。私も現場を見ればだいたいのことはわかるから」

「んー、そうですね、たしかに行ってみないとわからないですよね…」

いきなりの申し出に困惑している僕を尻目に、小西さんは畳みかけてきた。

「もしスリランカの自治体や政府がある程度協力してくれるのであれば、これは植田くんにとってビッグビジネスになるかもしれないよ。コンサルフィーとかは別に心配しなくていいからね」

小西さんは、はずしたメガネのレンズを拭きながら最後にこう言った。

「ただ交通費、宿泊費なんかはそちらに持って頂くことになるけどね」

—要するにオレの金で連れて行けということか…

僕は少し迷ったが、小西さんの話を聞いているうちに、もう一度だけスリランカに行ってみてもいいのではないか、という気持ちになっていた。築地魚市場で貯めた資金は、まだ１５００万円以上残っていて、経済的な余裕もあった。

そして僕は、その１か月後に小西さんとともに、再びスリランカに舞い戻ることになった。

あの内戦中のティトたちの国へ…。

リサイクル狂騒曲

僕らは成田空港を飛び立ち、スリランカのコロンボ空港へと向かった。

搭乗してすぐに気がついたのだが、スリランカ航空ＵＬ４５５便の機内には成田発にもかかわらず、日本人は僕と小西さん以外誰もいなかった。ほとんどがスリランカ人で、モルディブ人が少し混じる程度だった。やはり内戦で、渡航延期勧告が出ているのが影響していたようだ。

日本人は僕らだけということもあり、機内では特別待遇だった。全席禁煙にもかかわらず、小西さんは一番後ろの空席で、他のクルーたちと楽しくタバコを吸っていた。頼んでもないのに日本語の新聞や雑誌をわざわざ持ってきてくれたり、最終的には**コックピットの中に入れてくれて、操縦席に座って記念撮影**までさせてくれた。

９時間のフライトを楽しむうちに、小西さんは僕を「植田ちゃん」と、馴れ馴れしく呼ぶようになっていた。それが偉そうにいうのではなくて、親愛の情が感じられる言い方なので、「小西さんは意外にいいひとなんじゃないか」と思った。ただ、彼が英語がまったく話せないことも意外だった。スリランカ航空のスタッフとジャレるときも、ブロークンな英語が少し混じる程度で、ほとんど僕が通訳することになった。彼のキャリアを考えれば、それはありえないことではないのか…。

―小西さん、大風呂敷広げてたけど、環境ビジネスの第一人者って本当なのかな？

僕は少し不安にもなっていた。

午後８時頃、コロンボ空港に到着した。小西さんは案の定、入国カードを記入することができなかった。僕が代わりに記入している間、いつもの自信満々の態度は影を潜め、恐縮しながら手続きを待っていた。思えば数年前、僕が初めての海外旅行でマレーシアに降り立ったときもこんな感じで何もできなかったな、と懐かしく思い出した。

観光客も少なくガランとした到着ゲートを通り過ぎて、それほど大きくはない空港の玄関を出た瞬間、モワッと暑く湿った空気が一気に僕らを包んだ。だがその不快感は一瞬にして吹っ飛ばされた。

突然けたたましいラッパの音が鳴り響いたかと思うと、目の前に大きな横断幕が現れたのだ。幅が2メートルほどもある幕には、つぎのように描かれていた。

ようこそ ミスターヒサシウエダ
ようそこ ミスターマサユキコニシ
ジャパニーズ ビジネスパートナー

そして僕たちを見つけると、数人の**鼓笛隊がマーチを演奏し始めた**。小太鼓や笛やトランペットのマーチが鳴り響く中、僕らふたりは呆然と立ちすくんでいた。よく見ると、そのすぐ横では、ヨレヨレのスーツのティトが満足げな顔で顎を撫でていた。

爽やかな朝の目覚めを、リスの鳴き声が邪魔した。

リスは、見た目のイメージとは違ってけたたましく鳴くのだ。さらに耳を澄ますと、数種類の鳥の声が聞こえる。ウグイスは日本と同じ「ホーホケキョ」だ。

僕と小西さんは、前回と同じオンボロのハイエースで5時間かけて移動し、同じホテルにチェックインした。それも前回と同じ、猿が訪ねて来た部屋だった。

小西さんはだいぶ前に目覚めていて、すでにホテルの近所を散歩してきたらしい。

「いやあ、植田くん、この国は本当に素晴らしいね。山々が豊かで美しいし、空気はうまいし、花は可憐だし。どこを見ても豊かな自然と人間の営みがうまく調和しているようだ。川の近くを歩いたんだけど、マイナスイオンが私の頭部に降り注いで、髪の育毛にもよかったかもね、ハハハ」

「確かに言われてみれば、少しフサフサになったんじゃないですか、ハハハ」

そんな冗談を交わしながら、僕らは朝食を摂《と》るためにロビーを歩いて食堂へ向かった。

そこにティトが、新聞記者を連れてやってきた。

「今、ホテルの入り口に**キャンディ市の副市長**が来てるぞ、ヒサシ」

ティトは緊張でもしているのか、指に挟んだタバコの煙を深く吸い込むと、吸い殻を足元に投げ捨ててぎゅっと踏みつけた。

「**記者会見**の打ち合わせをしたいから、会見場に来てほしいって言ってるぞ、行こうヒサシ」

――んっ、記者会見？

新聞記者は当たり前のように、僕と小西さんの朝食の様子をカメラで撮り続けている。

「副市長？　記者会見？　なんだよそれ！」

混乱ぎみに、僕はティトに聞き返した。

「話しはあとだヒサシ。急いでくれ。副市長を待たすと後がやっかいだ」

「そんな約束、オレたちは聞いてないぞ。それに記者会見ってなんだよ」

英語のわからない小西さんが事態を知りたがって訊いてきたので、簡単に説明した。すると小西さんは食事の手を止めて言った。

「植田くん、とにかく副市長を待たせちゃいけないよ。とりあえず食事は早めに切り上げて、ティトくんの言う通りにしたほうがいいんじゃないかな」

それからタバコを一服しながらセイロンティを飲んだ小西さんは、「記者会見かあ…」と、ニンマリ呟きながらメガネを中指で持ち上げた。

食事を済ませた僕らは、急いで支度をしてフロントのカウンター前に行った。そこには副市長とお付きの数人、そして新聞記者が待っていた。

「こちらがキャンディ市の副市長、ペレラさんだ」と、ティトが紹介した。

「初めまして、日本から来たミチコーポレーションの植田です。お会いできてナイスです！　こちらはペットボトルリサイクルの専門家、ミスター小西です」

小西さんは日本語で「小西です」と、いつもより低い色のついたような声で言った。中指でメガネを直すことも忘れなかった。

きちんとプレスされた白いカッターシャツに地味なネクタイの副市長が、無表情に言った。

「ようこそ、スリランカへ。キャンディ市はあなた方を歓迎します。私のオフィスでセイロンティを飲みながら、記者会見の時間までゆっくりしてください」

そう伝え終わると、副市長はすぐにお付きの職員を連れてホテルを立ち去っていった。

そしてその1時間後、僕らは**記者会見会場のマイクの前に座っていた。**

誤訳だらけの記者会見

記者会見というのをテレビでは見たことはあったが、まさか自分がやる羽目になるとは思ってもみなかった。

――記者会見なんて、有名人とかがやるもんだろ！

1年前は築地の魚市場で、あんちゃんにビンタを張られながら、ターレでアジやホッケの開きを運んでいた僕が、これから記者会見をするのだ。しかも内戦中の国、スリランカでだ。僕は緊張で喉がカラカラに乾いてしまった。急いでミネラルウォーターを運転手のマンジューラに買いに行ってもらった。

会場には、僕、小西さん、そして通訳の順番で席が用意されていた。小西さんは禿げ上がった頭皮に多少残っている毛髪を整えたり、落ち着きなくメガネをハンカチで拭いている。やはり緊張している様子だ。

――それにしても、**いったい何のための会見なんだ？**

ティトは小西さんとは反対側の僕の横に座っていた。彼は火がついていないタバコを指でもてあそびながら、感無量という表情で目を閉じていた。

「ティト、これからいったい何がはじまるんだ？」

僕はティトの脇腹を小突いて、声をひそめて言った。

「大丈夫だヒサシ、心配するな。全ては任せてくれ。これがスリランカ式のやり方なんだ」

ティトはタバコでテーブルを、トントンと軽く叩きながら応えた。

「何をするにしても、まずは記者会見から始めるんだ。**できるだけあちこちに言いふらして、たくさんの人たちを巻き込みながら一気に物事を進めるのが一番早いんだ。任せろ**」

—なんでも記者会見からやるのがスリランカ式って、本当かな、それ…

よく見るとティトの服は昨夜とまったく同じだった。シャツの汚れもそのままだった。どうやらティトは、昨夜は自宅に帰らずにニシャーラたちとせっせと記者会見の準備をしていたらしい。

ティトとの問答を小西さんにいちいち通訳するのが面倒になって、そのうち小西さんに説明しないで会話を進めたり、適当にお茶を濁すようになっていった。すると小西さんがイライラしていくのがわかった。メガネを無闇にいじったり、口を半開きにして天井を見ながら息を大きく吐き出したり、小さく舌打ちしたりしている。

司会者らしき男がマイクの音声チェックを始めた頃、一人の女性がすっと会場に入ってきて、通訳用の席に座った。

「こんにちは。またお会いできてとても嬉しいです。植田さん、私を覚えてますか？ 前回、あなたの通訳をしたリザナですよ」

「ああ！ 君はあんときの…」

その女性は以前僕の話したことを、ことごとくデタラメに訳したあの通訳だった。

—あのときの通訳か…、**嫌な予感**がする。

もっとマシな通訳はいなかったのかと、ティトにこっそり聞いたが、「キャンディには日本語を話せる人がほとんどいないんだ、我慢してくれ」と言って、彼はウィンクした。

そうこうしているうちに、ついに記者会見が始まった。

司会者が副市長を紹介すると、さっきまで能面のように無表情だった男が、突然笑顔を振りまき、大げさなジェスチャーをしながらスピーチを始めた。

「日本とスリランカの友好について、話してまーす。日本のテクノロジー、世界最先端だと言ってますねー。スリランカは内戦で傷つき、不景気に苦しんでまーす。日本はスリランカの紅茶をたくさん買っていると同時に、宝石やマグロも買ってまーす」

リザナは僕らの耳元で囁くような声で、副市長の話をぎこちない日本語で通訳する。

「このキャンディ市に限らず、スリランカのあちこちに、ゴミはたくさん捨てられ続けてまーす。昔なら、ジャングルに捨てればよかったのですが、今はゴミが多すぎて、ジャングルから溢れでてまーす」

僕らは、ふんふん、なるほど、などと呟きながら神妙な顔つきで彼女の訳に耳を傾ける。

リザナは続けた。

「そして、近い将来、必ず環境破壊は私たちの生活に悪い影響を及ぼすことになるでしょう。そうならないために、私たちは、ジャングルの自然を、守らなくてはいけないのでーす」

副市長のスピーチは、すでに5分以上になっていた。

「そして今日、私の呼びかけにより、こちらの専門家2名が、日本の最先端のゴミリサイクル技術を、大いに導入して、私たちの愛する町キャンディの、美しい自然を守るために、日本から来てくれたのでーす」

「え！」

副市長の話題が僕らに移ったとき、思わず息をのんだ。

「このふたりは、日本の技術を使って、私たちを苦しめるゴミから素晴らしい服をつくるという、世界最先端のリサイクルビジネスを、私たちの町キャンディ市で、立ち上げてくれるのでーす」

リザナは、キッパリとそう通訳した。

「なんだって！」

―オレたちはそんなこと、一度も言ってないだろ！ 何なのこの副市長は？

会場の視線が、さっと僕らに集中した。その直後、怒濤のような拍手がわいた。なかには手を合わせて、僕らを拝み始める者さえいる。

副市長は「やりきった！」という満足げな表情でスピーチを終えて席に着いた。

「おい、どうなってんだよ、ティト」

僕は小声でティトに詰め寄った。

「今、何が起きているのか俺にもわからない。でも俺たちはゴミをリサイクルするビジネスをキャンディで始めるど言っているぞ。そしてみんな感謝してるようだ。**チャンスだぞヒサシ！**」

―なにがチャンスだよ！ まいったな…

副市長のスピーチが煽ったために、蒸し暑い会場はさらにヒートアップしている。

状況を把握することに必死で、頭が混乱していた僕は、止まらない額の汗をぬぐいながらコップの水をガブリと飲みほした。

するとティトが言った。

「おい、ヒサシ、何か話せと司会者が言っているぞ。なんでもいいから適当に挨拶してくれ」

そして司会者が、「ミスターヒサシ・ウエダ！」と大声で叫んでいる。

会場に居合わせた全ての聴衆の視線が、僕に注がれた。


僕は人前で話をするのが大の苦手だ。しかも生まれて初めての記者会見だ。その瞬間、緊張で手が震え、口の中がカラカラに乾いてしまった。しかし日本人として恥ずかしくないように、なんとか最低限のことだけは話そうと覚悟を決めた。

「みなさん、日本の東京から来ましたミチコーポレーションの植田です。今日はどうぞよろしくお願いします、ゲコ（ゲップ）」

カチカチに緊張した僕は、それだけを言うと、どうぞ、という感じで小西さんに振った。

小西さんは、お前たったそれだけか！という顔で僕を見たが、すぐに中指でメガネを正し、落ち着いた表情になって静かに話し始めた。

「日本の環境ビジネスはドイツなどと同様、世界の最先端であります。その日本で超最先端の仕事をしているのが私、株式会社ケーイーピー企画代表取締役の小西正行であります。日本の中心地、練馬区から、はるばるあなた方のためにやって来ました。かつて我々日本人も、皆さんの国のように、公害や野生動物の絶滅危機、増え続けるゴミ問題など様々な環境問題を抱えていました。特に高度成長期には、イタイイタイ病や水俣病のような公害病が罪もない一般市民を苦しめ続けてきました。自然豊かな山々や河川、そして故郷を次世代に繋げていきたい、そんな熱い思いが私を…」

「ちょちょ、ちょっと待って、小西さん！通訳に説明させないと、日本語でしゃべり続けたら何言ってるか誰もわからないですよ」

通訳のリザナは、横で涙を浮かべながら必死にメモを取っている。会場の記者たちも、いったい何を話しているのか、という表情で、僕らと通訳のリザナを交互に見た。

「あと、難しい単語は話さないことです。高度成長期とか、イタイイタイ病とかって言っても、この通訳の女性は恐らくわからないですよ」

小西さんは「使えねえな」というように溜息をつき、「わかりました」と、メガネを触り、今度はゆっくりと間をおいて語り始めた。

通訳がなんとか小西さんの話についていけるようになると、小西さんの話は絶好調の域へと加速していった。過去に手がけた大きな仕事の自慢話、いかに自分は多忙かということ、そして日本とスリランカが力を合わせることが、世界にとっても地球にとっても重要なんだ、日本政府にもよく話しておきましょう、などと、まるで世界の指導者のような話しっぷりだ。

前回のこともあって、僕はリザナがどんな通訳をしているのか心配になった。小西さんの大ボラとリザナのあてにならない適当な通訳が、まるで昔のコーラスデュオ「ヒデとロザンナ」のように共鳴しながら、この記者会見に熱気と興奮のグルーヴ感を巻き起こしていたのだ。横で聞いていた僕は胸騒ぎを抑えることができなかった。

小西さんは坂本龍馬の話まで引っ張り出して熱弁していたが、リザナの通訳は明らかに適当に済ませたり、ナタを振るうように大胆に割愛したりしていた。

小西さんの演説とリザナの通訳は1時間近く続き、その後の記者との質疑応答が終わる頃には2

時間が過ぎていた。

「いやあ、よかったよヒサシ、素晴らしい記者会見だった。小西さんは**日本の人間国宝**のようなお人なんだね。記者も明日の新聞でさっそく記事にすると、急いで帰って行ったよ」

ティトは大満足の表情で僕にそう話しながら、美味しそうにタバコをふかしている。

今や**スリランカの救世主**となった小西さんは、まるで後光がさしているかのように、頭部を輝かせていた。たくさんの記者たちや聴衆にサインをせがまれたり握手を求められて、舞い上がっている様子だ。

「植田くん、まいったよ。これほどの反響は日本でもなかったからね。まあ地元の人たちのエコマインドは悪くないようだから、うまく法整備なんかも進めば日本のようなプラントを立ち上げても、いけるかもしれないね」

上気した顔で、小西さんは一気にまくしたてた。

「それにしてもサインをせがまれて困ったよ。何人かの女性に夕食に招待されたけど、どうしようかな、私」

ご満悦の表情で小西さんは、脂分でテラテラと光る禿げ上がった頭をハンカチで拭っている。

気がつくと、すでに昼時になっていた。

「お腹が空いたでしょう」

「そうだねえ、何か食べようか。とにかく疲れたよ。ここの人たちのパワーには、さすがの私も少し圧倒されたね、ハハハ」

小西さんが地元の料理を食べたいというので、僕らはキャンディ市の中心地にあるスリランカ料理レストラン『デボン』に行ってランチを食べた。メニューは、やはりカレーで、総勢12名分の支払いをしたのは僕だった。

『ミチランカ』の創業

デボンでのランチの後、僕らはマンジューラの運転するボロボロのハイエースに揺られていた。アスファルトが崩れてオフロード状態の道路を30分ほど山中深くへと進んでいくと、途中からひどい悪臭が漂い始めた。

巨大なゴミの山脈『ダンプヤード』の一部が、ハイエースの窓から見えはじめると、小西さんは驚きの表情でメガネを直した。

「ダンプヤードはいつ来ても以前より大きくなったと感じます。匂いもきつくなっていますね」

鼻にハンカチを当てながら、通訳のリザナが英語で言った。

小西さんも鼻をふさぎながらあちこちを歩いて、時々ゴミを触ってみたりしている。僕らもぞろぞろと小西さんについていく。

「植田くん、ここはかつての日本と同じだよ。まさにスリランカ版の夢の島だ。なんでもかんでもここに一緒くたにして捨てる。自然が吸収できるゴミのリミットなんてとうに超えているってのに、問題を後回しに後回しにして、欲望の向かうまんまになんでも使っては捨てていく…」

水を得た魚のように小西さんは、熱弁をふるう。

「スリランカだけじゃなくて、実は日本もまだまだ同じような状況なんだよ。全体的にみるとリサイクルされているゴミの量なんてほんのわずかで、ほとんどが埋め立てや焼却だ。でも、こんなに美しいジャングルに生活ゴミも産業ゴミもなんでもかんでも捨ててるなんてナンセンスだね、残念だよ。ほら、医療廃棄物も捨ててあるよ、注射針に点滴の残骸…」

小西さんの話を聞きながらダンプヤードをウロウロしている僕ら一行を、10人ほどの子どもたちが楽しそうに列をなしてついて来ているのに気がついた。皆、粗末な服を着ていて、裸足の子どもたちも多くいる。

前回には見えなかった景色が、二度目ということもあって色々と目に飛び込んできた。ダンプヤードの周りにはスラム街のようなトタン板で作られた家々が連なっているが、その家々の窓からは、鈴なりの大人たちがギロギロした目つきで僕らの様子をうかがっている。電気も水もガスも、生活インフラはここにはなかった。

「植田くん、よく見てごらん、裸足の子どもたちの中に、足の指が６本ある子や背骨が変な風に曲がっている子が何人かいるよ」

様々な奇形などの障害をもつ子どもたちがここには多くいた。おそらくこのゴミが原因だろう。

「あちこちで煙が上がってるでしょう。生ゴミが発酵して熱を発してるんだよ。よく燃えるメタンガスなんかが発生したりしてるんだけど、燃やしちゃいけない物がわんさかここにはあるよ」

小西さんは、ゴミのかけらを手に取った。

「このプラスチックの器はＰＶＣ、塩ビだよ。これと生ゴミなんかを一緒に燃やすと有毒ガスがでるんだ。ベトナム戦争のときの枯れ葉剤なんかと同じで、ダイオキシンなどの猛毒がここに住む人たちの体を蝕んでいるんだよ」

ティトたちの顔色が、少しずつ変わっていく。

「各種の猛毒がここで発生して、人々の体に有害物質が蓄積されれば癌を発症させるし、妊婦の体が汚染されれば奇形が生まれる可能性が高まるのは当然だよね」

ゴミの山で無邪気に遊ぶ子どもたちに目を向けて、ティトは悲痛な顔つきで首を振っている。

「フィリピンなんかもそうだけど、こうした環境汚染による健康被害で最初に犠牲になるのは貧困層の主に子どもたちだから、あまり世間で問題視されずに放置され続けているケースが多いんだろうね。これは大いに問題だよ。できるだけ早く、これらの環境からこの子どもたちを救ってあげたいよね。このダンプヤードの周りを見てごらんよ。歴史を感じさせる立派な大木がたくさんある素晴らしい大自然じゃないか。こんな美しい自然がゴミだらけになるなんて、まさに悲劇だよね」

ゴミの山のあちこちを見学した僕らは、しんみりと落ち込んだ気持ちでダンプヤードを後にすることになった。ハイエースに乗り込み、村を離れようと動き出したとき、たくさんの子どもたちが僕らの車に手を振りながら走って追いかけてきた。どの子もみんな無邪気に可愛らしい笑顔だ。

―この子たちの未来をなんとか守ってあげられないだろうか…

僕らの車が見えなくなるまで必死に追いかけてくる子どもたちに、僕も小西さんも車窓から身を乗り出して手を振り続けた。


それから帰国までの数日間を、僕らは情報収集活動をして過ごした。

国立植物園やリゾートホテル、クリケットスタジアムなど、たくさんの人たちが集まる場所でのペットボトルの月間消費量やゴミの収集運搬、廃棄方法を調べた。さらに病院や役場、学校も訪問した。各訪問先で、小西さんと通訳のリザナのコンビは旋風を巻き起こし続けた。

「まるで魔法のようだ」と、小西さんの話を聞いた人たちは大きな驚きを隠さなかった。

ある小学校では校門を通ると、白い制服の小さな子どもたちが花束を抱えてお出迎えをしてくれた。つたない日本語で歓迎してくれた後、伝統的なオイルランプセレモニーをしてくれた。真鍮でできた、僕の背丈とほぼ同じ高さのクリスマスツリーのような塔に、校長先生や地元の名士たちが順番にオイルが染み込んだ紐に火をつけていく。僕と小西さんも火をつけると、皆が盛大な拍手をしてくれた。

その後、全校生徒が集まる体育館で、小西さんがエコロジー教室を開いて子どもたちにゴミのリサイクルの大切さを話した。

「混ぜればゴミになり森を汚すだけ、でもゴミを種類別に分けたら資源になるんだよ」

小西さんはいつもの顔付きとは違う、優しそうな表情で子どもたちに説明をした。僕は子どもたちの熱心な眼差しにすっかり胸を打たれてしまった。

ここにいる子どもたちにとっては、僕と小西さんが生まれて初めて会う外国人らしい。なんとなく国を代表しているような気持ちになって責任を感じたが、小西さんは期待に応えて素晴らしいエコ教室を子どもたちにしてくれた。

特に面白かったのは、ペットボトルのリサイクル作業のデモンストレーションだ。小西さんは、ミネラルウォーターのペットボトルの切れ端をライターであぶり、ボトルの溶けた部分をつまんで引き伸ばした。

「ほらこれ、ビョーンと伸びるんです。実はこれが糸になり、さらにそれを機械で生地に紡いで、このような洋服を作ることができるんですよ。みんなこの服を触ってごらん！」

小西さんがそう言うと、子どもたちの好奇心が爆発して、一斉に小西さんの元へ集まり、持参したユニクロのフリースを触り始めた。指でつまんでは「やわらかい！」とか、「すごく気持ちいいよ！」などと歓声が上がる。頬に擦り付けて、気持ちよさそうに目を閉じている子どももいた。

ダンプヤードの光景が頭に浮かんだ。本当にあのゴミの山がフリースになるのであれば、確かに素晴らしいビジネスだ。僕は子どもたちの無垢な笑顔を見つめながらそう思った。

ふと横にいた小西さんを見ると、驚いたことに、**ハンカチを目に当てて男泣き**していた。

「あらら、どうしたんですか、小西さん？」

「植田くん、非常に面白いよ、この状況。なんかすごいことが起きそうな気がするんだ。面白いビジネスになりそうだよ」

小西さんは、ハンカチを折り直して、また涙を拭いた。

「しかもこのビジネスは、ただ単に儲けるためじゃない。大義のあるビジネスなんだ。これは男の人生を賭ける価値が充分あるビジネスだよ。見てごらんよ、子どもたちの表情を。あんなに喜んでくれるなんて、私、今まで経験したことがない感動だよ」

小西さんの予想外の純粋なリアクションに、僕は驚いた。

「この前のダンプヤードの子どもたちだってそうだよね。みんな何も知らないで裸足でゴミの山の中を遊びまわっているし、川で遊んで沢の水を飲んでるんだよ。子どもたちは僕ら大人のやってることを何の疑いもなく信じ切って生きているんだ。あそこで捨てられた注射針が、あの小さなかわいい足に刺さったらどうなると思う？　あのダイオキシンに満ちた煙を吸い続けたら、あの子たちどうなるだろうね。私はね、私は、私は…」

小西さんの話を訊きながら、僕も心の奥で熱いものを感じていた。

今までの僕は、ブローカーのような仕事で無自覚にお金を儲けてきたが、どのようにして儲けるかを考えていなかった。儲けることで何か少しでも社会に役に立てるのかを重視してこなかった。息子にも自信をもって話したり見せたりできる仕事がしたいし、**儲かる仕事だとしても家族に自信を持って話せないような仕事なら、自分で起業する意味がない。**

ここにいる子どもたちが喜んでいるように、人々を喜ばせることができるビジネスが最高の仕事なんだ。たとえさほど儲からないとしても、誰かがやらなくてはいけないのは間違いないんだし。

「**儲かるよ…**」

小西さんは中指でメガネを正しながら言った。

「ここ数日見てきたけど、この国はペットボトルに入った水やジュースなどの液体商品を外国から毎日毎日大量に輸入し、そして大量に消費している。空になったボトルはただ山に捨てるだけ。そのボトルがビジネスになるなんて知っている人は誰もいないんだ。政府は協力的だし、みんな喜んでくれる。たくさんの雇用も作り出すことができるよ。しかも人件費は日本の十分の一以下だ。これはチャンスかもしれないよ、植田くん。やってみたらどう。僕が応援するから」

ホテルに戻った後、小西さんはペットボトルのリサイクルプラントの設備投資の予算やランニングコストなど、ざっと計算してくれた。僕が築地で貯めた資金でギリギリやれそうな額だった。

「どちらにせよ、僕はこの国では外国人ですから、現地パートナーがいないと何かと難しいことが多いと思います。だからティトに相談してみますよ。小西さんからもティトにいろいろ教えてあげてもらえますか」

「わかったよ。ティトは行動力はあるみたいだから、教育次第ではいい環境ビジネスマンになるかもしれない。今夜みんなでミーティングしよう」


その夜、僕らはレストラン『デボン』に集まって、今後の事を話し合った。ティト、ウダヤ（ハンサム貧乏）、カルー（ハムスターと友達の自称アナリスト）、マハナマ（細い棒男）、エリック（大きい兄）、スモールエリック（小さい弟）、ニシャーラ（人見知りコンピュータ男）、クマーラ、ディハン、ギハン（印象なし）、そして運転手のマンジューラと、僕らを含めて13人が集まった。

小西さんからプランの説明を受けた後、僕はティトにどう思うか聞いてみた。

「もちろん俺はやりたいよヒサシ。小西さんがいれば絶対に成功すると思う。他のスタッフもみんな同じだよ。なあみんな」

みんな大きく頷いた。カルーさんは、何を思ったのか小西さんに向かって手をあわせて拝んでいる。

ウダヤが「決まりだね！」と、はしゃぐように叫んだ。

「僕らは祖国の自然を守るためにやるんだ。お金のためだけじゃないよ。子どもたちにきれいで安全な森を残してあげなくちゃいけないんだ。そのために僕らが何か役に立てるんなら、たとえどんな困難が待ち受けていても我慢できる！」

そう言いながら、マハナマは泣きそうな顔をしている。

「町のそこら中にビニール袋の切れ端がピラピラとこびりついているよ。動物の糞の中にもビニール袋の破片が入ってる。スリランカ島はインド洋の宝石だったはずだよ。でも実際は汚れたゴミの島だよ。なんとかしなくちゃ、この島はダメになっちゃうよ」

立ち上がって、そう意見を述べたのはクマーラだ。

「僕らはゴミ問題に、誰も手をつけてこなかった。そして取り返しのつかない状況を迎えようとしているんだ。どんなに辛く困難な事業だとしても、これは誰かがやらなくちゃいけない大事な仕事だよ。**愛する祖国のために**」

エリックが、真剣な眼差しで意見を述べた。その横で弟のスモールエリックも、「兄貴の言う通りだ」と呟きながら大きく頷いた。

「やろう！」

みんなの気持ちを引き受けて、ウダヤが雄叫びをあげた。

―なんて純粋な奴らだ！

小西さんは、うんうん、と頷きながら若い彼らを見つめて目を細めている。

ニシャーラは冷静にみんなの話に耳を傾け、議事録にするために必死にメモを取っていた。無口ではあったがその表情は上気して、目つきは静かなる闘志に満ちて燃えているようだ。

ティトは遠い目をして窓の外を見ていたが、すぐに感激の涙で頬を濡らしながら僕に握手を求めてきた。

「ヒサシ、一緒にやってくれるな！」

ティトは僕の手を握った。その握手の上に小西さんが大きな手を乗せた。すぐに他のスリランカの若者たちも手を重ねていった。

そして皆が自然に歌い出した。いつも車の中で歌う曲『バルバーギ』だ。

バルは牛、バーギは車という意味で、素朴な牛車の歌だ。

「バルバーギー、バルバーギー」

みんなで大声で歌うバルバーギは、レストランの他の客たちも巻き込み、大合唱になって店全体に響き渡った。

こうして僕たちは**スリランカ初のペットボトルリサイクル工場**を、スリランカの中心部にある古都、キャンディ市に立ち上げることを決めた。日本とスリランカのジョイントベンチャーという形になったが、実際は、僕がほとんどの資金を出すことになった。

会社名は『ミチランカ』。僕の会社ミチコーポレーションとスリランカをくっつけたものだ。正式な社名は『ミチランカ・エンバイロンメンタル・サービス・プライベート・リミテッド』になった。

ミチランカは15人の創業スタッフでスタートすることになった。

社長は僕、副社長兼現地責任者はティト、工場長候補はエリック、一般家庭ゴミの分別啓蒙チームのリーダーにウダヤ、産業ゴミの引取先開拓チームのリーダーにスモールエリック、廃棄物動向リサーチはカルーさん、工場建設準備室にマハナマとニシャーラ、会社設立や諸官庁との折衝《せっしょう》、必要な法整備の提言などややこしい仕事は全てティトとニシャーラが中心になって行い、コンサルタントの立場で小西さんがサポートする。他のスタッフは各チームのマネージャーの下につくことになった。

事務所はキャンディ市の中心地からキャンディロードをスリーウィーラー（三輪タクシー）で10分程の距離にあるムルガンプラ通り沿いの一軒家を借りる事にした。

エコスクール

僕と小西さんは帰国するフライトの間、機内でもずっと今後のプランを話し合っていた。小西さんは思った以上に熱意がみなぎっていた。

「植田くん、僕の今までの経験と人脈を全てこのプロジェクトに注ぎ込むつもりだよ。僕はね、このスリランカでのプロジェクトを成功させて、ひとつのパイロットプランにしたいと考えているんだよ。そしてゆくゆくは他の国にも次々とチャンレンジしたいと思っているんだ。植田くんもそのつもりで、最初の成功例になるように頑張ってくれよ！」

小西さんはすぐに、次回のスリランカ出張の話をするほど張り切っていた。

成田空港に到着してすぐに、その足で僕らは小西さんのオフィスに行って打ち合わせをすることにした。

小西さんのオフィスは、西武池袋線の石神井公園駅から徒歩2分にある、築30年以上の古いテナントビルの二階にあった。約15坪ほどとそれほど広くはなく、６つのデスクに複合機、そしてミーティングテーブルと椅子、その他オフィス用棚やロッカーなどがあり、とてもシンプルなレイアウトのオフィスだ。顧客用ファイルがズラっと並べられている棚の横には、ペットボトルをリサイクルしたシートと名刺サンプルがディスプレイされており、さらにその横には同じリサイクル商品の白い砂が詰められた植木鉢に観葉植物が植えられていた。

「植田くん、紹介するよ。私の右腕的存在、企画部長の片山だ。環境コンサルタントとして収集運搬業者や中間処理業者なんかの免許の申請代行みたいな細かい仕事から、官公庁、自治体相手にいろいろ企画立案したり、資料づくりのための情報収集や調査、企業のＩＳＯ１４０００シリーズ取得支援や、環境関連機器メーカーのブランディングまでこなす、とにかくオールマイティな男だ」

片山さんは少し派手なメガネをかけて、柄シャツの上からカシミヤのベストを着ていた。俳優の田村正和のように長く伸ばした襟足のパーマ毛を、指でいじりながら会釈した。

「スリランカの話は小西からいろいろ聞いてますよ。面白い流れになってきましたね。僕も全力でお手伝いさせてもらいますので、よろしくお願いします」

そういって片山さんは、小西さんと顔を見合わせた。

「彼は必ずスリランカプロジェクトに役に立つから、来月行くときは連れていきたいと思ってるんだけど、どうかな」

「あ、はい。ぜひお願いします」

そのときの僕に、断る理由はなかった。

「本来なら彼のコンサルフィーは結構な額なんだけどね、このプロジェクトはうちにもかなりのノウハウが蓄積されると思うし、今後のアジア進出のきっかけになると期待できるから、旅費などのコストだけ負担してくれたらいいよ」

「はあ、ありがとうございます」

—旅費が結構高くつくんだけどなぁ…

今回の出張では、ホテル、食事など、小西さんの分も全て僕が支払った。航空券も合わせると、25万円ほどの経費になった。片山さんがさらに加わるとなると、えらいことになる。

小西さんは、他のスタッフも紹介した。

「彼が塩谷くん、ペットボトルのリサイクルフィルム名刺の営業担当者だ。その横は永田くん、今は片山くんのアシスタント。彼、福岡大学出身で優秀なんだ。前職はバルタン工業って上場企業の工場のゼロエミッションなんかの担当だったんだよ」

挨拶を一通りすませた頃にはすでに18時を回っていたこともあり、小西さんのスタッフ全員と夕食を食べに行くことになった。

オフィスから数分の場所にある中華料理店『カンフー飯店』での食事中もずっと、小西さんはスリランカの話ばかりをしては、ビールや紹興酒で上機嫌に乾杯を繰り返した。次回から出張に同行することになる片山さん以外のスタッフは、あまりスリランカには興味がなさそうだ。

その後も小西さんと片山さんのテンションはあがりっぱなしで、行きつけのスナックに僕を誘った。僕は家で待っているミチに悪いなあと思いながらも、彼らのカラオケの手拍子をしながら相手をするはめになってしまった。

小西さん、片山さんと僕の3名はペットボトルリサイクル工場の創業準備のために、毎月スリランカに通うようになった。そして、その中で現状の課題も把握できた。

工場の箱物を作るのは資金があれば簡単にできるが、工場を継続的に運営していくためには、リサイクルの材料になる廃ペットボトルを、毎日一定量、安定的に入手する必要があった。いくらリサイクル工場があっても、材料がなければ何もはじまらないのだ。

ちなみに僕たちの計画は、回収したペットボトルを自社の一時保管施設で圧縮梱包し、ミチランカのリサイクル工場でフレーク状、もしくはペレットにまで加工し、フレコンバッグに入れる。そして中国などの業者にコンテナ船で輸出するというものだった。

しかし、その頃のスリランカには、ゴミの収集は一部行われていたものの、分別システムは存在していなかった。ほとんどが各家庭での野焼きであり、収集されても山林や空き地等での野焼きか、野積みがほとんどだった。僕らが毎日安定的に廃ペットボトルを入手するためには、日本のようなゴミの分別回収システムをこの国で作る必要があるのだ。

小西さんは最初のアクションプランを作った。まずはスリランカの人たちに、環境保全に関する教育・指導をして、ゴミの分別をしてもらい、僕らが回収可能な状況を作る。具体的には、1日1校の割合で地道に学校を訪問し、エコスクールを開催する。環境についての教育、指導、啓蒙活動をして、生徒の間にペットボトル回収運動を広げていく。学校の空きスペースにペットボトル専用の回収ボックスを設置してもらい、定期的に僕らが収集して工場に運搬するのだ。

僕らは毎日のように学校に足を運び、さらに企業や施設へも訪問した。そして少しずつだが協力してくれる学校やホテル、病院などが増えていった。しかし、いろいろと調べてみると、キャンディ市で回収可能な廃ペットボトルの量だけでは、工場を毎日最低8時間稼働させるには数量的に足りないことが判明した。

工場を毎日稼働させるためには、キャンディ市以外の地域からも回収しなくてならない。そのため僕らはエコスクールや企業訪問のエリアをキャンディ市にとどまらず、スリランカ全土に拡大してプロジェクトを展開しなくてはいけなくなった。

スリランカは日本の北海道と九州のちょうど中間くらいのスケールだが、高速道路もなく、１車線の悪路がほとんどで、ボロボロのハイエースで回るのは容易ではない。ガソリンの価格も日本より少し安いくらいで、宿泊費用などの旅費もばかにならない。

しかし、ペットボトルを大量に集めるためには、この啓蒙活動を続けなくてはいけない。僕は小西さんと片山さんを連れて毎月スリランカへ通うような生活を、半年ほどつづけることになった。

僕は毎月２週間はスリランカに滞在していた。残りの２週間は大使館やジェトロなどに顔を出したり、月に２回ほど廃ペットボトルのリサイクル関連工場を視察させてもらいに、全国各地を行脚していた。まるでマグロのように、僕は休む間もなく動き回っていた。

会社維持のための最低限のお金を稼ぐために、たまに印刷機械の輸出業をやりながらも、ほとんどの時間を僕はスリランカプロジェクトの準備に割《さ》いていた。売り上げは当然落ちたが、スリランカの工場立ち上げ準備があまりにも忙しく、印刷機械の輸出業は確実に利益をあげることができるにもかかわらず後回しにせざるをえなかった。

僕は毎晩のように環境ビジネスについて勉強していた。リデュース・リユース・リサイクルの３R、ライフサイクルアセスメント、ゼロエミッション、コジェネレーションシステム、容器包装リサイクル法、ISO14000シリーズなど、小西さんのオフィスにある本を片っ端から借りてきては、自宅で勉強してマスターした。特に環境先進国ドイツのリサイクルシステムについての本は学術書のような分厚い本を何冊も読破した。

学生時代にあれほど勉強嫌いだった僕が、よく毎晩のように机に向かうことができるなあ、と自分でも驚いたが、そのモチベーションは「起業家として、いつかスリランカをエコロジー立国にしたい」という思いを、本気でミチランカの仲間と共有していたからだ。

プロジェクトに本気になればなるほど、家族と過ごす時間は少くなっていった。スリランカから帰国しても、毎日のようにチャットや国際電話でティトと連絡を取り合わなければならなかったし、時差が3時間あって、どうしても夜中までパソコンの前に張り付いている時間が長くなった。

ミチは外資系医療機器メーカーで経理の仕事をつづけており、月曜日から金曜日まで、自宅からバスを乗り継いで三鷹に通っていた。ミチも僕も忙しかったため、息子は生後数か月の頃から保育園に預けることになった。

一緒に過ごす時間が少ないだけ、僕は息子と一緒にいる時間が楽しくてしょうがなかった。息子の成長は早く、スリランカから帰国する度に大きくなっていることを実感した。息子がハイハイをしたり片言をしゃべり始めたりするだけで僕は歓喜していた。それだけに、なかなか息子との時間を作ることができないことに、大きなストレスを感じていた。

日本の仕事がひと段落してまたスリランカ出張に行く日は、いつも玄関で息子に泣かれ、胸が張り裂けそうになった。出張なんかやめて、息子がいちごを食べる様子を見ていたい、レゴブロックで一緒にロボを作りたい、アンパンマンショーに連れて行ってやりたい。後ろ髪を引かれる思いでスーツケースを転がしながら、毎月のように成田空港へ向かっていた。なぜ成田空港はこんなに自宅から遠いのかと、怒りを感じることさえあった。

息子の成長のスピードの早さとは違い、スリランカの方は何をするにしても時間がかかった。**スピード感を実感するのは資金の減りの早さだけで、現地では毎日のように何か問題が起きていた。**

スリランカ出張は最初の数回は刺激的だったが、とにかく蒸し暑いのと、トラブルの連続によるストレス、さらには食事も朝昼晩カレーばかりという慣れない環境の中、徐々に毎月2週間のスリランカ出張が辛くなっていった。

僕はとにかく一刻も早く工場を立ち上げて、ビジネスをスタートさせたかった。

3億円プロジェクト

ある日、いつもより興奮した感じで小西さんが電話をしてきた。

「大事な話があるから、すぐにオフィスに来てほしい」と言う。なんとなくただ事ではないという空気を感じた。

自宅から小西さんのオフィスまでは、車で30分程の距離だ。

「すぐに行きます」と返事をして、いつものスーツに1分で着替えると、僕は小西さんのオフィスへと車を飛ばした。

オフィスに駆け込んで小西さんの顔を見ると、なんだか目が血走っているようなギラついた表情で、禿げ上がった頭皮がいつもにも増して脂分で光っている。

「実はね、この話は今の時点で植田くんに話すかどうか迷ったんだけどね…」

もったいぶった感じだが、小西さんは話したくてウズウズしている様子だった。

「どうしたってんですか？　教えてくださいよ」

僕は出された紙パックの野菜ジュースを飲みながら、小西さんを促すように言った。

小西さんは、話していいかなという感じで、横でふくみ笑いをしている片山さんの顔を見た。片山さんはダチョウのような目つきで小西さんを見て頷くと、思わせぶりに僕の顔を覗き込んだ。

「いったいどうしたんすか。早く教えてくださいよ」

「あのね、植田くん、笹山公一って知ってる？　ほら、昔、チンネンさんってアニメのスポンサーをしていた日本ボート振興会の名誉会長だった人。人類みな家族！　って叫んでたお爺ちゃんのコマーシャル覚えてない？」

「チンネンさんですか？　もちろん覚えてますよ。毎週テレビで観てましたから。とんちのお坊さんの話ですよね。その番組のＣＭで出てくるお爺ちゃん、あの人でしょ」

「そう。実はね、私の元同僚が転職して、今あの笹山公一の関係グループの財団にお世話になってるんだけどね、その彼に植田くんのスリランカプロジェクトの話をしたらさ、そしたらさ、どうなったと思う？」

「何がどうなったんですか？」

「その財団はね、世界中のいろんな社会貢献事業や慈善事業なんかに毎年すごい金額の助成金を出してるんだけど、私がスリランカのプロジェクトの話をしたら、**3億くらいなら出してもいいよ**、なんて言うんだよ」

「え！」

小西さんは眼鏡を中指で押しあげた後、ボソッと「3億だよ」と繰り返した。

「3億出すって、僕らに3億円をくれるってことですか？　すごい大金じゃないっすか！」

僕が驚くのを見てニンマリした小西さんは、禿げあがった頭に残る少ない髪を左から右に小指でかき流した。

「そう。ポーンとくれるらしいのよ。まあ3億って言っても、お金のあるところからすれば小さいもんだからね。税金対策くらいなもんじゃないの？　もちろん誰にでもそんなお金を出すってわけじゃなく、まあ私が絡んでいるプロジェクトならってことなんだけどね」

「すげえ！」

小西さんは、まるで自分が3億出すかのように自慢げにタバコの煙を吸いこむ。

「植田くん、この話、どうする？」

小西さんは鼻から煙を吐き出しながら、僕の目を覗き込んできた。

「へ、どうするって、どういう意味っすか？」

「だから3億円、貰うかどうかってことだよ。まあ3億円あれば、それなりのスケールのプラントを建設できると思うよ。それにPET以外のプラや素材もリサイクルするラインも作れるしね。トラック丸ごと重量を量れるエントランスや、マルチメディアを駆使したウエアハウス、ソーラーパネルの屋根、あちこちに監視カメラを設置して、社長室から全室チェックできるセキュリティシステムとか、とにかく立派な工場ができるよ」

「いやあ、実感がわかないっすね。その金貰ったときに発生する義務とかリスクってあるんですか？」

「いやあ、ほとんど無いと思うよ。最初だけ必要な書類の作成とかプレゼンとかしなくちゃいけないと思うけど、あとは5年間に一度程度、報告書を提出するくらいじゃないのかな」

「本当にそれだけでいいんですか。そりゃありがたい話ですね」

「じゃあ、いいんだね、この話進めても」

「はいもちろんです。ぜひよろしくお願いします」

そう即答した僕のリアクションを満足そうに見ていた片山さんも、襟足のパーマ髪を指でクルクルと回しながら言った。

「私も全力で応援させてもらいますよ」


その翌週の月曜日、小西さんと僕はすぐに財団の事務所へ挨拶に行った。事務所には小西さんの元同僚の神田さんがいた。

「大まかな話は全て小西さんから聞いてますよ」

神田さんは、僕たちにコーヒーを勧めながら言った。

「小西さんは僕の元上司に当たりましてね。会社の金でよく一緒に遊んだもんですよ。植田くんが想像もできないような遊びをしていましたよ。あの頃は本当に景気が良くて楽しかったなあ」

昔の豪遊話を一通り語った後、神田さんはあらかじめ作成しておいた書類を僕に見せてくれた。

その書類には、今後僕が日本とスリランカで早急にするべきアクションプランが箇条書きで明記されていた。

その書類を指しながら、神田さんは僕と小西さんに説明をした。

「まずはプロジェクトの内容をわかりやすくまとめた書面を作成してもらいたいんです。全体の概要とプロジェクトの必要性、具体的な目標、実用化までの見通しなんかをそれっぽく書いてもらえればいいです」

そして、プロジェクト費用、具体的には工事費や設備費用、活動費なんかを書いてほしい、と神田さんは補足してから、過去の事例のコピーを添えて出した。

「このフォーマットを真似して作成してもらえたら簡単だから。まあ形だけ、ね」

3億円の割には、なんだかずいぶんお気軽だなぁ、と僕は拍子抜けした。

「書類は全てうちの片山が作成するから大丈夫だよ」

小西さんも、軽い感じて応じた。

書類作成を自分でしなくていいというので僕は喜んだが、人任せにしたことが後でたくさんのトラブルを生むことになるのだった。

財団の事務所を出た僕たちは、その足で議員会館にまわった。神田さんが、財団に関係が深い代議士、笹山幸雄衆議院議員の事務所にアポを取っていたのだ。僕は生まれて初めて、永田町の議員会館へ行くことになった。入り口で持物検査を済ませ、議員の執務室へと向かった。

「あいにく先生はたった今、国会へ向かわれました」と、秘書が事務的に言った。

「大丈夫です。書類と名刺だけ、置いていきますので、よろしくお願いいたします」

神田さんに紹介されて、小西さんと僕は議員秘書と名刺交換をした。神田さんが秘書としばらく雑談するのを聞いてから、僕らは執務室を後にした。

その別れ際、神田さんが僕に「あ、そうだ」と、声をかけた。

「植田さん、今度スリランカへ行ったときに、政府関係者からサイン入りの書類をもらってきてほしいんだ。スリランカの大臣クラスから。**できれば大統領から**もらえたらいいけど、無理なら環境大臣とか産業大臣とかでいいからね」

いきなり大統領からのサイン入り書類を求められて、ぼくは当惑した。

「スリランカでの環境保護のために、リサイクルプラントが早急に必要だ、そのために日本の援助をお願いしたい、という内容でね。スリランカから日本へ援助を依頼する内容の文書が必要なんだ。公文書的な形に仕上げてくれたらいい。サンプルとして他の国のリクエストレターのコピーをファックスしておくから、それを参考にして、秘書にでも作成してもらったらいいよ」

—そんなこと、オレにできるかな…

神田さんは、自信なさげな顔つきの僕を気にもせずに、「じゃあ、よろしくー」と言い残し、地下鉄の階段を降りて行った。

とりあえず、小西さんと僕は、小西さんのオフィスへ戻り、片山さんと合流して今後の事についてミーティングをした。

「片山は来週までに書類を全て作成する。プラントの設備や工場の建築資材なんかのラフな見積もりを集めてくれ。メーカーからのレスが間に合わなければ以前コンサルした同じくらいのサイズのプラントの数字をとりあえずそのまま使ってもいいから、とにかく来週のスリランカ出張に行く前に神田さんに提出しておきたいんだ、頼んます」

小西さんが早口で説明すると、「わかりました」と片山さんは襟足の髪を触りながら頷く。

「それから植田くん、例の大統領からのレター、大丈夫かな。難しいんならODAコンサルとか商社とかに頼むこともできると思うけど、かなりコストかかるからねえ」

「なんとかティトたちと相談してみますよ」

僕は帰宅してから、ティトに国際電話をかけた。

「ハロー、ティト」

「ハロー、ヒサシ！　ハワユー」

いつ電話をかけてもティトは元気よく嬉しそうに返事をしてくれる。その日は特にゴキゲンの様子で、弾けた感じの英語が耳に響いた。

すぐに僕は、助成金3億円のことについてティトに話した。

「なに！　スリーミリオンダラーだって？」

ティトは素直に驚き、そして興奮し始めた。

「お前がビッグなスケールの人間だとはずっと前からわかっていたが、やっぱり神様は俺たちのそばで守ってくれているんだな。ヒサシはスリランカの救世主だよ。夢なら覚めないでほしいぞ！」

あまりに興奮しているティトが心配になって、僕は「まだオフレコなんだよ」と釘をさした。

「まだ、誰にもしゃべらないほうがいいんだな、よくわかった！　これは**トップシークレット**だ、俺は絶対に誰にも喋らないから心配するな、オーマイゴー！」

「ティト、落ち着け。その3億円を貰うためにはスリランカの環境大臣から手紙をもらわないといけないんだ」

僕は神田さんからの要望を、そのままティトに伝えた。

「なあティト、一国の大臣にそんな事、簡単に頼めるのかい？」

「大臣に手紙を書かせるんだな。わかった。そんなことは簡単だ。任せろ」

「簡単なの？　お前こそビッグだな！」

「ただし、ヒサシも一緒に大臣のオフィスに行く必要があるな。コロンボにある省庁のビルか、または首都コッテの国会にいるだろうから、一緒に行って、その場で書類を作成してもらった方が早いな。とりあえず今度スリランカに来るときに何人かの大臣に会えるように秘書にアポを取っとくからな」

ティトの言う事には半信半疑だったが、彼は自信満々だ。

「とにかく助成金の金額については、まだ誰にも言うなよ、いいなティト」

「ああ、わかった。金額が金額だからな、これは俺たちだけのトップシークレットマターだな、ドンウォーリー」

その翌日、ティトの右腕であるウダヤから国際電話がかかってきた。

「ミスターウエダ、教えてほしい。実はティトが、私たちのエコロジープロジェクトに日本から3億円の助成金を援助してもらうんだと、あちこちに自慢して回ってますが、それは事実ですか？」

築地と大臣、そして国会

僕はスーツにネクタイ姿で、国会議事堂のセキュリティチェックゲートにいた。

僕らはスリランカの首都スリジャヤワルダナプラコッテにある国会議事堂の議事室でスピーチをすることになっていたのだ。

—一国の国会議事堂でスピーチをする…、このオレが…？

数か月前の僕には全く予想もできなかった状況だ。僕は戸惑いを隠せなかった。

前日に準備した資料とパネルを警備員に検分してもらうと、僕らは厳粛《げんしゅく》な国会議事堂内へ案内された。

それは６日前に急遽決まったことだった。

要人からのリクエストレターをもらうためにスリランカに到着した翌朝、僕らはすぐに文部省のビルへと向かった。このスリランカ出張で僕らは文部大臣、環境大臣、コロンボ市長、観光大臣、農林水産大臣と面会することになっていた。

最初に面会した文部大臣に、僕は資料を見せながら、いつもの決まり文句である「混ぜればゴミ、分ければ資源。この国の未来は環境教育にかかっているのです」と、強い調子の英語で言って胸を叩いた。なぜか僕は調子が良く、リズムも声の張りも絶好調だった。

「それはいい話だ。我が国にも環境教育を導入して、皆が限りある自然を大切にしなければならない。次世代の子どもたちに自然豊かな国土を残してあげなくてはいけないのです」

「**その通りですよ大臣！** ですので、ぜひリクエストレターを作成して頂きたいのです。その手紙を私が日本の財団に渡しましたら、万事うまくいくのです」

「今の話、**来週国会で演説してみてはどうですか**、秘書が準備しますから、是非そうしなさい」

「え、国会ですか？」

「ところで、そのリサイクルプロジェクトの3億円だけど、啓蒙や教育に関しても予算は十分に準備しているのかな」

「もちろんです。エコスクールネットワークを通じて、エコ教室や環境ワークショップなどを開催し、さらに全国の学校や公共施設を対象に、教材や啓蒙用のポスターなど様々な資料を印刷して配布するなど、日本のケースを参考にして実施する予定です」

「あなた方がそれを実施するためには、当然ながら認可や許可を国にもらわないと実施はできないですよ。あとで担当部署の責任者を秘書に紹介してもらっておいてください。それから、来週頭に国会で今の話をしてもらいたいと思っているのだけど、それは問題ないですか」

「もちろん大丈夫です！」

面会が終わった後、通訳から内容を聞いていた小西さんが僕に握手を求めてきた。

「植田くん、今日の君、すごくよかったよ。大臣を目の前にしてよくあんなに大風呂敷を広げたもんだよ。国会で演説するってね、来週。すごいことになったね。私、正直興奮してるよ今。最後に植田くんが大臣の前でドンと胸を叩いて**〈大丈夫です！〉**って答えたでしょ、驚いたよ私。素人のくせによくあんなに自信満々で吹きまくるなあって思ったもんな。まあ私がちゃんとフォローするから心配はないけどね。はあ、それにしても緊張したな、ふう」

胸をドンと叩いて説得した事に、小西さんはしきりに感心していた。それは、あんちゃんがよく築地の市場でやっていた癖で、競り場で時間が遅れたときなどに「間に合いますか」と聞くと、いつもあんちゃんは威勢よく自分の胸を拳でドンと叩いで「俺がいるんだから大丈夫に決まってるだろ、テメこのやろう！」とやっていた。それを僕は、スリランカで文部大臣を前に無意識にやっていたのだった。

その後も毎日のように、リクエストレターを大臣に作成してもらうために各省庁を訪問して回った。僕は文部大臣のときと同じように説明しては、胸を拳で叩いて見せた。各大臣とも気持ちよくリクエストレターを秘書に準備させると約束してくれた。**きっと『築地流胸ドン』が大臣たちの心を動かしたのだろう。**

多忙な大臣や秘書の全てのアポを取れたのは、ニシャーラの努力のおかげだった。ニシャーラは、毎日辛抱強く各大臣の秘書に連絡を取り続け、返事がない省庁へは直接出向いて秘書に依頼状を手渡すなどして、僕らがスリランカへ到着する日までに、４人の大臣との面会の約束を取り付けることに成功したのだった。

大臣の他にも、在スリランカ日本大使館参事官、ゴール市市長、ホテル協会会長、コカコーラ社スリランカ法人ＧＭ、キャンディ工業団地責任者など、手当たり次第に面会のアポイントを取っていた。そのため、僕らは分刻みでスケジュールを組まなくてはいけなかった。

慣れない熱帯気候の中、スーツにネクタイ姿で毎日ハードスケジュールをこなせたのも、普段は行くこともないような豪華な部屋と大臣や秘書との面会が、とても刺激的でやりがいがあったからだ。

そして国会でのスピーチの時間がやってきた。話す内容はいつもと全く同じだが、会場には大勢の政治家や関係者がいた。テレビ局のアナウンサーや新聞記者もいる。

まずは僕が英語で演説、その次にウダヤがシンハラ語で演説する予定だ。

大臣の秘書が僕らの控え室に迎えにきた。

「それでは、よろしくお願いします」

―いよいよだ！

「ウダヤ、大丈夫か？」

「大丈夫です、ミスターウエダ。練習してきた内容を話すだけです」

そして僕らは拍手に迎えられながら会場に入った。

会場はそれほど大きくない。別室のような部屋だが、内装は威厳があり、立派で贅沢な作りだ。

僕らを呼んでくれた文部大臣が見に来ている。

そして僕は深呼吸をした後、ゆっくりと演説を始めた。

「ゲプ、日本から来た植田です。今日はよろしくお願いします、ゲコッ…」

僕は緊張でゲップが止まらなくなったが、気を取り直して、はっきりとした大きな声で挨拶をした。

「日本は経済の高度成長に伴って発生した公害、環境汚染に長く苦しみました。その修復に莫大な時間と費用がかかりました。酸性雨、オゾン層の破壊、地球温暖化などが世界中で危惧されています…」

僕はそれからスリランカの現在の状況、そして一人一人ができる環境保全について説明した。

僕のスピーチが終わった後、ウダヤが大きなパネルを見せながら、ペットボトルのリサイクルの仕組みについて、シンハラ語で説明を始めた。

「混ぜればゴミ、分ければ資源になるのです！」

両手を大きく振り回しながら、熱っぽく演説をするウダヤは、堂々としていた。もともとスリランカ人は学校教育でスピーチの機会が多いらしく、ミチランカのスタッフはみんな演説が上手だった。

最後に、我々が近い将来に立ち上げるリサイクル工場について説明し、政府には環境保全に関する新しい条例、法整備をお願いした。

最後はみんなで一斉にお辞儀をして演説は終わった。あっという間だった。

「どうだった？」とティトたちに手応えを聞いた。

「素晴らしかったよヒサシ、俺は感動したぞ。緊張して真っ赤な顔のヒサシが、ところどころで大きなゲップをかましたのは愉快だったが、これで俺たちミチランカの絆もより強固になったと思う」

その夜、僕らはコロンボのタイ料理レストラン『シャムハウス』に行って、スリランカの代表的ビールであるライオンビールで祝杯をあげた。スリランカではタイ料理は高級なイメージがあり、スタッフ全員が生まれて初めて食べるトムヤンクンに驚きと興奮の舌鼓を打った。

国会でスピーチしたことで、僕らは成功の気分に酔いしれていたが、実際はこの時点ではリクエストレターを入手したというだけで、3億円も工場も、何もかもまだ存在してはいなかった。

そしてシャムハウスの食事代も、僕が築地で稼いで貯めた蓄えから消えていった。

第4章　テロと13億円と日本の首領《ドン》

欲深い大人と純粋な子どもの絵

国会でのスピーチから1か月が過ぎたある日、僕は片山さんと共にスリランカ入りしていた。

小西さんは財団との折衝のために、ひとり日本に残っていた。

この時点でまだ3億円の助成金のメドは立っていなかったが、ミチランカの口座に間違いなく入金されるものと信じて、僕らは工場建設のための様々な準備を進めていた。

まずは工場建設予定地をキャンディにあるスリランカ投資庁の工業団地に8エーカー確保し仮契約した。手付金は約千ドルかかったが、ミチランカの口座には資金がなかったため、日本のミチコーポレーションの資金を、コロンボにあるシティバンクのATMから引き出して支払った。

さらに、工業団地の担当者から入手した工場建設予定地の図面を元に、日本の設計デザイン事務所に設計図の作成を依頼した。小西さん推薦の設計事務所を選んだのだが、その設計士は実は小西さんの麻雀友達で、前職でもよくその設計事務所に依頼していて、バックマージンを貰っては一緒に赤坂の夜を豪遊していたと、後で聞いた。おかしな話だと思い、知らない世界のシキタリに戸惑いながらも、そういうものなのかと、あまり深く考えないようにした。

その請求書が小西さんの事務所に送られてきたとき、金額が120万円と聞いて驚いたが、支払いは小西さんの信用で、財団からの入金後まで待ってもらうことになった。

数日後、その設計事務所から続々とカタログや見積書が届いた。

スリランカの建設会社や建材メーカー数社にも相見積りを取って競合させたが、**日本のコンサ**

ルティング会社や大臣の関係業者がバックマージンを貰う仕組みで指定業者を間に入れなくてはならなかったため、計算がややこしく、誤解や間違いから様々なトラブルに巻き込まれた。キュービクルや排水（沈殿式）などの業者と口論になって、スタッフが一人辞めてしまったこともあった。

全国の学校を訪問して環境教育をするエコスクール事業や、ホテルや観光地などを訪問してゴミの分別方法を指導する活動なども、僕らは同時進行で展開していた。毎日が文字通り分刻みの忙しさだったが、エコスクールで子どもたちの純粋さに触れて僕らはパワーを貰っていた。

しかし、それから数か月経っても、財団からの3億円の助成金の話は一向に進展しなかった。小西さんに入金はいつになるのかを聞いても、「まだ複雑なプロセスがあるから、もう少し時間がかかる」と言うばかりだった。その一方で、スリランカでは関係企業から毎日のようにスケジュールの確認や入金の催促がくる。さらにスタッフの給料や光熱費、交際費など様々な出費が、垂れ流されるように僕のミチコーポレーションの蓄えから出ていった。

3億円がいつ入金されるのかが僕にとっては当面の問題だったが、さらにもう一つ気になることが増えていた。それは助成金の窓口になっている**小西さんが先物取引にハマりつつあった**ことだ。彼の事務所でスリランカプロジェクトの打ち合わせをしている最中に、先物取引の営業マンからよく電話がかかってきた。

小西さんはガソリンにかなりの金額を投資しているらしく、今のところ一千万円以上の利益があると自慢したり、ときには急に「よっしゃー！」と叫んだり、こっそりガッツポーズをすることがあった。

——この人、大丈夫かな？

小西さんが先物取引の儲けをミチランカのスタッフたちに自慢すると、いつも片山さんが不機嫌になり、小西さんがいなくなると陰口するようになった。

「小西は環境ビジネスをしながら、ガソリンに投資している、不誠実だよ。私は認めないね。彼にCO2削減の話を、スリランカの子どもたちに話す資格はない！」

片山さんの小西さんに対する愚痴や悪口は、日を追うごとに増えていったが、僕からすれば、上司の悪口ばかり言う片山さんにも共感はできなかった。

「片山さんもご苦労が多いと思うけど、なんとか小西さんを支えてもらって、少しでも早くスリランカプロジェクトが成功するように、お願いしますよ」

それは僕の本心だった。

片山さんの言うことももっともだったが、僕やスリランカのティトたちは、現時点ではケーイーピー企画を信じてついていくしかない。小西さんと片山さんには仲良くやってほしいのだ。

一方でエコスクールは軌道に乗り、全国の学校から環境教育ワークショップの開催依頼が毎日何件も来ていた。さらに僕らは新しい企画である**『子供環境絵画コンクール』**をスリランカ全土で開催することにした。全国の学校でエコスクール教室を開いた後、子どもたちに画用紙と絵の具を寄付して、環境保全や将来の自然との共生をテーマに絵を描いてもらうのだ。そして優秀作品には表彰状をプレゼントするという企画だ。

この絵画コンクールはスリランカ全土で話題になり、僕は地元テレビ局のインタビューを受け、スタジオでトークショーに出演することもあった。スリランカではすでにミチランカのペットボトルリサイクルプロジェクトはエコロジーのシンボルのようになっていた。

スリランカの多くの学校が、すでにペットボトルを校庭の片隅で集めたり、キャンディ市の数軒のホテルや病院でもゴミの分別作業を始め出していた。ミチランカに、街全体が期待してくれていることを僕らは実感するようになっていた。

とにかく早く工場建設を着工したかった。しかし、日本サイドの3億円の助成金の話はなかなか先に進まない。そのうちミチランカのスタッフの中にも、少しずつ不安を口にする者が出始めていた。

補助金にたかる面々

最初に小西さんと一緒にスリランカに行ってから、すでに1年近くが過ぎようとしていた。それにもかかわらず、工場建屋の建設工事はまったく先が読めない事態が続いていた。

予定ではすでに3億円が入金され、工事も始まっていなくてはならなかった。それが、未だに入金されないどころか、出費ばかりが毎月雪だるまのように増えていた。

そんな苦しい状況の中、小西さんは思いもよらないことを口にした。

「植田くん、最終的に**6億円**ほどになりそうだよ」

「へっ、何が6億円ですって？」

「ペットボトルリサイクルのプロジェクトの助成金だよ、財団からの。決まってるでしょ」

「でもどうして増額するんですか？　実際まだ1円も入金されてないんですけど…」

「いやあのね、財団と現地のミチランカの間で、何社かがコンサルフィーを取ることになってね。もちろんケーイーピー企画もそうなんだけど、他にもコンサルだけで3社入ることになったわけ」

助成金のまわりのズブズブのしがらみと人間関係に、僕は少しずつ嫌気がさし始めていた。

「それから将来の拡張の可能性も考えると、より大きな工場にしなくちゃいけないね。廃ペットボトルを高値で売れる高品質のペレットにリサイクルするには、最新のペレタイザーが必要だし、各中継地や集積場に集められたペットボトルを圧縮梱包するコンパクターも一台ずつ置くことにするから、かなり予算を増やさなくちゃいけないんだよ」

小西さんはそう説明したが、僕としてはそんな大きな金額よりも、まずは少額でも受け取って現地の工場の建設工事をスタートさせたかった。

「これ見てよ、新しい設計図だよ。ほら、この社長室、植田くんの部屋だよ、大きいでしょ。オフィスの中にバーも設置されてて、かっこいいでしょ」

設計図では、そのバーの背後が吹き抜けになっており、一階からシンボルツリーを見ることができるデザインだ。でもそんなことがいったい、なんになるのか。

「このシンボルツリーは今後5年、10年とスリランカの環境ビジネスが発展していく歴史を見つめ続ける会社のシンボル的なものなんだよ、オシャレでしょ」

「ちょ、ちょっと待ってください」

小西さんが6億円ありきで、無理やり工場の規模を膨らませようとしているのは素人の僕にもわかった。しかし、なぜ3億円の話が一向に進まない中で、6億円に予算が膨れ上がり、まわりのしがらみだけがズブズブと増えていくのかが納得できなかった。

「予算が倍に増えるって、もともとは一千万円くらいで小さい工場なら作れるって言ってたじゃないですか。予算が大きくなるよりも、まずは少額でもいいからスケジュール通りに…」

横に座っていた片山さんが、割って入った。

「金額が増えて何が困るの、植田さん。予算は多いに越したことないじゃない。何が起こるかわからないのが国際ビジネスでしょ。返済不要の助成金なんだから貰えるもんは貰っとけばいいじゃない。こんないい話ないと思うよ、普通に考えて」

僕が不信感を抱いたのは、小西さんと片山さんが僕が知らないうちに、6億円の使い道と取引業者を全て決めてしまっていたことだ。さらに、財団の関係会社が何社もコンサルティングフィーをもらう構図になっていることも腑に落ちなかった。

—どうして何もしない会社が何百万も何千万も**ピンハネ**するんだ？

ミチランカのスタッフは、毎日必死に汗水たらして啓蒙活動や収集運搬ルートの開拓などで走り回っているというのに、一体コンサルティング会社って何様なんだ。各業者だって明らかにバックマージンを上乗せしたような、普通じゃ考えられない高額な見積もりになっている。このバックマージンは、いったい誰が分け合うんだ？

そんな僕の不信感を察知したのか、小西さんが言った。

「**植田くん、大人になろうよ**。こんなことは日常茶飯事なんだよ。公共事業にオリンピック、ダム建設も原発も高速道路も空港の滑走路を作るときもそう。どこだってやっていることだ。それでバランスよく成り立っているんだよ世の中は」

その後に小西さんが言ったことに、僕はブチギレそうになった。

「そうじゃなきゃ、誰が君やティトのような素人の若者に助成金を出したりするのさ。助成金を出す側が、コンサルにしても業者にしても指定してくるんだから、私たちにはどうすることもできないじゃない。ね、わかるでしょ」

僕は席を立って帰ろうとした。

—ミチランカ側は財団の指示通りちゃんと全てこなしてきたのに、ちっとも予定通りに進まないのは小西さんや財団側じゃないか！

そのとき、ふとティトやミチランカのスタッフたちの顔が浮かんで、なんとか感情をコントロールすることができた。スリランカプロジェクトは、僕ひとりの夢じゃない、彼らと共有している夢でもありビジネスなのだ。

—まあ、とにかく一刻も早く工場を立ち上げることだけ考えよう…

最終的に僕は納得して、しばらく様子を見守ることにした。

しかし事態はこの後、さらに奇怪な様相を呈してくるのだった。

NPOとNGOを設立することに

「助成金6億円を入金するにあたり、直接ミチランカの口座に送金するのは対外的に難しい」

小西さんは、また新規の難題を突きつけてきた。

助成金を受け取る窓口として、日本にＮＰＯ法人（非営利の社会貢献団体）を設立し、さらにスリランカに環境保全を目的とするＮＧＯ（非政府の国際協力組織）を設立するように、財団側から要請があったというのだ。

「いきなり大金をミチランカに送金するのは無理があるらしいね。やはりＮＰＯやＮＧＯのような社会貢献活動を行う非営利組織に受け皿になってもらった方がやりやすいらしいよ」

確かにその方が対外的にもイメージはいいだろう。他のプロジェクトを見ても、ほとんどがＮＰＯなどが間に入っている。ＯＤＡ・政府開発援助などや大企業の財団の助成金なども多くはＮＰＯが受け皿になっているのは知っていた。僕はさっそく、組織の名前を決めた。

日本側のＮＰＯ法人　『アジア環境保全機構（アエポ日本）』
スリランカ側のＮＧＯ　『Asia Environmental Protection Organization（AEPO SRILANKA）』

我ながら、いい名前を考えついたと思った。

スリランカではなくアジアにしたのは、将来的にスリランカでの成功事例をパッケージにして、プラントを他のアジア諸国に輸出できる可能性を考えてのことだった。

「アジア環境保全機構とアエポか、いいじゃないの、センスが光るねえ、植田さん」

片山さんも、ヨイショしてくれた。

財団から資金が最初にＮＰＯに入り、ＮＰＯからスリランカのＮＧＯに流れる。そしてＮＧＯから現地工場へ助成金が渡るという流れだ。そうすることで財団としては、クリーンなイメージのNPOやNGOに助成した形になるのだ。

「わかりました。財団の依頼ということならそうするしかないですね。じゃあそのように登記書類を作成しましょう」

するとト西さんはさらに課題を突きつけてきた。

「あとね、今回は金額が金額だから、日本側のNPOにある程度の社会的な信用が必要なんだ。そのためにふたりの社会的地位の高い人間を名誉理事に据えるように財団に言われてね。有名建築家や偉い作家なんかがいいんだけど、あいにくそんな大物文化人のツテが私にはなかったので、財団に相談したところ、すごい人を紹介してくれたんだ。誰だと思う?」

「さあ、誰ですかね。黒川紀章とか坂本龍一とかですか？　まさかオノヨーコとか？」

僕は自分の冗談に自嘲してから、「誰なんですか、教えてくださいよ」と小西さんに訊ねた。

「実は**元総理大臣と、巨大デパートグループの元会長**なんだ」

「え？　元総理ですか、すごいな、誰だろ。何人もいるし、さっぱりわかりません」

小西さんは早く言いたくてウズウズしているようだ。

「誰ですか、早く教えてくださいよ」

「ふたりは新党立ち上げや選挙協力なんかでコンビだったらしいんだけど、ひとりは元総理大臣の細田博嗣、もうひとりはサザングループの唐清一会長だよ。どう、すごいでしょう」

小西さんは、自慢話をするときの癖で、中指でメガネをくいっと持ち上げた。

「すごいビッグネームじゃないですか。おふたりに小西さんはお会いしたんですか？」

「いや、私は直接お会いしてはいないんだけど、財団の理事長と付き合いがあるらしくて、頼めば名前は使わせてくれるだろうとのことなんだ」

―本当ならすごいな…

正直なところ、僕は半信半疑だった。まだ何の実績もないミチランカとこのビッグネームふたりでは、あまりにも不釣り合いだ。しかし、ここまできたらもう突き進むしかない。

その頃スリランカでは、日本の僕の会社が資金不足で工場立ち上げどころではないのではないか、という噂が囁かれ始めていた。実際、スリランカのどこかの組織からの依頼で、ミチコーポレーションに**帝国データバンク**からの調査が入っていた。そしてキャンディ周辺でも、ミチランカの言っていることは全部嘘っぱちなんじゃないか、と疑いを口にする者が、工場立ち上げ関係者ばかりか、スタッフの中にも出てきていたのだ。

―このままでは組織が空中分解してしまう。

一刻も早く建設工事を着工して、スタッフのモチベーションをあげ、悪い噂を払拭しなくてはならなかった。

しかしもっと問題だったのは、その噂が現実になりつつあることだった…

内戦の激化と不吉な空気

助成金のメドもつかないまま、その数週間後に僕はスリランカに向かった。

キャンディのミチランカ事務所に着くと、すぐに僕はスタッフ全員を集めて状況を説明した。事態は楽観できるものではなかったが、**お土産のチョコパイ**のお陰で、険悪なミーティングにならずにすんだ。ミチランカのスタッフ全員が、日本のチョコパイに目がないため、まるで魔法にでもかかったように和やかな雰囲気になるのだ。

みんながチョコパイに舌鼓を打っている間に、僕はニシャーラを呼んで、NGO設立の書類作りを頼んだ。ニシャーラの事務能力が優れていることは、先のリクエストレターの件で実証済みだった。書類作成が本当に早くて間違いがない。それどころか勘が鋭いため、僕の期待以上の仕事をしてくれることが多かった。そして、ニシャーラと一緒に仕事をすればするほど、連帯感と信頼し合える喜びを感じていた。

「いつもニシャーラにばかり頼んで悪いな、大丈夫かい？」

「大丈夫ですよ、ミスターウエダ」

ニシャーラは嬉しそうに笑った。張り切っているようだ。

その言葉どおりニシャーラはすんなりと手続きを済ませ、1か月後には、NGO組織『AEPO』を設立できた。

僕の一存で、理事長はニシャーラにした。他のスタッフから多少の異論が出たが、僕とティトはミチランカの経営陣で、助成金を受け取る立場のためトップに座ることは不適当だったからだ。ウダヤやエリックなど、ニシャーラよりも前からティトと一緒にやっていたスタッフもいたが、僕から見ると、彼らは能力的に不安だった。

ウダヤやエリックたちは唇を尖らせてニシャーラに嫉妬したが、彼らにはエコスクールでのワークショップ以外の仕事をこなす能力はほとんどなかったのだ。どうにか成長してもらおうと、様々なアドバイスをしたり、時々説教をしたりもしたが、お国柄の違いもあって叱り方が難しく、僕は彼らのプライドを傷つけてしまうようなミスを何度もしていた。

それに対してニシャーラは、ミチランカのスタッフ全員が束になって頑張った仕事量よりも多くの仕事を、的確に処理する能力があった。そのためにどうしてもニシャーラに仕事が集中してしまい、他のスタッフのやっかみにニシャーラが苦しんでいるのが僕にもわかった。

気の毒だったのはティトだ。いつまでたっても財団の6億円が来ないため、スタッフたちの不満は全てティトに向かっていた。さらに、近所のあちこちで密かにティトの悪口が囁《ささや》かれるようになっていた。**事務所の塀に「大ボラ吹きのティト」と落書きがされたこともあった。**ティトは気にしてない様子だったが、スタッフの中には動揺するものもいた。

その頃、スリランカでは頻繁に**内戦によるテロ事件**が起きていた。

シンハラ人を中心としたスリランカ政府軍と、タミル人のタミル・イーラム解放のトラ（LTTE）による内戦は日を追うごとに激化していた。スリランカ北部を中心に戦闘は激しさを増して、非武装地帯でもテロ事件が多発していた。

「内戦が激化してテロが頻発すると財団が手を引く事態も考えられるよ、渡航危険度やカントリーリスクを理由にね。ちょっと心配だな」

スリランカの新聞に目を通していた小西さんが、顔を曇らせて呟いた。

政情不安はたしかに影響していて、スリランカで外国人を見かけることは珍しくなっていた。以前はキャンディにある仏歯寺やダンブッラ石窟寺院といった世界遺産の周辺ではドイツ人やイタリア人などヨーロッパからの観光客をよく見かけていた。しかし、この頃になるとあたりは、めっきり寂しくなっていた。

ただ、財団が手を引くことを小西さんも僕も恐れていたものの、自分たちがテロに巻き込まれることは考えもしなかった。日本人である僕らが平和ボケしているのは否定できず、内戦やテロと聞いてもリアリティを持てなかった。どこかピンとこなかったのだ。

実際、キャンディの僕らの事務所の周りは平和そのものだった。ミチランカのスタッフにはシンハラ人もタミル人もいたが、みんな仲良くやっていた。たとえ喧嘩をしても、食事になればすぐに仲直りして、一緒に楽しく弁当のカレー飯を食べていた。

しかし、現実には危機は身のまわりに潜んでいたのだ。

一度のテロが、心もとない平和を一瞬にして吹き飛ばしてしまった。ミチランカの事務所から車で20分ほどのバス停に停車中のバスに、**爆弾を抱えたテロリストが突っ込む自爆テロ**が起きたのだ。

爆破されたバスから上がったキノコ雲を見て、僕らは恐怖で震えた。毎日のように通り過ぎていたバス停で起こったテロで、小さな子どもを含め10数名が爆死したのを目の当たりにして、この国が戦争中なんだと初めてリアルに実感した。それからは、身の危険を否が応でも意識せざるをえなくなった。

キャンディはモンスーンシーズンに入っていた。

ミチランカの事務所で僕は、宿泊先のホテルのバルコニーに動物が侵入してきたときの話を、スタッフたちに聞かせていた。

「突然オレの枕元にリスが飛び乗ったので驚いて起きると、リスはバルコニーに逃げたんだ。オレはそのリスを追いかけて行ったら、バルコニーの椅子の下にいたんだよ」

「何がいたんですか、ミスターウエダ」

「**オオトカゲだよ、こんなデカイやつ！**」

「オーマイゴー！」

「お前たちはあんなのをいつも焼いて食べるんだろ？」とからかうと、「まさか！」と目を丸くして否定しながら、みんな楽しそうに笑っていた。

そんな雑談の輪に、ニシャーラが割って入った。

「ミスターウエダ、ちょっといいですか」

「どうしたニシャーラ」

「あなたがスリランカに来たら、環境大臣が自宅に友人として招待したいと伝えてほしいと、先ほど大臣の秘書から連絡をいただいたのですが…」

「環境大臣がオレを招待したいって？　嘘だろ？」

「本当です。プライベートで来週いっぱいまで地元のゴールにいるそうです」

ニシャーラは、いつもと変わらず淡々と事務的に言った。

「今度ゴールに行くのは明後日の予定だったよな」

「イエス」

「うーん…、じゃ、そのときにしよう」

こうして僕は、ティトとスタッフ6人を引き連れて、環境大臣の実家があるゴール市へ向かうことになった。ゴール市はスリランカ最南端の街で、旧市街がユネスコ世界遺産に登録されている歴史的な街だ。

車内でバルバーギの大合唱をしながら、僕らは8時間かけてゴール市に到着。約束の時間より早く大臣の自宅に着いた僕らは、大きなスイミングプールがある庭へ通された。大臣の実家の大きな屋敷の裏庭には、バナナの葉でできた屋根が印象的なカクテルバーがあり、そこですでに大臣と何人かのスリランカ人が話し込んでいた。

僕らは挨拶と握手を済ませた後、夕食のカレーやバーベキューをご馳走になった。

その席には大臣の友人で軍の幹部ふたりが同席していた。彼らはだいぶアルコールがまわっている様子で、普段は部外者を交えて話題にすることはない、内戦の現状について本音でダラダラと話していた。ふたりは酔いが進むにつれて、さらに饒舌になっていった。

「この国の内戦は当分終わらないよ。なぜかって、**世界には戦争を必要としている国がたくさんある**からだよ。戦争が終わっては困る国がね。武器を製造しては売りさばいている国々だよ」

ひとりの幹部がシニカルにそう呟くと、もうひとりが引き受けるように続けた。

「このスリランカ国内にも、武器商人やブローカーがたくさんいて、軍に営業にくるからね。国の外にも中にも、武器を売りたい連中があふれてる。政府にも売るし、敵対するＬＴＴＥにも同じように売るんだ。君たちには信じられないと思うが、武器商人は、内戦で対立する双方の軍に武器を売るんだよ。売れるものならゾウにでも売る連中さ」

僕は大臣や軍人たちが話す内容に驚きながらも、いい機会だからと思い、あれこれ質問した。

「どんな国が、あなた方に武器を売りこんでくるんですか」

「欧米のほとんどだよ。それに中国、北朝鮮やロシアもだ。彼らにとっては、紛争の結果がどうなるかなんてどうでもいいことなんだ」

「憎しみを憎しみで癒すことはできない」、とブッダも説いてるけど、憎しみの連鎖をビジネスに利用しようとする国や企業が存在する限り、残念だが世界にもスリランカにも平和は訪れないよ」

彼らがいう武器売買国のリストに、幸い日本の名前は出てこなかった。しかし、将来も日本が戦争を経済発展に利用することはないと断言できるだろうか。いや、すでに武器商人的な体質に染まりつつあるような気もする。だが、少なくとも**僕らの会社は、利益をあげればあげるほど自然が豊かになったり、人々や動物を幸せにするビジネスがしたい**。僕はそんなことを肝に銘じていた。

大臣は「友人として本音で話そう」と前置きして本題を話し出した。

「あなたたちミチランカは、日本から来て環境保全やエコロジー、自然保護などのビッグプロジェクトを立ち上げようとしているが、我が政府が本気でそれをバックアップすることは、今の時点ではないと思うよ。**自然やエコロジーの前に、内戦や貧困の解決が先だからね**。たくさんの戦争孤児や、障害者となった元兵士をどう食べさせて行くかを優先してしまうんだよ。戦争は自然環境なんてお構い無しに破壊してしまうしね」

大臣ご招待の晴れやかな食事の席だったが、僕たちは心が折れそうな話を聞かされることになった。わざわざ半日かけて車を飛ばしてきたというのにだ。そして現実に、ミチランカの内外にも、少しずつ不吉な空気が流れ始めていた。

その日、食事を共にした軍の幹部は、ふたりともその数年後に**テロの標的**にされて死亡した。

小西さんの秘密

「あのね植田くん、ちょっと折り入って頼みたいことがあるんだ」

ある日突然、呼び出された新宿の喫茶ルノワールで、小西さんは神妙な顔で話し始めた。アンティークなソファ席で僕と小西さんはふたり向かい合っていた。

大事な話があるから片山には内緒で来てほしいと言われていた。

「いったい、どうしたんすか？」

静かな店内には、落ち着いたクラシックのピアノ曲が流れている。

「実はね、ちょっと個人的な話で申し訳ないんだけど、先物取引の事なんだけどね…」

嫌な予感がした。

「実は、私が投資していたガソリンの値が暴落してね、このまま追証を入れないと大変な損になっちゃうんだよね…。もちろん、もうキリがいいところで手を切るつもりなんだけど、取り急ぎ現金が必要なんだ、今すぐに」

「すぐって、いくらなんですか」

「50万円、40万…、いや10万円でもいいいんだ。なんとか貸してもらえないだろうか」

「……」

「もちろん無担保とは言わないよ、ここにオーストラリアドルの外貨定期の証書がある。再来月で現金化できるから。この証書、担保として預かってもらってもいいし」

「……」

「なんとか頼めんかな」

小西さんは禿げ上がった頭を深々と下げた。

「ちょっと待ってもらえますか。用意できるか、カミサンと相談してまた連絡します」

「わかったよ。ごめん、ほんとごめんね。もう先物取引には手を出さないから。それから、このことは片山にはこれで」

口に人差し指を押し当てて卑しそうに僕を見た小西さんは、エコロジー談義をミチランカの仲間に話して聞かせていた頃の自信に満ちた小西さんではなかった。

カミサンに相談すると言ったのは嘘で、本当はもう貸すしかないと諦めていた。

――いま小西さんに破産でもされたら、スリランカプロジェクトは、どうなってしまうんだ？

そう考えると、僕は小西さんにお金を貸すしかなかった。

ただ、その場ですぐに貸すと、まるで僕が消費者金融業者みたいに、頼めばすぐに金を貸す便利な奴だと思われるのが嫌だったのだ。

片山さんには内緒にしろと言ったって、もうすでに片山さんは、大体のことは知っている。それどころか、いずれ小西さんの資金がショートするだろうと予想していた。結局、片山さんの予言は当たったわけだ。

そうは言っても、借金のことは片山さんには黙っておくことにした。わざわざ関係がぎくしゃくするようなタネを蒔くこともない。スリランカプロジェクトは3人の団結と協力なくてはやっていけないのだから。

次の日、僕は小西さんのオフィスに行って封筒に入った20万円を渡した。築地でこれだけ稼ぐのに、何発あんちゃんにビンタを張られたことか。もちろんそんなことは小西さんには言わなかったが、とにかく先物取引きからはもう足を洗うと約束してもらって、借用書を書いてもらった。

封筒を受け取るとき、小西さんはお相撲さんが懸賞金をもらうように手刀切りの真似をして、「助かります」と僕に頭を下げた。

―この人、本当に反省しているのかなあ…

僕が呆れながら現金を手渡した、その1か月後のことだった。小西さんが驚くべき話を切り出したのは。

毎月の半分はスリランカを走り回っているという生活が続いていた僕は、日本にいるときはできるだけ家族と一緒にいたいと思っていた。息子の保育園の行事には必ず出席していたし、父兄が参加しない遠足などの行事でも、**こっそりカメラ持参で尾行**したこともあった。休みの日は家族3人で公園に行き、息子を滑り台やブランコで遊ばせ、三輪車に乗せてあげていた。

僕が日本にいない半月は、我が家は完全に母子家庭だ。ミチは息子の面倒をみながら、月曜から金曜まで会社で働き、夜は毎日洗濯や炊事などを一人でこなしている。僕は心では感謝していたが、なかなか口に出して言う機会がなかった。

ある日、公園の砂場で夢中になって遊ぶ息子を眺めながら、僕はミチに、出張中はどんな風に過ごしていたか、保育園で変わったことはなかったか、何か困ったことはなかったかなど聞いた。

「オレがいないとき、何か困ったことがあれば、すぐに国際電話すればいいからね」

ミチは、できるだけ僕に心配させないように微笑むように話した。

「うん。実はこの前ね、ヒロヒロがお風呂で滑って頭をドアの角に思いっきりぶつけたんだよ、すごく泣いた」

息子のヒロアキは保育園ではヒロヒロと呼ばれており、僕らもそう呼ぶようになっていた。

「それで、病院連れて行ったの？」

「ううん、夜中だったし、すぐに泣きやんで寝たから」

「え！　もし脳内出血でもしてたら大変だよ。そういうときは、ＣＴスキャンとかＭＲＩとかで検査して確かめた方がいいんじゃない？」

「うん、そうだったかも。あたしも迷ったんだよね。あんなとき、ひとりだと正しい判断ができるか不安になるよ」

こんなこともあった。

僕がいつものようにスリランカに出張中のことだ。

深夜の１時頃（日本時間で午前４時頃）に、宿泊先のホテルに国際電話がかかってきた。

「ハロー、ミスターウエダ、日本から電話です…」

眠たそうな声で、ホテルスタッフが部屋のドアをノックして寝ている僕を起こした。すぐにベッドから起きてフロントの電話に出ると、ミチからだった。

「あのね、ヒサシ、ヒロヒロがお昼から高熱が出てて、保育園を早引けして帰ったんだけど、そのあともずっと高熱が続いてて…」

ミチは驚くほど動揺していた。

「夕方、お医者さんに行って薬ももらって飲ましてるんだけど、呼んでも返事しないし、**さっきから痙攣して目も白眼をむいたりしてる**、どうしよう」

ミチが、狼狽《うろた》えているのが手に取るようにわかった。

「ヒロヒロが、どうにかなっちゃうよ！」

いつもはもの静かに話すミチが、興奮して半泣きで叫んだ。

「**いいか、すぐ救急車呼ぶんだよ、１１９番だ**。日大病院へ行けば夜中でも医者がいるから、わかった？　この電話を切ったらすぐに救急車を呼ぶんだよ、いいね」

「わかった。また後で電話する！」

それからは、僕が心配する番だった。

──ミチは救急車で、無事に息子を連れて行っただろうか…。わが子が白眼をむいて痙攣する姿を、真夜中にたったひとりで目の当たりにして、ミチはさぞかし怖かったことだろう…

４時間後、ミチから電話があった。診断は『熱性けいれん』というもので、小さい子どもが熱を出すとたまになるらしく、経験豊かなお母さんなら知っている症状のようだ。しかし東京での僕たちは近所づきあいも全くなく、何かあっても相談できる相手もいない。

電話の向こうのミチは「もう大丈夫だからね、ごめんね」と、僕に報告した後すぐ、急に疲れが出て寝込んだらしい。

僕は家長として、無力な自分に虚しさを感じた。

—今回はたまたま無事だったからよかったけど、また何かあるかもしれないし、今後どうすりゃいいんだろう？

その夜は頭の中でいろいろな考えが渦巻き、僕は一睡もできずにベッドの中で悶々とするばかりだった。そして、家族の緊急事態にどうすることもできない自分に怒りすら感じていた。

—こんなに遠い国じゃあ、何かあってもすぐに戻れないよ…

じりじりする焦りのようなものが、しだいに僕の頭を占めるようになっていた。そして、こんな状況が毎月続くことに大きな危機感を感じた。

—とにかく工場を一刻も早く立ち上げて、軌道に乗せよう。

そう自分に言い聞かせた。そうすれば、家族一緒にスリランカに住むことだってできるだろう。

—それにしても、オレは本当にスリランカで工場を立ち上げることなんかできるのだろうか…

膨れすぎた予算

「植田くんに話さなきゃいけないことがあるんだ」

あの借金騒動から1か月。午後のオフィスで、小西さんは犬の肉球のような頭部を時計回りで撫でながら、妙にかしこまった顔つきで言った。

—また借金の相談かな…？

「実は…、財団の予算額が変更になったんだよ」

「えっ、減ったんですか？」

「実はね…、ふ・え・たんだよ！」

小西さんは、まるで朝起きて鏡を見ると頭髪がふえていたかのように言った。すると、小西さんの神妙な顔がみるみるうちに、にっこりキューピーフェイスになった。

「なんだ、真剣な顔で何を言い出すのかと思ったら」

借金の申し出でなくて、僕は正直ほっとした。

「減ったとか、無くなったりするんじゃないんでしょ、金も髪も増えるんならいいじゃないですか」

「それがね、**6億円が13億円になってね…**」

「13億円？」

—話がデカすぎる…

「今度は7億円も増えたんですか。倍以上じゃないですか」

すると小西さんは、少し血色が良くなったハゲ頭をペチペチと軽く叩きながら、今度は困惑した顔になった。

「13億円になったといってもね、財団とミチランカの間に、コンサルとかODAブローカーとか、10以上の個人や組織が介在して、コンサル代だとかコーディネート代だとか、なんだかんだとピンハネする仕組みなんだ」

「相変わらず、ダーティですね。何もしないで大金を儲ける人たちに、現場で必死に動く僕らが利用されるわけですね」

「そうなんだよ。この世の中の常でね。どこにもそういう仕組みが蔓延してるってこと。私も今回はいろいろ学んだよ」

小西さんは、ため息まじりに語り続けた。

「財団の人に連れられていろいろな人に会いに行くんだけど、みんなそこそこの肩書きや社会的な地位を持った人でね、有名人もいれば、裏社会のドンみたいな人もいて、そんな人たちにペコペコ頭を下げながら、今回のプロジェクトの支援をお願いするでしょ。私にもよくわからないんだけど、彼らが絡まないとお金が動かない仕組みが世の中にあるんだよね。それで人に会えば会うほど、ピンハネする団体が増えていって、現時点で11団体が協力組織として事業計画書に名を連ねることになってしまったわけなのよ」

「そうだったんですか。ご苦労されましたね。なんかサラリーマン金太郎の世界みたいですね」

「そうそう、まさにそれだよ。目の下にすごいクマがある**日本の首領**みたいな人に会ったよ。私の目の前で与党の有力政治家に直接電話してさ、君づけで名前を呼んでね、ちょこちょこっとやっといてくれよ、みたい感じで頼むんだよね。普通じゃないよ、あの世界は」

「そうですか。僕はスリランカ担当でよかったですよ。大変でしたね」

小西さんは、新しい事業計画書を見せてくれた。

確かに知らない組織の名前がたくさん書かれていた。日本の世の中はこうやって甘い汁を吸う人たちが益々潤っていく反面、国は借金だらけになっていくのだ。

「それでさ、ミチランカの工場計画も、大幅にグレードアップしないといけないんだ。で、これが新しい設計図」といって、小西さんは計画書をめくって見せた。

「かなりでっかくなるよ。何しろ13億円を使い切らなきゃいけないんだ。物価の安いスリランカでこれくらいの金額使うのは並大抵じゃないよ」

小西さんが広げた新しい設計図には、新たに加わった予備工場の建屋やイングリッシュガーデン、シアタールーム、シンボルタワーなどが盛り込まれていた。

「ここ見てごらんよ。植田くんが使う社長室、さらにゴージャスになったでしょ。バスケットコートくらい広いよ。専用のドリンクバーの横のドアを入るとベッドルームとバスルーム。デスクからは工場の全てのセクションがモニターでチェックできる。それからここ、我々ケーイーピー企画のオフィスも作らせてもらうよ。植田くんの社長室ほどじゃないけど、ここもセミナールームやラボも完備されているんだ」

「もはやエコロジーじゃなくて、バブリーそのものですね。どこかの要塞か秘密基地みたいじゃないですか。大丈夫なんですか、ここまでして」

「それは大丈夫、内容に関しても誰も文句を言う人はいなかったよ」

「そのほうが、問題だと思いますけど」

「それよりも言わなくちゃいけないことが、もう一つあるんだ」と、小西さんが言葉をのんだ。

——きた…、借金申し込みか？

「まだあるんですか。嫌だなあ」

「実はね、笹山公一の関係財団には、ちょっと前に手を引かれてしまってね。窓口の神田が私の事務所に菓子折り持って詫びに来たんだよね」

「えっ、なんですって？　さっき予算は増えたって言ってたのに」

僕は少し混乱した。

「じゃあ、スリランカはどうなるんです？」

「いや、それは大丈夫。代わりに神田んとこのトップに別の財団を紹介されてね。これはもうちょっと政府よりの団体で、手続きがちょっと複雑なんだけど、その関係者を回っている間に6億円が13億円にまで膨れ上がっちゃったんだよ」

小西さんは、疲労がにじむ表情で続けた。

「世の中は本当に不公平だと思うよ。簡単に巨額の大金を動かせる人たちがいれば、汗水たらして必死に働いても貧乏な暮らしをする人たちがいる。同じ人間でも全然違うんだよね。彼らはガソリンなんかも使い放題だからね、なんだかバカバカしくなってくるよ」

小西さんはガソリンの先物取引に失敗して金に苦労しているだけに、身につまされる話だろう。

僕はといえば、予定通りスリランカの工場が稼働しさえすれば他に何もほしいものはなかった。僕を信じて毎日あちこち駆けずり回り、ゴミの収集ルートの確保やエコスクールなどの仕事をこなしているティトたちのことを考えると、何もしないで何千万円をピンハネする人たちに怒りを感じる余裕すらなかった。

崩壊の予感

それからしばらくして、ついにケーイーピー企画のスタッフの給料が滞り始めた。小西さんのガソリン投資がとうとう行き詰まったのだ。

「会社は、もう終わりだね」

片山さんはコーヒーカップを摘みながら、ため息混じりにそう言った。

そうなるとお決まりの話だ。事務所にはひっきりなしに督促の電話がかかってくるようになったらしい。悪いことは重なるもので、大口のクライアントとの契約が先月終わってしまったという。

—喫茶ルノワールに呼び出されると、こんな話ばかりだ。

なんとなく予想はしていたので、片山さんの口から状況を聞かされてもショックはそれほどでもなかったが、スリランカプロジェクトへの影響は少なからずあるはずで、不安は広がった。

片山さんが小西さんには内密で僕を呼び出したのには、その話の他にも目的があった。

彼は深く吸い込んだタバコの煙を、ため息とともに吐き出しながら話を続けた。

「僕も田舎の母親に仕送りしなくちゃいけないし、妻も病気がちで今は仕事してないからね、安定した収入がないとキツイのよね。植田さんのプロジェクトは、僕も絶対に成功させたいんだけど…」

片山さんの話は予想外の内容だった。早い話が、小西さんに見切りをつけて、僕の会社に転職したいと言うのだ。その手みやげに自分のクライアントを持参するという。

「私が抱えているクライアントの売り上げなんだけど、だいぶ減ったと言っても、毎月だいたい150万円くらいにはなるんだよね。いま手がけている中間処理業の免許取得支援の案件は、免許が無事に取得できた時点で、さらに成功報酬が100万ずつ入ってくる会社が5つくらいある。それらのクライアントのうち3社は私が植田さんの会社に移籍しても、ひき続きコンサル契約は継続してくれると思うんだよ」

今後、さらに新規のクライアントを開拓することも全然可能だし、もう妻にもその考えは話したんだ、と片山さんはもう決まったことのように言った。

「そうは言っても、スリランカプロジェクトの運営や財団との折衝は小西さん無しじゃマズくないっすか。ミチランカの仲間たちも小西さんを教祖様みたいに信奉してるし、僕だって小西さんには義理があるし」

「いやいや、財団の方は大丈夫だと思う。窓口の神田って人、植田さんも名刺交換したでしょ」

「ええ、一緒に議員会館なんかに行きましたから」

「笹山関連財団に手を引かれた後、別の財団を神田の上司の二階堂社長って人が繋げてくれたんだけど、その二階堂社長が直接小西や私と折衝してくれるようになってね。今までも一緒に財団にプレゼンに行ったりして、面識もあるから、まず大丈夫だから、心配ないから」

　片山さんが言うには、その二階堂社長という人物は、もともとムエタイの学生チャンピオンで、笹山公一のボディガードをずっとやっていたらしく、それで笹山公一が亡くなった後も、それまでのパイプを活かして、関連ホテルや文化施設内のレストランの委託管理をしているのだという。

「小西はスリランカプロジェクト関連の助成金申請書類やコンソーシアムの図面やら事業計画書やら、全て私にやらせていたからね。だから、ケーイーピー企画を介さずに、直接植田さんのミチコーポレーションが財団と繋がることになれば、むしろスッキリすると思うんだよね」

「私がミチコーポレーションの副社長になれば、二階堂さんは納得してくれると思うよ」と、片山さんは言い添えた。

「えっ、片山さんがうちの副社長ですか？」

「ある程度のポジションの方が先方との折衝もやりやすいのかなって思ってね」

片山さんは、少し照れたように笑った。

「小西さんはどうなるんですか。見捨てるんですか?」

「遅かれ早かれ**小西は破産するよ**。身から出たサビだよ」

「破産ですか…」

落ち武者のようにヤツれた小西さんの顔が頭に浮かんだ。

「でもこの前は、13億円の補助金が入るって鼻息激荒《げきあら》でしたよ」

「その金だって、いつになるかわからないじゃん。そんな金をあてにしても仕方ないよ」

「でも定期の外貨預金や投資信託が、ちょこちょこあるって言ってたけどな…」

「そんなの、とっくの昔に使っちゃってるに決まってるじゃん」

「そりゃそうっすよね…」

ふたりは空になったコーヒーカップを見つめながらため息をついた。

ケーイーピー企画崩壊までのカウントダウンは、もう始まっていたのだ…。


暗い気持ちで自宅に帰ると、ミチと息子のヒロヒロが僕の帰りを待っていた。玄関のドアを開けるとヒロヒロが勢いよく飛び出して来て、僕の足に抱きついた。

僕はネガティブな気持ちを洗い流してさっぱりしようと、車で20分ほどの距離にあるスーパー銭湯『極楽湯』に行くことにした。「お風呂に行こうよ」と誘うと、息子が「やったー!」と叫んで喜んだ。

ちなみに**スリランカでは、湯船に浸かる習慣はない**。冷水のシャワーだけで済ますのが一般的だ。風呂好きの僕はバスタブがないスリランカから帰国すると、まずは自宅から近い『極楽湯』か『おふろの王様』に行くのが恒例になっていた。

その日の極楽湯は混んでいたが、家族と一緒に入浴ができるだけで僕は満足だった。

施設内のレストランで食事を済ませて、大浴場の入り口まで来ると、いつもは女風呂に行く息子が、「バイバーイ」とミチに手を振った。

「もうおにいちゃんだから、パパと男風呂に行くのか？」

「うん、ヒロヒロ、おにいちゃん！」

嬉しそうに大きく頷いた息子は、僕の手を握って男風呂へとついてきた。

大浴場に入ると、僕はタオルにボディソープをつけて、息子の小さな背中を力を入れすぎないように気をつけながら洗っていく。お尻にはまだ可愛い蒙古斑がある。

シャンプーをするときに、お湯が顔にひっかかると、息子は怯えて泣きべそをかくが、「男の子は水を怖がっちゃダメだよ」と言って、頭から洗面器でお湯をぶっかける。

ププププと溺れそうな顔で息を吐いて、すぐに深呼吸した息子は手で顔をぬぐいながら、「ヒロヒロはおにいちゃん！」と笑った。小さいながらも息子は頼もしく成長しているようだ。息子は僕の膝に座りながら湯船に浸かり、気持ち良さそうな顔をしている。

そんなふうに湯船に浸かっている間も、頭に浮かんでくるのはスリランカのミチランカのこと、そして小西さんの金銭問題のことだ。

—もしも財団の予算がおりなかったら、ミチランカは一体どうなるだろう。

多分、ティトたちは町中で嘘つき呼ばわりされて村八分になるだろう。おそらく僕も二度とスリランカに入国できない。そして今まで投資した資金は、すべてパーになる。

―また機械の輸出ブローカーに戻るか。いや、もしかしたらまた築地の市場で働くことになるかもしれない。でも辞めるとき、あんちゃん口きいてくれなかったからな…。

今更みんなの前に戻るのもどうなのか…。しかも、どのツラ下げて…

その頃ミチランカでは、エコスクールネットワークやホテル関連からのペットボトルが各地域の集積場に集まるようになっていた。まだ専用車両を購入することができないため、一般ゴミの収集運搬ルートは、僕らの移動用に使っているボロボロのハイエースの後部座席をフラットな荷台にして使っていた。足で潰したペットボトルを、ハイエースに積み込んで集積場へ運ぶのだ。

キャンディの工業団地の8エーカーは、すでに手付金を支払っていたものの、それからの工程は手つかずのままだった。ブルドーザーで用地を平地にしたり、基礎を固めたりもできず、キュービクルや水道パイプなどの業者が指示を待ちわびている状況だ。工場設備のメーカーは納品の時期を何度も問い合わせてきたが、「海外案件なので国際情勢の諸事情もあって、もう少し待っていてほしい」と苦しい言い訳をしていた。

僕は、スリランカでのスケジュールの遅れによる心労ですっかりマイっていた。そして、将来への不安で頭がいっぱいだった。小西さんがいう二階堂さんルートとか日本の影の実力者とか、本当に信じていいものかどうか疑問も抱くようになっていた。それでも小西さんを信じるしかない僕は、無力感にさいなまれてもいた。

しかし小西さんの人生の歯車は、ますます狂い始めていた。

愛車のフォルクスワーゲンを手放した小西さんは、さらに自宅のマンションも解約して奥さんと子どもは実家に預け、自分は事務所に寝泊まりするようになっていた。

修羅場

「日曜日なのに申し訳ないんだけど、大事な話があるんだ」

小西さんからの電話だ。今日会いたいという。

「どうしたんですか？　今、子どもを連れて井の頭公園に来てるんですよ。明日じゃダメですか」

「今日じゃなくてもいいよ。ごめん、せっかくの日曜日に。じゃ、また」

小西さんは力なく言ってから、思い出したように呟いた。

「あっ、もし遅い時間でも私は事務所にいるから、もし来れたら、何時でもいいから…」

電話が切れた後、何か不吉な胸騒ぎがした。

「誰から？」

僕の不安が伝わったのか、ミチが心配そうに訊いた。

「小西さんが、今から会えないかなっていうんだ。日曜日だっていうのに、なんか変だね」

「行ったほうがいいんじゃない？　こっちは大丈夫だから」

息子のヒロヒロは、夢中でモルモットに餌をやっていた。

「ほら見て、パパ」と、息子は嬉しそうにアピールしてきた。

「可愛がってあげて、おりこうだねえ」

僕はミチと息子を公園に置いて、小西さんの事務所に行く気分になれなかった。

迷っている僕の背中を、ミチが押した。

「行ったほうがいいよ、何か大事な話があって、ヒサシに聞いてほしい事があるんだよ、きっと」

「んー、わかった、じゃあ、ちょっとだけ行ってくるよ」

そう言って駐車場へ向かおうとした僕の背中に、息子が声をかけてきた。振り返ると、「パパ、どこにいくの？」と、心配そうな表情で訴えた。

ミチがすぐに、息子の前にしゃがんでなだめた。

「パパはね、ちょっとお仕事に行くけど、夜にはまた帰ってくるからね。そしたらまたパパとケン玉で遊べるからね。だからヒロヒロはママと一緒にバスに乗っておうちに帰ってようね」

うん、といってヒロヒロは頷いた。

「パパ、いってらっしゃい」

そう言ったヒロヒロは、小さな口をへの字にしている。泣くのをこらえている表情だ。

井の頭公園の駐車場に駐めておいた車のドアを開けようとしたとき、また携帯電話が鳴った。

今度は片山さんからだ。

「日曜日で申し訳ないんだけど、植田さんにとっても大事な話だと思うから、できれば今日、何時でもいいんで事務所の近くの喫茶ルノワールに来てほしいんだけど、いいかな」

片山さんの話し方は、妙に重苦しくて普段と違う雰囲気だった。

「えっ、さっき小西さんからも事務所に来てほしいって電話がありましたよ」

「ほんと？」

一瞬、動揺したように叫んだ片山さんだったが、すぐに「ははーん」と腑に落ちたようだ。

「わかった、じゃあ、私たちもそっちに行くから、事務所で会いましょう」

――これはただ事じゃないぞ。

小西さんの事務所へ向かう僕の胸は、軽い動悸を打っていた。

井の頭通りが渋滞していて、石神井公園駅前の小西さんの事務所まで2時間ほどかかった。その2時間は、まるで田んぼの中を長靴で走らされているようにまだるっこしく感じられた。

やっと到着した事務所に飛び込むと、小西さんと片山さんばかりか、なぜか永田さん、塩谷さんなど、ケーイーピー企画の社員が全員揃っていた。

僕はただならぬ空気を感じた。じっと目を閉じて腕組みをしている小西さんを囲むようにして、片山さん、永田さん、塩谷さんがなじるように迫っている。

「なんとか給料3か月分、払ってくださいよ」

「私たちだって、裁判したり労働基準局に訴えたり司法支援センターに相談に行ったりとかしたくないんですよ」

「黙ってばかりいないで、なんとか言ってくださいよ、小西さん」

――ひゃあ、**とんだ修羅場に来てしまったぞ…**

騒動に巻き込まれるのは気が進まなかったので、「ちょっと席を外しましょうか」と、誰にともなく言って外に出ようとした。すると片山さんが「植田さんも同席してほしい」と止めた。

その間、小西さんはうつむいたままだった。なにか詰め寄られる度に、「今は金はないが、もうすぐ払える」と繰り返すばかりだ。

「植田さん、どう思います？　この状況」

片山さんが、僕に意見を求めた。

「どうって言われても、僕にはちょっと…」

僕としては、財団とのパイプが小西さんであることや、片山さんもミチランカのエコスクールやペットボトルの収集運搬ルートの構築などで深く関わってもらっているため、なんとかケーイーピー企画の存続を望んでいた。

「もう少しだけ待ってあげられないでしょうか」

僕がそう言うと、小西さんは眉毛をハの字にして僕を見上げた。その目には涙がにじんでいる。

キッパリと片山さんが断った。永田さんも大きく頷いた後に顎を突き上げて同意した。

「無理です」

―まいったな…

その後も応酬は続いた。大声での罵声が飛び交ったり、応じる小西さんがキレて包丁を握りしめたりと、地獄のような惨状になったが、3時間ほどでなんとか折り合いがついた。

小西さんに金策のメドは立たないという現実はもはや認めるしかないということで、給料の未払い分は辞退する。その代わり、片山さんと永田さんは、現在の顧客とのコンサル契約をそのまま譲渡してもらう。そして今後、お互いに不利益な情報を他言しない、ということで収まった。

ふたりはケーイーピー企画を退職した後、ミチコーポレーションの社員となり、報酬は基本給

20万円プラス歩合という形になった。塩谷さんだけは本人の希望どおり物品支給ということになり、小西さんのパソコンを除く、事務所の備品を給料の代わりに受け取ることになった。

小西さんには引き続き団体と助成金の折衝をしてもらうことになった。そして彼とは、後日あらためて話し合い、助成金が入金されたときに、コンサルティングフィーを支払うことを確認した。

「植田くん、僕にはもうスリランカプロジェクトを成功させるしか復活の手立てはなくなったよ。頑張るからね」

吹っ切れたような表情で、小西さんは言った。しかし、メガネは老眼鏡のようにズレたままで、もう以前の自信に満ちあふれた小西さんではなかった。坂本龍馬どころか、ただの落ち武者のように、禿げ上がった頭部のバーコード毛髪が、力なく垂れ下がっていた。そのスダレのような髪の毛をボーっと見ていると、ひとりぼっちになった小西さんがなんだかフビンになり、僕は以前貸した20万円の返済について、その日は切り出すことができなかった。

片山さんと永田さんをミチコーポレーションで引き受けることには気が進まなかった。しかしスリランカプロジェクトのこともあり、しょうがなくふたりを社員として採用することにした。結果的にこのふたりが、僕が初めて日本で雇用した社員となった。

毎月の給料が払えるのか心配だったが、片山さんはコンサル契約中の顧客はそのまま自分について来てくれるから大丈夫、自分の給料くらい自分で稼げるから心配ないと胸を張った。その言葉を信じてのことだった。

しかし現実には、ミチコーポレーションが引き継いだ顧客は、たった2社しかなかった。その2

社の売り上げは、ふたり分の給料にもならなかった。結局、毎月10万円ほどの赤字になる計算になった。そればかりか、二名の社員が増えたため自宅兼オフィスでは手狭になったため、新しいオフィスを構えなければならなくなった。

新しいオフィスは、西武新宿駅から徒歩5分の小滝橋通り沿いにある、チャコール新宿第一ビルという雑居ビルの8階。8坪の広さで家賃は月8万円、保証金は4か月と格安で、ビルの1階にはセブンイレブンが入っていて便利だった。

この雑居ビルには会員制女装クラブやサラ金業者、マルチ商法のセミナー業者などアブナイ業者が何軒か入っており、怪しい雰囲気の人たちと毎日エレベーターですれ違う、いかにも西新宿という香ばしいロケーションだった。

しかし、僕にとっては初めてオフィスらしいオフィスを構え、さらに社員を雇ったことで、気合いが入った。

小西さんの破産というネガティブな理由でこのような状況にはなったが、僕は気持ちを切り替えて、初めての事務所も部下も、ポジティブに考えることにした。デスクの正面の壁にはスリランカの地図を貼って、それを見る度に気持ちを新たにしていた。

事務所の引っ越し作業が終わった夜、僕はミチと息子の三人で、オフィスの玄関で記念写真を撮った。ミチや息子に新しい住所が印刷された名刺を差し出して、「どうもどうも」と笑いながら握手をしたりして家族で他愛なく喜んでいた。

ところがその2か月後、永田さんが、さっさと別の会社に転職してしまった。さらにその2か月後には、ケーイーピー企画から引き継いだ2社のコンサル契約が終了したと同時に、片山さんもあっさり辞めて行った。結局、僕はふたりが再就職先を見つけるまでの間のつなぎの給料を払っただけだったのだ。

小西さんも、電話が繋がらないこともしばしばになってきた。

ティトからは、毎日のように状況確認や催促、トラブルの報告などの国際電話がかかってくる。

―残ったのは、このオフィスだけか。

そう思うと、８坪のオフィスが異様に広く感じられた。

銀座とスリランカ

片山さんには逃げられ、小西さんとは連絡が取れなくなってしまった僕は、助成金の新たな窓口となっている二階堂さんと直接折衝するようになった。すると「一度スリランカの状況を見ておいたほうがいいだろう」と二階堂さんが言い出した。現状を打破するためなら、多少のリスクは覚悟していたが、**二階堂さんは自費で行く**という。僕は、ようやく力強い味方があらわれたように感じた。

二階堂さんは60代だが、筋肉質の体に天然のスキンヘッドで、腫れた一重まぶたの鋭い目つきをしているため、初めて会った印象は、**武闘派の政治活動家**のようだった。しかし、僕は築地魚市場でもっと恐ろしい人相の人たちと毎晩一緒に仕事をしていたこともあり、すぐに打ち解けて話すようになった。

スリランカでは、エコスクールプログラムという全国の小中高の子どもたちを対象にしたゴミのリサイクルに関する環境教育活動を一冊のテキストにまとめて、全国の学校に配布する事業を進めていた。また、毎週のようにスリランカ中の学校を訪問しては、ペットボトルのリサイクルのデモンストレーションなどのエコロジー教室を開いていた。ワークショップの後は子どもたちに画用紙をプレゼントし、環境保護についての絵画を描いてもらっていた。

子どもたちに提供する画用紙は、様々なリサイクルペーパーを使用している。古紙の再生紙をはじめ、ワラの再生紙やバナナの茎の再生紙もある。それらの再生紙は、キャンディ市郊外で手漉きの紙を作っているいくつかの工房から購入していた。

ニシャーラが連れてきた地元のアーティストが、子どもたちのための絵画教室をしてくれるようになると、絵画コンクールには素晴らしい絵画がどんどん集まってくるようになった。

スリランカでエコスクールや絵画コンクールのワークショップを視察した二階堂さんは、えらく感激した様子だった。特に子どもたちが描いた絵画には感心していた。

「歳を取るといかんな、涙もろくなるよ」

ハンカチを目頭に当てながら、二階堂さんは絵画を観てまわった。

「植田くん、内戦で貧困にあえぐこの国で、よくここまでやったね。政府関係者もみんなこのプロジェクトを知っているみたいだし、あちこちにミチランカのエコマークの看板があるじゃないか」

二階堂さんはしきりに僕らのプロジェクトを褒め、活動ぶりに感心している様子だった。

その視察の間、二階堂さんはどんなに暑いときでも必ずネクタイを締め背広を着続けていたが、日本での威圧的な表情ではなく、子どもに戻ったような楽しげな、柔和な表情を見せていた。毎度の食事がほとんどカレーにも関わらず、美味しそうに平らげていたし、スリランカという国をいたく気に入ったようだった。

特に二階堂さんが気に入ったのは、ゴール市のエコスクールを訪問する途中で立ち寄った、僕の友人が運営するウミガメの保護施設だ。

僕らはエコスクールでゴール市の学校やホテル協会を訪問するとき、必ずここに寄って、施設の代表をしている友人のバドゥに会うことにしていた。この保護施設は、昔から食べると長生きできると信じられているウミガメの卵を、住民が見つけ出して食べてしまわないように、高価な値段で買い取り、ウミガメの赤ちゃんを大きくなるまで育てて、独り立ちできるようになったら海に放流するという活動を、地道に続けている地元の動物保護団体だ。

そんなバドゥと僕は、よく一緒にビールを飲みながら、ウミガメやゾウなど野生動物の保護活動について語り合ったり、ジャングルなどの環境保全について意見交換をしていた。二階堂さんと訪れる数か月前には、ニシャーラと一緒にバドゥの弟の結婚式にも出席したばかりだった。

ウミガメの保護施設を訪問した二階堂さんは、生後間もないウミガメの赤ちゃんを初めて見たらしく、夢中で写真を撮ったり、バドゥからウミガメの保護活動の説明を熱心に聞いたりしていた。特別に許可をもらい、恐る恐る手の平に赤ちゃん亀を乗せてもらった二階堂さんは、驚きと喜びで、いつもの仁王様のような顔つきが、エビス様のような満面の笑みに変わっていた。

ご満悦の二階堂さんに、僕はここぞとばかりに現時点での小西さんと財団との折衝の進捗状況を訊いてみた。

「ああ、小西くんか、彼はもう難しいよ」

二階堂さんはそう言いながら、愛らしい赤ちゃん亀を見つめている。

「笹山系財団の依頼でNPOを立ち上げたときに、名誉理事に細田元総理とサザングループの唐清一さんの名前を使わせてもらったろ。そのときの資料を他の財団に見せたときに、唐さんとは家族ぐるみのお付き合いをさせてもらっているみたいなデタラメを吹いたらしいんだよ、小西くんは」

二階堂さんは、手の平のウミガメの赤ちゃんに、愛おしげに唇を近づけながら話を続けた。

「運悪く、その財団の人間が唐さんの奥さんと親しくて、奥さんは小西なんて男は知らない、って不愉快そうに言ったらしいんだよ。それで小西は財団に全く信用されなくなってしまってね。今はもうどの財団の人間も相手にしないよ」

それを聞いて僕は、体から魂が抜けるほど落胆した。

「まあ、私の人脈や政治力で、なんとか資金を引っ張れるように頑張ってみるよ」

脱魂しそうだった僕は、なんとか正気にもどった。このひと言を聞けただけでも、二階堂さんとスリランカに来た甲斐があった。素直にそう思った。

ミチランカのスタッフが、今回はどうして小西さんや片山さんが来てないのかを聞いてきたが、僕は適当にごまかしてしまった。正直に話す勇気が出なかったのだ。

でも、いつかは言わなくてはいけない。ミチランカの面々は、小西さんのことを尊敬していたし、彼の愛すべき人柄はスリランカのスタッフに好感を持たれていたのだ。

いよいよ明日は日本に帰るという最終日。ティトとニシャーラにだけ、「小西さんが破産した」

と告げた。

小西さんは、ニシャーラがミチランカのスタッフの中では抜きん出て能力があることをすぐに見抜いて、ことあるごとにニシャーラを可愛がり、彼の仕事を皆の前で賞賛していた。ニシャーラにとって小西さんは先生のような存在だ。それが、もう二度と小西さんと会うことはないと聞いてショックを受けている様子だった。

ティトの方は意外に冷静だった。薄々気づいていたのかもしれない。

「ほかのスタッフには、まだ隠しておいたほうがいいと思うんだが、どうだろうか」

彼らのモチベーション維持のためにも今はまだ伏せておいたほうがいいだろう、とティトが提案して、僕もニシャーラも賛成した。

しかし、僕が帰国すると、スタッフにも小西さんの破産、彼がもうスリランカに来ないという事実はすぐにバレてしまい、不安に包まれた社内はざわつきだした。追い討ちをかけるように、ミチランカの資金は底をつきつつあるのではないかという噂があちこちで囁かれ始めた。

―そんな噂、現実にしてたまるか！


帰国してすぐに、僕は二階堂さんの事務所に呼ばれた。

「銀座の事務所に来てくれ」と二階堂さんは言ったが、実際は銀座のちょっと外れの新富町のさらに外れに事務所はあった。

「スリランカの子どもたちの絵、あれ１００枚か２００枚、日本に送らせることができるか」

「はい、そのくらいの量なら空輸になりますからコストはかかりますが、できますよ」

「あの絵を使って絵画展と即売会をすれば多少の収入にはなるだろう。俺の仲間で広告代理店をやっているのがいるから、彼にやらせてみないか。船舶科学館やホテル海運なら顔がきくし、そのホールでやればいい」

「え、子どもたちの絵を売るんですか?」

船舶科学館は、笹山関係の財団が運営する施設だ。ホテル海運も系列らしく、エントランスには笹山公一が母親を背負う銅像がある。

打ち合わせが終わる頃になって、二階堂さんに呼ばれた広告代理店の社長が合流した。二階堂さんが「さっき言った社長の岸辺さんだ」と紹介すると、男は横柄な感じで会釈した。岸辺社長は二階堂さんと同じか少し歳上のようだが、貫禄は二階堂さんのほうが遥かにあった。

僕がスリランカから持って帰った数枚の児童画を舐めるように見た岸辺社長は、「これはいろいろと使えそうだな」と顎を撫でながら満足そうにニヤついた。

—そんなイヤラシイ目つきで純粋な子どもたちの絵を見るんじゃないよ、テメこのやろう!

心の中でそう呟いていると、岸辺社長は僕の会社の年商や家族の事などを根掘り葉掘りズケズケと聞いてきた。そのくせ、こちらの質問には、きちんと答えずにはぐらかすだけだ。**他人の情報は得ようとするが自分のことは話さないズルい大人の典型**だと思った。僕は正直に会社の年商を答えると、岸辺社長は急に馬鹿にしたような口調になり、そのうち余計なお説教を始めた。

二階堂さんが気をまわして、間に入った。

「まあ雑談はそれくらいにして、飲みに行こう」

それから3人で銀座のクラブに行くことになった。

「銀座のクラブは初めてか？」と、岸辺社長は僕に聞いた。僕が正直に「初めてです」と答えると、「なんだ、銀座も知らんのか」と、馬のような歯茎を剥き出しながらニヤつき、また説教を始めた。

僕は初対面から、どうしても岸辺社長を好きになれなかった。

初めての銀座のクラブ、隣に女性が座って多少緊張したが、これも勉強だと思い、とにかく二階堂さんと岸辺社長の話に耳を傾けて聞いていた。２時間ほどだったが、特にためになるような話題もなく、ふたりの男が語るいかがわしい人物の品評会のような席だった。

そろそろ帰るか、となった。

「植田くん、こういう場合、ここは僕が払います、と言うのが**新人の銀座デビューのマナー**なんだよ、そういうこと、若い世代は知らないだろうけどね」

岸辺社長が、僕の耳元にとてつもなく臭い息を吹きかけながらそう囁いた。

――さんざん先輩ヅラして説教を浴びせた挙句に、まさか若い者に本当に支払いまで押しつけることもないだろう。

そうタカをくくって「あ、はい」と控えめに応えると、岸辺社長は急に立ち上がって、「若いのにガッツあるねえ」と高笑いしながらとっとと店を出ていってしまった。

その月末になって、僕の会社にはクラブからの請求書が届いた。請求額は10万円ほどだった。

――クソ、何なんだ、あの岸辺ってジジイ、汚ねえな！

怒りがこみ上げてきたが、岸辺社長にたかられたことを二階堂さんに相談するわけにもいかず、結局はしぶしぶ近所の銀行から送金した。

それでなくとも資金が底をつき始めて大変なのに、僕はミチランカのみんなに申し訳ない気持ちでいっぱいになった。1円、1ルピーでも大事にしたいのに、あんな古ぼけたつまらないクラブで、美味くもないウイスキーを飲んで、知らない女性と意味もない話をしただけで10万円も使ってしまうなんて…

——バカだ。オレは本当にバカだ…

二階堂さんに絵画展の話をもらってから、僕はすぐにティトに連絡を取った。エコスクールで描いてもらったスリランカの子どもたちの絵画を空輸便で200枚ほど発送するように伝えた。

予想はしていたが、絵画展で子どもたちの絵を売ることに対して、ティトたちは猛反発した。いくら金がないからといっても、子どもたちの絵で金儲けをするのはいい事とは思えないと、いつもはもの静かなニシャーラも反対した。

「絵が売れた利益で盛大に表彰式をすれば、子どもたちの励みにもなるし、ミチランカのプロジェクトのPRにもなるんじゃないかな」

大義はあると思う、と説得すると、子どもたちのために立派な表彰式をして、表彰状と記念品を贈呈することを条件に彼らも納得してくれた。

「絵画展の後援に**スリランカ大使館**の名前を入れたいんだ、植田くん、交渉してきてくれないか」

岸辺社長はほとんど何もしなかったが、あれやこれやと指図し、僕のやることに口を出した。

しかし、スリランカ大使館に後援をしてもらうというアイデアは、やってみる価値はあると思った。大使館の後援がつくと、日本にいるスリランカ関係者に協力してもらいやすくなるからだ。

「確かに大使館を後援につけると、外務省の助成金や草の根資金なんかを取りやすいかもしれないな」と、二階堂さんも賛成した。

さっそく僕は、白金高輪にあるスリランカ大使館に行き、参事官と交渉した。スリランカでのエコスクールプログラムや、ペットボトルのリサイクルプロジェクトの話などを説明し、英語で作成した今回の絵画展の企画書を提出した。その頃の僕はスリランカの大臣たちとの交渉にも慣れていたので、参事官との交渉もスムーズに進めることができた。

数日後、スリランカ大使館から後援の許可がおりた。

絵画展は1週間の会期で、船舶科学館のイベントホールで開催された。産経新聞で紹介してもらえたこともあり、大勢の人たちが会場に足を運んでくれた。

絵画は選りすぐりの作品200点が展示された。画用紙も大きめだったためスケール感もあって、たくさんのお客さんに好評だった。販売価格は岸辺社長が決めた1枚3000円で、約半数の100点ちかくが売れた。

日本でスリランカ関連のイベントが行われることが当時は珍しかったこともあり、スリランカ観光協会の関係者、日本スリランカ議員連盟の事務局長など、スリランカにゆかりのある人々が大勢来場してくれた。そればかりか、参事官がスケジュールを調整してくれたのだろう、スリランカ大使が家族連れで来てくれた。

絵画展は大成功だった。

ところが、ミチランカに支払われた金額は、たったの3万円だった。3000円の絵が100枚売れたのだ。売り上げが30万円あったことは小学生でもわかる。

そのコンテンツを提供したミチランカの取り分が1割とは、納得いかなかった。最初に取り分の約束をしなかった自分の甘さにも腹が立ったが、その怒りを岸辺社長に向けて、最後は喧嘩になってしまった。

僕が岸辺社長にキレた理由は、売り上げを独り占めにしたことではなく、ティトたちと約束した子どもたちの表彰式を、やる必要がないと言い出したからだった。

表彰式をすることを条件にミチランカのスタッフに子どもたちの絵を販売することを納得してもらったのだ。**僕は日本人の信用にかけてこの約束を守らなくてはならない。**

「表彰式をする約束を守ってもらえないのであれば、僕はもうあなたと一緒にはできない」

僕は怒りと共に、そう岸辺社長に抗議した。

すると彼は「ウチの人脈、ネットワークがあったからイベントは成功したんだ、勘違いするな」と吐き捨てるよう言って、そのまま会場から出て行った。

すぐに二階堂さんに電話で、このことを報告した。

二階堂さんは「彼に話してみるよ」と言って電話を切ったが、その後なんの音沙汰もなく、表彰式の件はうやむやにされてしまった。

僕は仕方なく、自費で絵画コンクールの表彰式をすることにした。

画材メーカーの好意で、水彩絵の具とアクリル絵の具を100セットほど寄付してもらえたが、表彰状などの必要な物を購入し、会場費を払ったり、おやつのお菓子とジュース、子どもたちのバスのチャーター費用などの細かい出費も含めれば、出費は3万円どころか軽く10万円を超えてしまった。

――いったいオレは何をやっているんだろう。メーカーから商品を無償でもらって利益の出ないイベントをして。これじゃまるで慈善団体だ。もはやビジネスマンでも起業家でもない。ただのボランティアサークルの大学生と同じじゃないか。

実際に僕はスリランカに行くようになって、全く利益が上がらないことばかりをしていた。そればかりか、すごいスピードで会社の金を浪費し続けていたのだ。

これで予定通りに助成金が出なければ、僕の会社はどうなってしまうのだろう。考えれば考えるほどストレスがたまるばかりだったが、さらに悪いことに、スリランカでは内戦が激しさを増しつつあった。今までは危険地域だけを警戒していればよかったが、ここ数か月だけでも観光地や都市部で、爆破テロが立て続けに起きて、罪もない一般人が多数犠牲になっていた。

「**いっそ会社を清算して、ＮＧＯをやったほうがいいんじゃないか**、そのほうが助成金や寄付を引っ張りやすいぞ」

そう二階堂さんに勧められたこともあった。しかし、それだけはキッパリと断った。

僕は助成金や援助を目当ての慈善活動をやるためにスリランカに通っているのではない。ビジネスをするために頑張っているのだから…。

トラブル、トラブル、そしてトラブル

小西さんは完全に音信不通になっていた。何度かけても電話に出なかった。

二階堂さんはといえば、助成金のことをいくら訊ねても「**激しいテロがあまりにも多すぎる。渡航危険度やカントリーリスクが高すぎて話が進まない**」だとか、「もう少し他も当たってみるから」などと、のらりくらりと言うばかりだった。

実際、スリランカの内戦は深刻化に歯止めが効かなくなっていた。毎日のようにテロの悲惨なニュースがニシャーラから報告された。

――もうプロジェクトは諦めるしかないのかな。

僕は弱気になっていた。

そうはいっても、スリランカでは大臣からお墨付きをもらっていたし、工業団地には広大な土地を確保していた。記者会見までして大々的に発表したプロジェクトだ。キャンディではたくさんの人たちが今か今かと工場建屋の工事の開始を待っていたし、学校や病院、ホテルでは、廃ペットボトルを分別して回収してくれている。工場以外のことは、もうすでに動き始めているのだ。考えれば考えるほど、憂鬱になるばかりだった。

僕はキャンディのホテルで一人寂しくパソコンの画面を見ながら、思案に暮れていた。

そろそろ寝ようかと思い、シャットダウンしようと思ったとき、モニターの周りに羽アリが群がってきた。

「うわっ、なんだ？」

腰を浮かした瞬間に、モニターが無数の羽アリで見えなくなった。そして、瞬く間に僕の部屋中が何千何万という羽アリの大群で満たされ、完全に視界を遮られた。**さらに、その大群が一気に**

僕の身体めがけて襲撃してきたのだ。気が動転して激しく腕を振り回す僕の、目といわず鼻といわず、顔や首や髪の毛の中まで、あっという間に全身にへばり付いてきた。

「ブブプ、ペッ、うぎゃあー！」

僕は思わずパニックになり、逃げ腰で立ち上がると、「**ヘルプ！　ヘルプミー！**」と大声で叫びながら一目散にドアを開けて廊下へ脱出した。

フロントのホテルスタッフに助けを求めると、ルームサービスの女性が平然と部屋に入っていき、窓を開けてエアコンのスイッチを押した。

そして激しい冷風が一気に部屋に流れると、あっという間に羽アリの大群は窓から退散して行った。

「これで大丈夫、もう心配はいらないわ、ドンウォーリー」

彼女は、何事もなかったかのように慣れた感じでそう言いながら戻って行った。

ほっと安堵すると同時に、今までの心労からか、身体の奥底から一気に疲れが襲ってきた。僕はベッドに突っ伏すように倒れ込んだ。腑抜けになった僕の頭は、文字通り空っぽになっていた。

―もう…、いっそ全てをギブアップして、帰国して就職しようかな…

朦朧《もうろう》とした意識のなかで、僕はそんなことを思った。

少しの時間、何も考えずに僕はぼーっとしていたが、そのうちまた考え事を始めた。

今、ここでギブアップしてしまったら…。オレは楽になるだろうけど、ティトたちミチランカの連中はどうなるんだろう。あれだけ派手にぶち挙げておいて、途中で辞めて投げ出してしまったら、たぶん彼らは大ボラ吹きとして、街に住めなくなるだろう。

オレは外国人だから、帰国してしまえばそれまでだけど。日本じゃ誰もプロジェクトのことなど知らないし、また機械の輸出業をするか、築地の市場に戻るかすれば、家族を食わしていくことはできるよな。

でもミチランカのみんなを裏切って、自分だけ帰国してしまっていいのか…、彼らにも家族がいるんだぞ、オレにミチとヒロヒロがいるように。

—だからって、どうすりゃいいんだよ…

嫌なことは、頼みもしないのにつぎつぎにやって来る。

「ヒサシ、俺はもうバンザイかもしれないよ」

ティトは、手首をだらんとしたバンザイのポーズをしながら、**死んだフナのような目で、半開きの口元から牛タンのように舌をたらして、**僕に言った。

バンザイ、つまりお手上げということだ。

「金がないのか、ティト」

「違う。いや、金は前からない。それだけじゃないんだ。ふたり目の子どもができたんだ」

もうミチランカでやっていくのは難しい、辞めてほしい、と女房に釘を刺されたという。

「公立学校にでも勤めて先生の仕事をしろって言うんだよ、そうしないと**離婚するって…**」

夢は途中で諦めない限り、必ず実現する。だから諦めないで一緒に頑張ろう、とはさすがに今の僕には言えなかった。

初めての子どもが生まれたとき、ティトは希望に満ち溢れた表情で、僕に名付け親になってくれないか、と頼んできた。

「オレでいいのかティト」

「もちろんだヒサシ」

ふたりで熱心に子どもの名前を考えていると、横から小西さんが口をはさんだ。

「リョウマがいい。ティト、息子の名前をリョウマにしなさい」

「はあ、リヨマですか。どんな意味なんですか」

「リヨマじゃない、リョウマだよ。坂本龍馬のリョウマだ」

眼鏡を中指で直しながら、小西さんは坂本龍馬のストーリーをミチランカの面々に話し始めた。

通訳のリザナは、明らかにいい加減かつオリジナルに訳して、小西さんの坂本龍馬ストーリーを皆に適当に説明していた。

ティトは納得して、長男の名前をリョウマに決めた。

「リョウマが大きくなったとき、誇りに思ってもらえるような事業をみんなで成功させよう！」

ミチランカの仲間全員で、そう誓い合ったものだった。

そのティトがふたり目の子どもに恵まれたとき、まさか死んだフナのような目で牛タンを垂らしながら、バンザイを報告しなければならない事態になるとは夢にも思わなかった。もちろん、その責任は僕にあるのだ。

――財団の資金が予定通りに入金されてさえいれば…

しかし、今や二階堂さんの助成金ルートはないも同然だ。四面楚歌の袋小路に、僕は入り込んでしまったように感じていた。議員もコンサルタントも、中間マージンをピンハネしようと近づいてきた連中も、みんなスリランカの内戦が激化していくのに合わせるように、少しずつ離れて行き、そして今は誰もいなくなった。

利あらば近づき、無しと思えばサーっと遠ざかる。現実の非情さを、僕はとことん思い知らされた。

突如、3億円の話が出てきて、やがて6億円になり、しまいには13億円まで膨れ上がった。しかし、実際には1円も支払われることなく、すべてが消え去ってしまった。それだけでなく、僕が築地で一生懸命貯めた資金のほとんども持っていかれたのだ。

残ったのは、スリランカで僕を信じ続けるミチランカの仲間だけだった。

そして、ミチランカの周辺でも厳しい状況になりつつあった。

「いつになっても工場はできないじゃないか。ミチランカはインチキらしいぞ」

そんな噂がキャンディ中に流れ始めた。ミチランカの仲間も、肩身の狭い思いをしているはずだ。

—せめて内戦が終わり、スリランカが平和になっていれば、状況は違っていただろうな…

そんなことを未練たらしく考えながら、いったん日本に帰国しなくてはいけない日がきた。

「なんとかするから、信じて待っててくれ」

自分に言いきかせるようにみんなに告げると、ニシャーラだけが「イエス」と静かに答えた。

成田空港へ向かうスリランカエアラインの機内で、僕は窓から見下ろすコロンボの街に呟いた。

—もう、このままこの国に戻ってこなけりゃ、全てが楽になるんだよな…

その数日後、日本にいる僕の携帯電話にニシャーラから電話がかかってきた。

「ミスターウエダ、連絡が遅れてすみませんでした。実はティトの**借金の取立て屋が事務所にやってきて**、ミチランカのパソコンを2台とも借金の代わりに持って行かれてしまいました。それから、**カルーさんが人質に連れていかれました**」

「なに！　パソコンはわかるが、どうしてカルーさんなんか連れて行くんだ？」

ほとんどその存在すら忘れていたカルーさんが、いったい何のたしになるのだろうか…。

「わかりません、カルーさんは少し抵抗しましたが、すぐに諦めて、借金の取立て屋と一緒に歩いて行ってしまいました、それから…」

「どうした？　まだ何かあるのかい？」

「私個人のパソコンも一緒に持っていかれてしまって…、それで少し連絡が遅れてしまいました。当分は観光客用のネットカフェかコミュニティセンターから連絡しますので、Eメールでのやりとりも不自由すると思います。それから…」

「なんだ、まだあるのか？　言ってくれ」

ニシャーラは数秒の沈黙の後、とんでもない事態になったことを僕に話し始めた。

「昨日のことですが、ＬＴＴＥの兵士たちが**コロンボ空港を襲撃**して、スリランカエアラインの旅客機が12機ほとんどすべて爆破されました。空港もボロボロに破壊され、たくさんの人たちが殺害されてしまったらしく…」

「そ、それ本当か！」

僕は思わず大声で叫んだが、すぐにニシャーラの話が続いていることに気づいた。

「私たちの国は、こんなに危険な状況になってしまって、あっという間にたくさんの外国人たちが帰国してしまいました。各国の大使館から避難勧告が出ているらしいです。おそらく日本の大使館からもでしょう…」

ニシャーラが受話器の向こうで、**すすり泣いている**のがわかった。

「それでもミスターウエダは、これからもこの国に残りますか？　まだ諦めませんか？　もしそうなら、今まで通り一緒に、私はプロジェクトを成功させるために全力を尽くしますから、だから…」

嗚咽《おえつ》しているニシャーラの声は途切れ途切れになっていた。

「森のダンプヤードのゴミを綺麗にしたい…エコスクールの子どもたちみんな…待ってるから…」

ニシャーラは、受話器の向こうで静かに泣き続けた。

色々な問題が同時多発テロのように、次々に発生していた。バンザイになってしまったティトに代わって、ニシャーラはたった一人でその対応に追われていたのだ。それでニシャーラは精神的にまいっていたのだろう。抱えきれないほどの責任を背負い重圧と闘いながら、必死で踏ん張っていたのは僕だけではなかったのだ。

—くそう、まだだ！

「ニシャーラ、来週行くよ。すぐ行くから、エコスクールの準備をして待っててくれ」

「イエス！」

ニシャーラは、そのときだけは弾けるような声でそう応えた。

第5章　ぞうさんで起死回生

インド人商人

内戦の暗いニュースばかりが流れる中、スリランカのテレビ番組にミチランカの取り組みが明るい話題として紹介され、たくさんの反響があった。たまたまスリランカに来ていて、その番組を観たインド人の商人が、僕の留守中にミチランカのオフィスを訪ねて来た。その商人は、僕が留守だとわかると、名刺と機械のカタログを事務所に置いて帰った。

オフィスに戻った僕は、そのカタログを見た瞬間、反射的にその商人に電話をかけた。

「どうも、私はインド人商人のアミットです」

「カタログにあった御社の機械、あれはペットボトルのリサイクルマシンですよね。確かペレタイザーじゃないですか」

「そうです。ペレタイザーの生産ラインですよ」

アミットと名乗る男は、自慢げにそう答えた。

「粉砕セクション、洗浄セクション、そしてキャップ部分のPE素材とボトル部分のPET素材を分別するセクション、そしてペレタイザーにベルトコンベアのライン一式です」

「ほーう、やはりそうでしたか。ハウマッチ？」

「500万ルピー、設置料込みです」

「…ほう…」

「ほかにもリーズナブルな価格の中古がありますよ」

「ほう!」

アミットは、僕の事務所にパソコンすら無いのを見ていたのだろう、高価な新商品ではなく、しきりに安価な中古マシンを売り込もうとしている。

「電話じゃなんだし、申し訳ないが、もう一度僕のオフィスに来て、直接話を聞かせてもらえないだろうか」

「もちろんいいですよ。では2時間後に行きますのでよろしく」


ミチコーポレーションの資金は、すでに300万円台に突入していた。ミチランカを立ち上げてまだ2年も経っていないにも関わらず、僕はすでに一千万円以上をスリランカで使い果たしていたのだ。このスピードでいけば、僕のバンザイまで半年もたないだろう。止めどなく消えて行く資金。それは僕のコントロールできないところで、つぎつぎに浪費されていったのだ。

その頃の僕は、もう残金の事は考えないようにしていた。通帳の残高をチェックするのが恐ろしくなっていたのだ。

「ニシャーラ、あのインド製のペレタイザーのライン、あんなにチャチなのに、意外と高価だと思わないか?」

「そうですね、小西さんが見せてくれたカタログのマシンとは大きな違いを感じました」

「だろ? 見た目が全然違うもんな、細部の溶接も適当だし」

「でも値段は日本のメーカーよりもかなり安いですよ」

「そりゃそうだけど、金が無いからな…。せめて200万円くらいだったら、ギリギリなんとかなりそうだけど…」

「そうですか…、中古マシンで予算内のものがあればいいですね、ミスターウエダ」

アミットは約束の時間よりも1時間以上遅れてやってきた。

「道路がすごい渋滞で困りましたよ」と、アミットは汗だくの額をハンカチで拭きながら言い訳をしたが、「道路はガラガラでしたよ、ミスターウエダ」と、ニシャーラがこっそり僕に耳打ちした。

少し雑談をして一息ついたアミットは、あらためてカタログを揃えてテーブルに広げた。

アミットが何種類かの機械を紹介してくれたが、どれも予算をオーバーしていた。

—やはりダメか…。

僕はため息を隠して小刻みに頷きながら、じっとアミットの話を聞き続けた。

「この中古のラインのセットの場合、価格は設置費用込みで250万ルピーです」

僕とニシャーラは、アミットが最後に紹介した最安値の機械の説明を熱心に聞いている。

「250万ルピーってことは、日本円で250万円か、やっぱり厳しいな…。ん？ いや、待てよ、確か今、けっこう円高だったよな。ニシャーラ、今日のレートで100ルピーは何円になるかな」

「えーと、今日100ルピーは…、約80円、ミスターウエダ、80円ですよ！」

「ということは…、今の為替レートなら…、おお！ ちょうど200万円くらいだ！」

「そうです！ 200万円です、ミスターウエダ！」

僕とニシャーラは嬉しさを必死で隠し、アミットの機械にそれほど興味がないふりをした。

アミットが帰ると、僕はニシャーラに言った。

「もし、200万円で導入できる設備であれば、考える余地はあるな」

「イエス、ミスターウエダ」

僕とニシャーラは、目を合わせて頷き合った。

ペットボトルのリサイクル工場、一度は諦めかけた夢。それが実現しそうな手応えを感じた。そして絶対に実現させるんだという執念のようなものが胸にこみ上げてきた。

「ニシャーラ、あのラインを購入してみたいんだけど、どう思う？」

「イエス、グッドアイデアです、私は賛成ですよ、ミスターウエダ！」

僕らはニンマリして握手をしたあと、無意識にお互いの肩を叩き合って、徐々に湧き出てくる喜びの感情を確かめ合った。


数日後、手回しのいいニシャーラは、キャンディ市内から1時間半の場所に、小さな空き工場の物件を探してきた。

その物件は、すでに手付金を支払って確保していた工業団地に比べると随分と遠く不便で、面積も比べ物にならないほど狭かった。そのかわり家賃は月に2万ルピーと格安だった。水も電気もすぐに利用可能で、スタッフ用の宿舎も併設されていた。ただ、歩いてすぐのところに、**大麻の秘密農園**があるのが気がかりだったが、近所の人たちはみんな素朴でフレンドリーだった。

屋根や壁に穴が空いていたので修理をする必要があったが、ミチランカのスタッフ全員で補修すればなんとかなると思った。

「よし、やろう！」

「やりましょう！」

僕とニシャーラは、どちらからともなく抱き合って喜びを分かちあった。ニシャーラがこれほど感情を爆発させて喜んだのを見たのは初めてだった。

他のミチランカスタッフたちがエコスクールから事務所に戻ってくると、すぐに僕はインド製の機械を導入する計画を発表した。

工場立ち上げの計画が具体的になったことを知ったスタッフたちは、大きな驚きと喜びで興奮を抑えきれなくなった。そこで、僕はスタッフ全員を連れて、工場物件を見に行くことにした。物件に向かう車中ではバルバーギの歌声が元気よく響いたのは言うまでもない。

２００２年春、30歳。初めてスリランカに来てから2年ちかくが過ぎていた。

＊

ペットボトルリサイクル工場が、なんとかスタートした。

工場の起工式では、近所のお坊さんやスタッフの家族を招いて、オイルランプセレモニーをしたり、キャンディアンダンスショーのチームに来てもらって、伝統的なお菓子を食べながらダンスショーを楽しむなど、盛大にお祝いをした。

インド人商人のアミットから購入したインド製の設備一式を設置してもらうのに数日かかった。それから、ミチランカのスタッフが看板の取り付けや壁の穴の補修をし、オフィスやスタッフ用の休憩室などのスペースを簡単にパーテーションで区切って、起工式から1週間ほどでプラントは稼動できる状態にまでなった。

――ついに悲願のペットボトルリサイクル工場が完成した！

予定の13億円の工場とは比べものにならない粗末な工場だが、僕らは満足だった。

僕は**1円たりとも助成金に頼らずに立ち上げた工場**を誇りに感じていた。社長室もなければバーもない、監視モニターもサロンもシンボルツリーもない。しかし、僕にとっては生まれて初めての自社工場だ。もがき苦しんで、たくさんの失敗を繰り返して、やっと手にした小さな生産基地だ。これからここで、みんなの幸せを作っていくのだ。

とはいえ、いったん工場の設備が現実のものになると、想定しなかった予算が必要になった。僕は帰国するとすぐに、近所の信用金庫などを訪ね、融資の申し込みをして回った。しかし、どの銀行も信用金庫も相手にしてはくれなかった。しかたなく、予算内の最低限の工場設備で始めることにした。

工場稼働の初日には、生産ラインの**スタートボタンをスタッフ全員で押すセレモニー**をして、ライオンビールで乾杯した。日本と違って常温のぬるいビールだが、最高に美味しく感じた。

いよいよ稼働だ。

エコスクールで集めてもらったペットボトルを粉砕機に投入すると、それが粉々になってフレーク状になっていった。それをみんな手に取っては大喜びしている。ペレタイザーに投入した原料が溶けていくのを見ながら、全員で雄叫びをあげて抱き合いながら歓喜した。

エコスクールでは、子どもたちにペットボトルのリサイクルを理解してもらうために、僕らはライターの火でペットボトルの破片をあぶって溶かし、それを伸ばして糸を作って見せていた。その工程を今、実際に自らの工場のラインで目の前にしているのだ。この〈魔法の機械〉が、**あのゴ**

ミの山を元の自然の森に還すんだと思うと、僕は猛烈に感動した。

若いスタッフたちも興奮して、居ても立ってもいられなくなったようだ。

「今からペットボトルの集積場に行って、明日からの運搬の準備をしてきます！」

「明日のエコスクールの資料のコピーを、今日のうちにやっておきます！」

「工場の看板が見えやすいように、周りの草を刈っておきますよ」

「明日の休憩時間用のお茶とスナックを調達に、ティーブティックまで買い出しに行ってきます」

彼らは、それぞれに仕事を見つけては持ち場に散っていった。

「この前の起工式が新聞記事になってるかもしれませんね、ちょっとリサーチしてきます」

ふと気づくと、その歓喜の輪の中に、地味に喜びをかみしめるカルーさんを発見した。

「あれ、カルーさん、いつ生還してたの？ 借金取りに拉致されてたんじゃなかったっけ？」

拉致された日の夕方、カルーさんはハムスターのアルバートと共に無事に自宅に戻っていたらしい。僕は忙しくてカルーさんの存在を忘れていたが、彼はそれからも毎日オフィスに出勤していたようだ。

「私を忘れるほど忙しいのは、良いことですよ、ミスター」

皮肉かどうかわからなかったが、とにかくカルーさんの笑みも見ることができて、その日はミチランカのスタッフ全員の忘れられない日になった。

しかし、その後に僕らを待ち受けていたのは、想像を遥かに超える苦労の連続だった。

ど素人の工場運営

工場が稼働してから1週間ほどは、毎日忙しくペレット製造ラインは動き続けた。

しかし、すぐに原料のペットボトルが不足し始めた。原料がなくなると、ラインは止めざるをえず、日中でも何もすることがなくなってしまう。みんなボーっとしているばかりで、時間ばかりがいたずらに過ぎていった。そんな事態が、日を追うごとに増えていった。

問題は、廃ペットボトルが安定的に集まらないことだ。廃ペットボトルの安定回収は工場の生命線だと、小西さんが何度も繰り返し説いていたが、それを身をもって痛感することになった。エコスクールの集積場は、あっという間に空になり、ホテルや観光地も雨が続いたりすると観光客が減って、ペットボトルの回収率は上がらなかった。年間を通して安定した工場運営をするには、まだまだペットボトルが圧倒的に不足していたのだ。

スリランカは、日本のようなゴミのリサイクルの法整備がまだ進んでなかった。僕らは環境大臣に日本の容器包装リサイクル法などを参考に法整備の提言を何度もしてきたが、**政府は環境保護よりも、内戦や停戦交渉、貧困対策や兵士の社会復帰などを重視しており**、動きは鈍かった。

啓蒙に時間がかかるのは覚悟していたので、セミナーやシンポジウムを積極的に開いた。会場はいつも満員になるのだが、実際に成果が上がるかといえば、ほとんど影響はなかった。イベントでの理解と、現実の行動は違うのだ。しかし、僕らにはもう時代が追いつくまで待っている余裕がなかった。

さらに、新たな問題も浮き彫りになった。収集運搬のコストが当初の計算よりもかなりオーバーしていたのだ。日本ではゴミの収集運搬も自治体の予算で、委託業者が行っている。スリランカでは、ミチランカが独自に自費で行うしかなかったが、タイミングが悪いことに、**内戦の影響でガソリンが猛烈に高騰**していた。ようやく念願の工場が稼働したものの、利益がまったく出なかったのだ。

—工場が軌道に乗るまでは、まだまだ時間がかかりそうだ。

僕らは、新規のビジネスを立ち上げて収益を上げる必要に迫られていた。

僕は資金が残っているうちにと、見込みのありそうなビジネスに片っ端からチャレンジした。

まず最初に着手したのが**紅茶ビジネス**だ。セイロンティとして有名なスリランカの紅茶を、日本に輸出して稼ぐことを考えたのだ。ミチランカは環境カンパニーなんだから、オーガニックに特化した紅茶がいいと思い、ウバやヌワラエリアなど有機茶葉の産地を訪れて、直接メーカーと商談をしては大量に茶葉を買い付けた。普通のブラックティの他に、高級茶葉であるシルバーチップスという種類の茶葉も仕入れてみた。

しかし日本での僕の非力な営業力、粗末な商品パッケージでは日本のマーケットで売れるはずもなかった。しかも紅茶は関税が高いために、多少売れても利益は少なかった。

次にチャレンジしたのが**宝石ビジネス**だ。スリランカは世界四大宝石産地の一つである。調べてみると、宝石ビジネスの成功を夢見て、世界中のビジネスマンが、スリランカのあちこちで投資していた。鉱山の土地を一定期間借地として確保し、労働者を雇って採掘していたのだ。そして実際に何人もの億万長者が誕生しているというエキサイティングなニュースが耳に入ってきた。

たまたまウダヤが宝石の販売員を昔やっていたことを頼りに、僕は宝石の採掘を始めることにした。宝石採掘の中心地は、ラトゥナプラというスリランカ南部の非常に蒸し暑い地域にある。視察に行ってみると、地元の人たちが**実際に億万長者になった何人かのエピソード**を、写真を見せながら語ってくれた。

僕はなけなしの金で手付金を払い、現地の作業員を日払いで雇って採掘作業を始めた。僕らミチランカのスタッフも、一攫千金を期待しながら採掘に参加してみた。僕らはブルーサファイヤやルビー、エメラルドなどの高級な原石を期待したが、いくら掘ってもそんなお宝は出てこなかった。たまにムーンストーンのカスのようなのが出て来て喜んだが、周りの労働者たちからはクズばかり見つけるやつだと笑われ続けた。

泥水を吸い上げるポンプは、しょっちゅう故障するし、作業員たちはタバコ休憩ばかりして、まるでやる気がなかった。僕は未経験ということもあって、彼らを上手に管理し働かせることができずにいた。

あとで知ったのだが、仮に価値のある原石が採掘できたとしても、作業員を完全に監視して、持ち物チェックなどを厳しくしなければ、結局は全部持って帰られてしまうとのことだった。

僕は性善説論者のように、たとえ無愛想な日雇い労働者であろうとも、かわいい自分の部下だと思い、朝昼晩の食事を提供したり、日本からチョコパイなどのお土産を持参したりしていたが、彼らは僕のことをカモだと思っていたのかもしれない。

そのうち笑い者になっていると気づき、自分の世間知らずさに腹が立ったが、全ては後の祭りだった。海千山千の猛者でもないかぎり手をだすようなビジネスではなく、結局1か月ほどで、この宝石ビジネスから撤退した。

ほかにも色々なビジネスに着手してみたが、どれもうまくいかなかった。

特にひどかったのは、**高級食材のフカヒレビジネス**だ。

築地の魚市場で働いていたときに知り合ったバイヤーや問屋が何軒かあったので、築地や気仙沼の業者に販売してみようと考えたのだ。

スリランカ南部の漁村で、サメのフカヒレを定期的に仕入れさせてもらう契約をしたのだが、日本人がフカヒレを買い付けに来ているという噂は漁村でもあっという間に広まり、すぐにモスリムの業者から嫌がらせを受けるようになった。彼らが監視している間は、なぜか漁民が僕らと話をしてくれなくなるのだ。そのため漁村での僕らは、いわゆる村八分状態になってしまった。

よくよく調べてみると、漁民たちが使っている漁船のほとんどは、**モスリムの業者**から出来高払いで借りており、燃料や網なども全て彼らに提供してもらっているため、漁村全体が一部のモスリム業者に牛耳られていたのだった。

それでもなんとか交渉して、少量のフカヒレを売ってもらったが、乾燥技術が原始的で、さらにパッキングの品質も悪く、日本に空輸したときにはカビだらけになった。目利きができないお前には無理だと、築地の先輩にも諭され、結局フカヒレビジネスも断念した。

その他に、英国ロイヤルファミリー御用達のスターリングシルバーの食器やアクセサリー、オーガニックドライフルーツ、高品質カシューナッツのバルク輸入、パッションフルーツの瓶詰めなどにも手を出してはみたが、単発のビジネスで終わってしまい、どれも軌道に乗ることはなかった。

僕は自分の驚くほどの商才のなさに、自信を無くしかけていた。

ペットボトルのリサイクル工場は、赤字を垂れ流していたが、僕はミチに工場の写真を見せながら、さも順調であるかのように取り繕って話していた。

「もうすぐ軌道に乗りそうだから大丈夫だよ」

しかし実際には、貯金を切り崩している状況だった。

僕は焦っていた。それでもミチの給料のおかげで、毎日の生活は何とかなっていた。ただ、いつまでもヒモのように、妻の給料を当てにして生活するのは嫌だったし、男としても家長としても、ひどくみっともないと考えていた。

「頑張るから、もうちょっとだけ我慢してくれよな」

いつものように、苦しい言い訳をしたときだ。

「あのね、そのことなんだけど…」

もともと細くて小さいミチの声は、蚊が鳴くように消え入りそうだ。

「あのね、私、**ふたり目の赤ちゃんを妊娠**したんだよ」

「え？」

そのために長期間休職しなくてはいけなくなったと、ミチは心配そうな顔で言った。

「もうすぐ産休に入るんだけど、大丈夫かな…」

僕は間髪入れずに「そうかそうか、それはよかった！」と喜んで見せたが、本当は、頭が真っ白になり、全身が硬直していた。

——これからはミチの給料も当てにできなくなるか…

ミチと僕の間でスースーと寝息を立てている息子の寝顔を見ながら、僕は暴走しそうな焦りを抑えることに必死だった。

ゾウの襲撃

ある土曜日の早朝、ニシャーラからの電話で僕は眠りから覚めた。

「ニシャーラ、どうしたの、ハワユー」

「ミスターウエダ、イマージェント（緊急事態）です！」

「は？　どうしたの？」

いつも小声で囁くように話すニシャーラが、大声を発している。かなり興奮している様子だ。

「大変なことになりました…、**我々の工場が攻撃されたんです！**」

「なんだって！　テロ攻撃か？」

「いえ、ゾウです。野良ゾウです」

…野良ゾウである。海老蔵でもイチローでもない、エレファントである。

「**野良ゾウだと！！**」

スリランカでは毎年のように野生のゾウが民家を襲い、１２０人以上が命を落としている。そしてゾウはその倍以上の頭数が射殺されているのだ。

僕らの工場を襲撃したゾウは、民家近くのジャングルに住みついていた野良ゾウだった。

その朝、ニシャーラが工場に出勤すると、すでに壁が壊されていたという。ゾウは人間と遭遇するとパニックになって襲ってくる事がよくあり、工場の周りにまだウロウロしている可能性もあるため、ニシャーラの判断で工場は休みにしたそうだ。

幸いペレタイザーなどの製造ラインは無事だったが、スタッフの何人かが怯えてしまって仕事どころではなく、辞めたいと言い出している者も出ていた。

野良ゾウは、いつまた襲ってくるかわからない。とりあえずの措置として**工場敷地内に手作りの簡単なツリーハウスの監視施設を建て**、双眼鏡を首にぶら下げた見張り番を一人駐在させる事にした。ゾウが襲撃してきたら、見張り番が鐘を打ち鳴らして危険を知らせるシステムだ。

さらに電気フェンスやブロックの壁を作ることも検討した。すぐにコストを調べるようにニシャーラに頼んだが、これ以上の設備投資の資金はなく、実現する可能性は少なかった。

その１週間後、１頭のゾウの死体がメインロードの脇に転がっているのを、通りすがりのドライバーが発見した。高圧電流のフェンスに接触してショック死したらしい。

ちょうど僕はスリランカに到着したばかりで、コロンボからキャンディに向かう道すがら、そのゾウの死体に出くわすことになった。

すでに大勢の野次馬がゾウの死体の周りを囲っていた。僕はそのとき、ゾウの死体というものを初めて見た。その野良ゾウの巨体は突っ伏すように倒れていたが、激しい悪臭が周りに漂っており、おびただしい数のハエが死体にたかっていた。それでもその存在感は圧倒的で、その生命が失われたことに僕はいい知れない喪失感を覚えた。

――なんとかゾウと人間が共生する道はないのだろうか？

オフィスに到着して、ウダヤやエリックたちのエコスクールネットワークの状況を聞いた後、僕はすぐに野良ゾウに破壊されたペットボトルのリサイクル工場へと向かった。

工場の入り口には新しいロゴマークが彫刻された木製の看板が設置されていた。ゲートを通り過ぎて工場の中へ入ると、破壊された壁はすでに修理されていたが安価な泥壁になっていた。泥壁は粉塵が出るために設備には良くないので、これはあくまで応急措置だとニシャーラは説明した。

また別の野良ゾウが襲って来たときの対策は、まだ何もできていないという。なんとかゾウと僕たちが共存できるような打開策がないかと考えたが、とにかく今は電気フェンスを設置するくらいしか解決策は思い浮かばなかった。

「問題はゾウだけではないんですよ、ミスターウエダ」と、ニシャーラは悲痛な表情で僕にいった。

彼が見せたエクセルの資料は、リサイクル工場が毎日大きな赤字を垂れ流していることを示すデータだった。

相変わらずラインを稼働させるためのペットボトルは、十分には集まらなかった。そのため工場スタッフを遊ばせている時間が1日のうち半分近くを占めていた。さらに植物園などの観光地では、今までは無償で提供してくれていたのに、来月からは1トンあたり2000ルピーほど払ってほしいと通告してきたとのことだった。

「今まではゴミだったのに、金になるとわかると代金を請求してくるんですから」

唇を噛んで悔しそうに話すニシャーラの顔を見ていて、僕は一瞬何もかも放り投げたくなった。

仕方なく代金を支払うことにしたが、その後もペットボトルの集まりは芳しくなかったし、収集運搬のコストも大きな負担であることに変わりはなかった。内戦が激しくなるにつれて、加速度的にガソリンの価格も高騰して、**もはや日本のレギュラーガソリンよりも高値をつけていた。**

――このままでは近いうちに資金が底をつくぞ…

ふたり目を妊娠したミチの顔が浮かんだ。

――早急になんとかしなくては…

赤字の報告書を睨みながら、僕はやけくそでキングココナッツをガブ飲みし続けた。

偶然の画用紙

その日、僕は帰国前日ということもあり、家族に何かお土産を買って帰ろうと思い、ニシャーラやウダヤたちをぞろぞろと連れて、コロンボで人気の衣料デパート『ハウス・オブ・ファッション』に来ていた。

ゾウのデザインのＴシャツを選んだ僕は、レジの長い行列に加わって、周りの様子を見ていた。

すると、レジの横で購入商品をプレゼント用にラッピングしてくれるコーナーがあった。可愛らしい箱やリボンと一緒に、何十種類ものカラフルなラッピングペーパーが壁にぶら下げられていて、遠くから見ても目立っている。

料金を支払った後、僕はラッピングコーナーに行き、ニシャーラたちとカラフルな紙を見せてもらうことにした。

「この手作りの紙は面白いな。日本の和紙に似てるよ。もうちょっと厚みを加えたら、エコスクールの絵画コンクールの画用紙にいいんじゃないかな」

「花びらやハーブなどいろんな紙がありますね、値段を聞いて見ましょう」

僕らは、ラッピングペーパーについて店員に詳しく聞いてみた。

「この紙は花びらでできています。これはレモングラス、こちらはバナナの繊維で作った紙です。そして、**この紙はゾウのウンチの糞でできた紙です**」

「え！これ、ゾウのウンチで作られてるの？」

「はい、そうなんですよ。スリランカでも珍しくて、作っている人は少ないんですよ」

店員は自分のことのように、嬉しそうに答えた。

みんなは、その紙に恐る恐る鼻を近づけて匂いを嗅いでみたり、「全然臭くないよ」、「当たり前でしょ」などとはしゃいでいたが、僕の目はギラついていた。

「この紙、すごく面白いなニシャーラ。エコスクールの画用紙に使えないかな。作っている人を探し出してくれよ」

「わかりました、すぐに探してみます」

スリランカには製紙工場がないため、紙製品は輸入に頼っていることもあり、紙自体が高価だ。そのため、手漉きで紙を作る個人の工房を田舎町でよく見かける。

「このゾウのウンチを再生した紙は、スリランカではポピュラーなのかい？」

スタッフの誰に言うともなく僕は訊いてみた。

「いえ、この紙は私も知りませんでした」

「見たことも聞いたこともなかったですよ、ミスターウエダ」

ミチランカのスタッフたちは、誰もこの紙について知らなかった。

僕は先日、道端で野良ゾウの死体に出っくわした日のことを思い出していた。

――ゾウは人間とトラブルを起こすため敵視されているが、そんなゾウの糞でできた紙をスリランカの人たちは大喜びしながら触ったり臭ったりしている…

さまざまな種類の紙が並んでいたが、僕にはこのゾウの糞の紙しか目に入らなかった。

「オレはこの紙を絵画コンクールの画用紙に使ってみようと思うんだ、ニシャーラ」

「わかりました」

それから1週間くらいで、僕らはキャンディ郊外でこの紙を作っている老夫婦を見つけた。その老夫婦は、手漉きで作った紙をコロンボのデパートに卸して、生活費の足しにしていた。週に1、2日、紙の手漉き作業をしているそうで、品質にバラツキがある点が気になったが、紙としては面白いと思った。

すぐに僕はエコスクールの絵画コンクール用の画用紙に使えそうな、厚みのある紙を作ってくれるように依頼した。

激戦地ジャフナ

ゾウの糞の再生紙を使った画用紙に手応えを感じ始めた頃、第2回環境絵画コンクールの表彰式を、コロンボの中心地にあるエルフィンストンホールを貸し切りにしてもらい大々的に開催した。そのホールは、100年以上前に建てられたコロンボで最も歴史のあるホールで、収容人数も最大1000名の施設だ。

イベントには来賓として環境大臣や大学教授、僧侶などを招き、司会者にはインドのボンベイから映画スターに来てもらった。授与式の後は、スリランカのローリングストーンズといってもいい息の長い人気バンド『シハ・シャクティ』のライブも開催した。テレビ局も生放送で中継してくれるなど、ミチランカのイベントとしては最大級のイベントとなった。

イベント開催の費用は、今までに繋がったあらゆる人脈を総動員させて可能な限り安く済ませ、総額20万円ほどに抑えることができた。

ただ残念だったのは、コンクールで最優秀賞を受賞した子どもが、内戦の激戦地ジャフナの学校に通っており、地雷などの危険もあって表彰式に出席できなかったことだ。本人もそのことを、涙を流して残念がっていたという。

彼が住む地域は、LTTEの影響力が強い地域（外務省の危険地域指定レベル4）だったため、表彰状と記念品を郵送することもできないでいた。

その表彰式から半年ほど過ぎた頃、情勢が急激に変わって、ジャフナがLTTEの支配から解放され、一般人が行き来できるようになった。一時的にしろ、**激戦地ジャフナが非武装地帯になったのだ。**

――ジャフナといえば、表彰式で最優秀賞を受賞した子がいる町だったな。

僕はふと思い出した。

はじめは郵便で賞状を送ることを考えた。だが、せっかく非武装地帯になって、いくらか安全になったのだから、その子の自宅まで届けに行こうと思い立った。その地域の現状を視察することも、僕にとって貴重な経験になるだろう、と。

数日後、僕はニシャーラたちスタッフ８人を連れてハイエースに乗り込み、早朝にキャンディを出てジャフナへ向かった。途中、あちこちで激しい戦闘で破壊された建物などを見かけて緊張したが、なんとか無事にその子の家に到着した。キャンディを出て10時間以上過ぎた夕方だった。

玄関には、その子の家族ばかりか親戚も勢ぞろいして出迎えてくれた。紅茶をふるまってもらい、落ち着いたところで、ささやかな表彰式が始まった。

僕が表彰状を読みあげて最優秀賞の栄誉を直接伝え、「おめでとう」と日本語で声をかけながら記念品を贈呈した。表彰状と記念品を両手いっぱいに抱えたその子は、緊張のせいで表情を硬くして、かすかに手を震わせてもいた。僕は愛おしさでいっぱいになり、思い切り抱きしめてやりたい気持ちになった。

その光景を見守っていた両親やおじいちゃんは、感激で目を泣きはらしていたが、こちらが話しかけてもなかなか表情を崩さなかった。みんな一様にこわばった顔をしていた。これも長くつづいた内戦の影響だろう。彼らは心を閉ざしてしまっていた。

ほとんど話もせずに、重い空気のまま1時間ほどが経った。食事を誘われたがキャンディへの帰りが遅くなるため、僕らは丁重に辞退した。

表彰された子とその家族、親戚一同は、ハイエースに乗り込んだ僕らを見送るために玄関に並んだ。

車を発進させてからしばらく走り、車がカーブにさしかかって、手を振り続ける家族たちが見えなくなるその瞬間、僕らは忘れられない光景を目にすることになった。

完全に僕らの車が見えなくなる寸前に、緊張が解けたのか、感情を抑える事ができなくなったその子と家族、親戚全員が一斉に飛び上がって、一気に喜びを爆発させたのだ。その子もお父さんもお爺ちゃんも近所の人たちも犬も、まるで弾け始めたポップコーンのように、皆ピョンピョン飛び上がっては手を叩き、抱き合ったり笑顔を寄せ合いながら大喜びしていた。

その姿を一瞬だけでも目撃することができた僕たちは、とてもほのぼのした幸せ気分になった。皆それぞれ、眉毛を上げて澄まし顔をしたり、肩をすぼめてニヤついたりしながら、自然に笑みがこぼれだし、そのうちハイエースの車内は笑い声で満たされた。いつもクールなニシャーラですら、ニンマリしながら明日の予定をチェックしている。そして車内では歓喜のバルバーギ大合唱と心地よい笑い声が交互に響いた。

10時間もかけてわざわざ表彰状を渡すためだけに、僕らは非武装地帯となったジャフナまで、地雷の間をノロノロとやって来たが、その瞬間に疲れと緊張が吹っ飛んだように感じた。

僕はジャフナに来て本当によかったと心から思った。そして平和がどれほど大切なものか、ジャフナに来たおかげで身にしみてわかったような気がした。

—近いうちに、またここを訪れよう。

できるなら、ジャフナでビジネスを立ち上げて彼らの力になりたい、僕はそう思っていた。

対立する両方の民族が、当たり前のように一緒になって、僕の工場でヒット商品を作る様子を空想した。売れれば売れるほど、仲良く協力し合わないと納期に間に合わないのだ。

—なんとハッピーな光景だろう！

興奮と感動で騒がしい車内で、僕の空想はしばらく続いた。

しかしその数年後、内戦が再び激しくなってジャフナは再び激戦地となった。立ち入り禁止地域になってしまったジャフナに、僕らは入ることができなくなってしまったのだ。そして、その数か月後、政府軍が大規模な空爆作戦を行ったと世界中のメディアが報道した。

僕はそのニュースを日本にいるときに、事務所のパソコンのヤフーニュースで知った。あの家族のことが心配になった僕は、ニシャーラに電話をかけ、消息を確認した。

ニシャーラはすでに事態を知っていたらしく、悲痛な声で答えた。

「あの地域はＬＴＴＥが人間の盾作戦で抵抗したせいで、一般市民は脱出できなかったらしいです。そして今回大規模な空爆があったので、おそらく…」

ニシャーラは少し沈黙してから、絞り出すように言った。

「あのあたりは壊滅してしまったようですから…」

「おい、嘘だろ…」

表彰状を受け取ったときのあの少年の緊張した愛らしい表情や、家族や親戚たちが抱き合って喜ぶ光景が脳裏にフラッシュバックしてきた。

―なんてことになったんだ…

あの家族の消息は完全に途絶えてしまっていたため、無事に避難できたかどうかはその後もわからなかった。

どの国の戦地でも、戦争が終わりかける頃には、いつも罪のない人たちが権力者の保身のために人間の盾にされてしまう。そんな悲惨な教訓を、僕は身近なものとして突きつけられてしまった。

僕もニシャーラも、それからは黙ったままだった。

あやしいボランティアマニア

「植田さんのスリランカでの活動には本当に敬服しています」

帰国してすぐに、亀田と名乗る男が僕の新宿の事務所にアポなしでやって来た。

以前、船舶科学館で開催した絵画コンクールについて書かれた産経新聞の記事で僕たちの活動を知り、感銘を受けたという。

亀田さんは高級車のロゴがついた車のキーと、有名ブランドのポーチをぶら下げ、腕には高級時計をつけている。

「私自身もあるNPO団体に毎月参加しておりまして、寄付やボランティアをさせて頂いてます」

亀田さんは、それから一方的に自己紹介を始めた。

彼は大手出版社の仕事を受注する印刷工場の二代目社長で、仕事はほとんど部下に任せて、あちこちのボランティア団体の活動に参加しては暇を潰しているらしい。顔にはまだ幼さが残るが、体は立派なメタボ体型の45歳中年オヤジだ。

「私は環境保全や発展途上国の貧困対策支援に関する、あらゆる社会貢献団体やＮＰＯを支持します。助成金の申請などもテクニックがありますから、よろしければご協力しますよ」

「悪いですが、僕は慈善団体や助成金に興味ないんですけどね」

「…それは、いい視点です」

亀田さんは大げさに頷きながら、神妙な顔で僕を見つめている。

「それに僕らはボランティア団体ではありませんよ。ペットボトルのリサイクルをビジネスにしている普通の会社です。絵画コンクールもゴミの分別システム構築のための啓蒙活動なんです」

だからさっさと帰ってね、というつもりで言ったのだが、亀田さんは執拗にくいさがった。

「実に素晴らしい、誠実な方です。多くの団体は、助成金目当てのソーシャルなアピールに精を出し、怪しい寄付を募ったりするものです。いつも私は言ってるんです、社会貢献はＲＯＣＫだと」

「はい、そうですか。おっと、そろそろ行かなくては」

僕は時計に目をやって、約束があるふりをした。実際やる事はいっぱいあるし、道楽ボランタリーの相手をしている暇はないのだ。

すると亀田さんは、魅惑的な提案を持ち出した。

「もしよかったら、エコスクール事業に対する寄付やお手伝いをさせていただけないでしょうか」

いきなりの提案にびっくりしたが、亀田さんはさらに畳みかけてきた。

「毎月いくらか寄付させてください。活動も手伝いますよ。印刷物が必要なら私の会社にやらせましょう」

話がうますぎる、そう思って僕は警戒していた。

「まあ、人手が足らないときは助かりますが、寄付の方は今まで特に頂いたこともないし、実際、僕らはNPOでも慈善団体でもなく、普通の会社ですから受け取れません。まあ、何かイベントがあるときにボランティアとして参加してもらうくらいなら…」

「ありがとうございます！　つきましては、植田さんが次にスリランカへ行かれるときに同行させていただければ嬉しいんですが、よろしいでしょうか？」

「そんなことは別に構いませんよ、よかったらどうぞ」

そしてその1週間後、亀田さんは僕のスリランカ出張に本当についてきた。さらに帰国してからも、毎週のように新宿の事務所に顔を出すようになった。

コロンボで第2回環境絵画コンクールの表彰式を開催したときも、亀田さんは僕に同行した。表彰状の授与役を務めた亀田さんは、自分が子どもたちに表彰状を渡すところや、たくさんの子どもたちに囲まれた集合写真をウダヤに撮らせたりしていた。

なぜそんなことをするのか、そのときは不思議に思っていたが、その理由は1か月後にわかった。亀田さんは、自らNPO法人を設立したのだ。そして、ミチランカの創業当時から一緒にやってきたウダヤとエリック兄弟を、僕が払う給料の倍額を提示して引き抜き、エコスクールの運営ノウハウを横取りしたのだ。亀田さんはそのために、僕に近づいたのだった。

その少し前にも、風の便りで二階堂さんが、新たに途上国支援のＮＰＯを立ち上げたことを知ったばかりだった。二階堂さんのＮＰＯも、僕らのエコスクール活動などとほぼ内容は同じだった。二階堂さんは岸辺社長と組んで、ＮＰＯをベースにして財団から助成金をもらう活動を続けているようだったが、ウェブサイトに出ていた事業内容は、ミチランカのエコスクールの活動に酷似していた。

スリランカには他にも多くのＮＰＯやＮＧＯなどの団体が進出してきていた。その多くは外務省の草の根資金やＯＤＡプロジェクト、大企業系財団の助成金などを目当てにして活動する団体だ。彼らの目的は、内戦で苦しむスリランカの人たちの支援ではなく、助成金などに群がって自分たちの利益のために運営している団体のように見えたが、僕にはそんな連中はどうでもよかった。もはや財団にも13億円にも未練はまったく無かった。

僕は助成金を目当てに慈善事業をする団体を作りたいんじゃない、この国でビジネスを立ち上げたいんだ。

とにかく一刻も早く事業を軌道に乗せて、他の業者に負けない品質のペレットを製造するリサイクル工場にする気持ちでいた。僕は人を狂わす「助成金」や「援助資金」などの言葉に嫌悪感さえ覚えた。

ウダヤやエリックが離れていったことは悲しかったが、それ以降、ニシャーラとの絆はさらに強まった。そして必ずスリランカでビジネスを成功させる、という気持ちを強くしていた。

ゾウが運んでくれた偶然の幸運

ペットボトル工場は相変わらず稼働率が上がらず苦戦していた。あちこちで回収していた廃ペットボトルも、徐々にお金を請求されるようになっていた。さらに、収集運搬用の車のガソリン代の高騰、スタッフの定着率の低さにも泣かされた。またインド製の設備は頻繁に故障したし、消耗品の不足など問題は山積みで、なかなか赤字体質から脱することができずにいた。

一方で、日本で開催した絵画展やスリランカの子どもたちの環境絵画のことが新聞や雑誌でちょくちょく取り上げられるようになった。それも絵画そのものではなく、画用紙が話題にされることが多かった。

僕らは様々な種類の手作り画用紙を使用していたが、主に**メディアが話題にしているのは、ゾウの糞のリサイクルペーパー**だということがわかった。

見た目は普通の和紙とさして変わらないのだが、ナチュラルでカラフルな色合いと、手触りが高級和紙のような感触で、ニュースで知った紙好きな人や、文房具や画材にこだわる人から売ってくれないかと問い合わせが来ることも多くなった。

—この紙を使って商品開発をすれば、もしかしたらゾウと人間の共存が実現するかもしれない。

僕は少しでも時間ができると、車を1時間ほど飛ばして画用紙を作ってもらっている老夫婦の工房まで通って、ゾウの糞の紙の研究をするようになった。さらにインターネットで日本の手漉き和紙の研究をした。

スリランカで紙漉きをしている職人は、個人や家族で作っている人ばかりだった。老夫婦のゾウの糞をはじめ、デパートで見た花びら、レモングラス、バナナ、竹、ハーブなど、これまでに絵画コンクールで使っていたワラ以外にも、あらゆる素材を材料にしていた。それらを細かく繊維状に粉砕して、古紙を水で溶かしたものと混ぜてパルプ状にして、日本の和紙と同じように手で漉きあげていた。

いくつかの紙漉きの現場を見学して、僕はなんとなく自分たちにもできそうだと思った。エコスクールなどゴミを分別してもらう啓蒙活動の中で、ペットボトルだけでなく、紙も一緒に分別回収してもらえば、紙のリサイクルも可能なはずだ。

実際に紙を漉いてみると、僕らにも意外に簡単に紙はできあがった。帰国すると、僕はすぐに日本各地の和紙工房を訪ね、伝統工芸ワークショップなどに参加して作り方を学んだり、ビデオを撮影してはスリランカに送り、ニシャーラと一緒に和紙づくりを研究した。何度も製造方法を工夫改善して試行錯誤した結果、**古紙とゾウの糞の繊維の配分を7対3にすることで、和紙に匹敵する強度と、オフセット印刷機でも印刷可能な滑らかさを実現することに成功した。**

―いけそうだ！　このゾウの糞の紙の工場をつくってみるか！

直感で僕はそう思ったが、少し不安もよぎった。

―**ゾウのウンチで工場だと？**　そんなこと聞いたことないぞ…

糞を使っているということで、受け入れられずに大量に在庫を抱えるリスクもある。これ以上、赤字を垂れ流したら、いよいよオレもティトや小西さんのようにバンザイになるかもしれない。

頭の中であれこれと**やらない理由探し**が始まりそうになったが、やってみないとわからないことは深く考えずに、直感を信じて踏み込んでみることにした。

とりあえず試しに30万円ほどの元手で、ビーターという古紙の粉砕機、手漉き後に紙から水を絞り出す万力プレス、陰干しした後の紙をなめして仕上げる電動のローラープレス、そして中国製のボロボロの断裁機を購入した。

そして鉄板や中古のクラッチモーター、コンクリートなどを利用して、自作の製造ラインを構築した。工場施設はキャンディ市郊外のペラデニアという町で見つけた物件にした。月々１８０００ルピーと、かなり安く借りることができた。

これらの設備費用などが30万円の予算内で収まったことに驚いたが、タイミングよくいい物件を借りられたり、中古の機械がたまたま購入できたりと、全てがトントン拍子に進んで運もよかった。苦労したペットボトルのリサイクル事業とは違い、ビジネスが向こうから来てくれた、そんな感じだった。

でも、もしペットボトルの分別活動のための、子どもたちの絵画コンクールを開催していなければ、おそらくデパートでゾウの糞の紙に出会うこともなかっただろう。そういう意味ではペットボトルや子どもたちが偶然の出会いを運んでくれたとも言える。

キャンディに住んでいた紙漉き職人の老夫婦が、もし僕が工場を始めるのなら、自分たちを雇ってほしいと頼んできたので、その夫婦に技術指導者として来て貰うことにした。

ニシャーラを工場長にして、10人ほどをパートタイムで雇った。スタッフは男性が2名だけで、残りの8名は女性にした。これまでのスリランカでの経験から、単純作業は女性の方が丁寧で真面目に集中して働いてくれることを学んだからだ。男性、特に高学歴の男は、プライドが高く、期待通りの仕事ができないわりに、すぐにあら探しを始めるような者が目立ち、給料との費用対効果を考えると使い難かった。

スタッフの給料は、一人月額６５００ルピー（日本円で約６０００円）を支払うことで全員が合意してくれた。工場があるエリアは市街地からの交通の便が悪く、仕事を得ることがなかなか難しい地域だったこともあり、皆とても喜んでくれた。

このゾウの糞で作る再生紙に、何か面白くて覚えてもらいやすい名前をつけることにした。『象糞紙』『ゾウ糞ペーパー』『象のクソ紙』『ポーポーペーパー』『ブリブリペーパー』など、多数のアイデアを書き出してみたが、どれもシックリこなかった。

―ゾウと人間の両方が喜ぶ名前にしたいなあ。

ずっと考えながら、僕は幼い頃に母が歌ってくれたゾウの歌を無意識に歌っていた。


ぞうさん、ぞうさん、お鼻が長いのね、か…、おふくろ元気かな…


―そうだ、『**ぞうさんペーパー**』にしよう！

ぞうさんペーパー、ぞうさんペーパー。うん、いいぞ！　可愛らしくていい名前だなあ。

僕はその名前をとても気に入り、たくさんの友人たちに聞いて回ったが、評判はあまり良くなかった。インパクトが少ないとか、安っぽいだとか、英語の名前の方が海外展開しやすい、など様々な意見をもらったが、僕は『ぞうさんペーパー』にすることにした。直感的に気に入っていたというのもあるが、１番の理由は、ミチと息子のヒロヒロが気に入ってくれたからだった。

＊

僕は特許庁へ行き、ゾウの糞の再生紙**『ぞうさんペーパー』を商標登録**した。

キャンディ市のペラデニアに立ち上げた工場は、数か月で30名にスタッフを増員し、画用紙の紙漉きは主に男性スタッフに任せ、女性スタッフは、簡単なノートやカードなどの手作り文具の生産ラインを担当してもらった。

商品をダンボールに梱包して日本に空輸して、デパートや雑貨店に営業してみると、数件の店で扱ってもらえるようになった。さらに営業を続けて、少しずつだが取引先が増えてくると、今度はエアカーゴ輸送を使って直接大量に空輸することにした。成田空港に到着した商品は、通関業者を使わずに、個人通関をして自分で引き取った。そうすれば通関業者を使うよりも数万円節約することができるからだ。

ぞうさんペーパーは、すぐにブレークしたわけではなかった。簡単なパンフレットを東急ハンズやデパートなどに送ってみたが、芳しい反応はなかった。それでも、ゾウがいる動物園に営業をかけてみると、井の頭自然文化園と上野公園を管轄する東京都公園協会が取り扱ってくれることになった。勢いづいて横浜にある有名な巨大動物園『ズーラシア』にも問い合わせてみると、すんなり委託販売してもらえることになった。

動物園はとにかく反応がよく、コツコツと全国の動物園に営業をかけていくにつれ、毎月のように売り上げは伸びていった。スリランカでぞうさんペーパーグッズを作っても作っても、日本の動物園でさばけるようになった。工場の生産量が増えアイテムも加速度的に増加したことで、空輸から海上コンテナに切り替えて輸出することにした。

そのまま顧客が増え販売数が増え続けると、現在の生産キャパでは対応できなくなるのは時間の問題だった。新たに資金を投資して工場の規模を拡大すれば問題は解決するのだが、その資金がミチコーポレーションにはほとんど残ってなかった。

信用金庫や銀行に相談してみたが、せめて黒字決算書が二期続かないと難しい、と断られた。ニシャーラは投資家に支援してもらうことを提案したが、僕はこれまでの苦い経験もあって、外部の人間の助けを当てにすることに嫌悪感を持っていた。自治体の中小企業支援といった助成金すら申請する気になれなかった。

そんなときに出会ったのが、ツシッタだった。

ツシッタは僕らより2年程前に、手作り再生紙を製造する工場をケゴールという田舎町で始めていた。すでにコロンボの何軒かの大きなお土産屋には、彼らの紙がラッピングペーパーとして売られており、さらにノートやフォトフレームなどの加工品も販売していた。

それを知って、僕はすぐにコロンボ12のダムストリートにあるツシッタのオフィスを訪ねた。ツシッタは3代続く大きな印刷会社の息子で、スリランカでは上流階級の人間だ。ティトやニシャーラとは、住む環境や学んだ学校も違い、イギリスに留学経験もあるため英語も達者だった。

少し話してみると、すぐに僕とツシッタは意気投合した。ふたりともビートルズの大ファンだったことが決め手になり、僕らは一緒に酒を飲んでビートルズを歌うような仲になった。出会ってから2か月後には、ツシッタの自宅に僕専用の部屋を用意してもらい、僕がコロンボで仕事をするときは、そこで寝泊まりするようになっていた。

しばらくすると、キャンディにある僕のぞうさんペーパー工場とスタッフ30名が、ツシッタのケゴール工場と合弁して、僕らはビジネスパートナーになった。

僕は商品管理と開発、販売に集中するようになり、ツシッタは工場の運営を担当した。新しい体制になってからのぞうさんペーパーの生産量は飛躍的に伸びたこともあり、ウンチのボイルや陰干しなどの専門のセクションを新たに作って対応した。そして事業は順調に成長していった。

それとは反対に、ペットボトルリサイクル工場は赤字を垂れ流し続けた。なかなか町のゴミの分別も進まず、廃ペットボトルの買い取り金額の値上がりや、スタッフがすぐ辞めてなかなか定着しないなど、問題はいつまでも解決することはなかった。

創業メンバーのウダヤとエリック兄弟は、亀田さんに引き抜かれて新しいNPO組織を設立したあとも、僕が帰国している間を見計らったようにミチランカのオフィスに顔を出していたようだ。彼らは、ペットボトルのリサイクル工場の現状を嘆いては、「ミチランカを辞めてよかった、みんなも亀田さんのところに来たほうがいい」と勧誘していたのだ。

亀田さんは英語を全く話せず、海外でのビジネス経験もほとんどなかったため、彼のNPOは金持ちの道楽のようなものだった。だからすぐに行き詰まるだろう、と僕は思っていた。ただ、結婚を控えたウダヤのことは心配だったし、エリック兄弟も苦楽を共にした仲間だったので気にはなっていた。しかし彼らは、もはや僕の忠告をまともに聞く感じではなかった。

「亀田さんは、ミチランカよりも高い給料を僕らに約束してくれましたよ。私には現地責任者というポジションも用意してくれています。エリック兄弟も亀田さんと一緒に仕事をしたいと言っています」

ウダヤが最後通告のように言った言葉が、まだ頭に残っていた。

彼らを、もっと大事にすればよかったと僕は後悔した。仕事ができるニシャーラばかり重用して、ティトの右腕だったウダヤやエリック兄弟のプライドを傷つけていたのだろう。

亀田さんは、もちろんニシャーラにも声をかけていた。しかし彼は僕の方についてくれた。そのせいで、ニシャーラ対ウダヤとエリック兄弟と言う構図が鮮明になって、ミチランカは完全に分裂状態になっていたのだ。

ぞうさんペーパーは軌道に乗ったが、僕は複雑な心境だった。ミチランカの創業メンバーのほとんどは辞めてしまい、ニシャーラとカルーさんなど数名を残すのみとなった。ティトとは友達のままだったが、ふたり目の子どもができて借金に追われるようになってから、安定収入のために別の仕事を始めていた。一緒に借りた事務所も引き払ったため、僕はキャンディ市ペラデニアのぞうさんペーパーの工場二階を事務所に改装して、そこで再出発することにした。

社名も『ミチランカ・エンバイロンメンタル・サービス・プライベート・リミテッド』から、『**ミチコーポレーション・ランカ・プライベート・リミテッド**』に変更し、社長は僕、そしてニシャーラが現地責任者になり、銀行口座を含めた全てをニシャーラに任せることにした。

ちょうど長女のヒヨリが生まれてから数か月が経った頃で、僕は32歳になったばかり、４人家族の家長としての責任が大きくなっていた。

ゾウと人間の共存のシンボル

僕は『ぞうさんペーパー』という、一風変わった商品を、今まで手がけたどのビジネスよりも気に入っていた。もちろん、ペットボトルのリサイクルビジネスにも大きな情熱を注いでいた。財団の助成金問題をはじめ、ゴミの分別啓蒙活動の苦労、野良ゾウの工場襲撃、スタッフ引き抜き工作など、数々の困難を克服して立ち上げた挙句、操業にも苦労してきた工場だったので、当然思い入れは強かった。

しかし、それ以上にぞうさんペーパー事業には、ビジネスマンとして大いにやりがいを感じた。当時のスリランカの人たちが抱えていた社会的問題は、内戦や貧困、そしてゴミの山などの環境問題だけではなかった。豊かさを求める人間は、農地や住居を得るために森林開発を急速に進め、そのために元々ジャングルに生息していたゾウなどの野生動物が、住む場所や食料を失い、人里に迷い込んで農地を荒らし、民家を破壊する事件が頻繁に起きていたのだ。野生動物の中でもゾウは最も大量の食料を必要とするため、そんなケースが多発していた。しかも巨体であるため、受ける被害も与える損害も大きい。人間に遭遇した際はパニックに陥って人命にかかわる危害を与えることもしばしばだ。

スリランカでは毎年120人以上の人命が奪われていた。実際に僕らの工場も、迷い込んだ野良ゾウに破壊されていたし、スタッフの親族の住居が、夜中にゾウの襲撃を受けて破壊されて住めなくなり、みんなでお見舞金を募って修理代を援助したこともあった。

人々はゾウの恐怖に怯え敵視したが、ゾウも同じように年間２４０頭以上が殺されたり、水路に落ちたり、フェンスに絡まったり、電線に接触して感電したりして命を落としていた。

そのような惨状を見聞きするうちに、なんとかゾウと人間が共存できる方法はないものかと考えるようになっていた。そんな僕たちが、ゾウの糞を原料とした再生紙、ぞうさんペーパーのビジネスを手がけるようになったのは、なにかの導きだったとしかいいようがない。野良ゾウがペットボトルのリサイクル工場を襲撃したのも、今となっては運命的な出来事だったとさえ思える。

ぞうさんペーパーは、売れれば売れるほど、工場で働くスタッフが増えていった。仕事が無いために兵役につく若者が多かったケゴールの町で、若者の雇用機会が拡大した。なにより、ぞうさんペーパー工場が雇用を生みだすことによってケゴールの町の人々はゾウを敵視することがなくなり、明らかに町民に、ゾウを大事にするような空気が生まれてきた。

ゾウがいなくなると、ぞうさんペーパーが作れない。そうなると人々の仕事がなくなる。仕事がなくなれば家族の生活が困る。だからゾウを保護したり、ゾウが住むジャングルなどの自然環境を守ることが、結局は自分たちの生活のためになる。このサイクルが、**ゾウと人間の共存という理想を実現**することになったのだ。

そしてもう一つ、僕がぞうさんペーパーのビジネスにやりがいを感じていた理由があった。それはカラフルなノートやグリーティングカード、フォトフレームなど、思いついたアイデアやデザインがすぐに形になるということだ。自然素材を使い、手作業で作る商品のため、プラスチック商品のように金型などの初期コストもかからず、大量生産する必要もないため、いろいろ実験的に商品開発ができた。

時にはひと月に10種類以上の新商品を開発したこともあったが、日本に帰ってから動物園の仕入れ担当者と商談するたびに、担当者が新しいデザインを見て喜んでくれた。

「それにしても、この紙の商品は、毎回少しずつ違う紙のように見えて、とても面白いですね。手作りだから一枚一枚が一点物なんですね」

「手作りということもそうですが、ゾウの糞の状態によって紙の表情が変わります。**ゾウの年齢、歯の状態、その日のお腹の調子によっても紙のタッチが変わります**から面白いですよ」

「へえ、私はスリランカに行ったことがありませんが、毎回この紙を見ていると、なんとなくゾウやスリランカのジャングルが身近に感じられますよ」

そんなクリエイティブでフレンドリーな商談が出来る喜びを感じさせてくれるのが、ぞうさんペーパービジネスなのだ。

ぞうさんペーパーがあちこちの動物園で売れるようになると、テレビや雑誌、新聞などマスコミから取材の申し込みが舞い込むようになった。僕は事業が少しずつではあるが着実に成長していることを実感していた。

動物園への営業やポップ作り、ブログの更新など、仕事が楽しいと思える日々が続いた。

そんなある日、通関業務を委託している三和交運の担当者から、思いもよらない電話がかかってきた。

「植田さん、まずいことになりました」

「へ、どうしたんですか？」

「先ほど税関から連絡がありましてね。御社のぞうさんペーパー、どうやら**輸入禁止品目**に入るらしいんですよ。私も驚いたんで、すぐに経済産業省の担当者に確認したんですよ。するとですね、どうやら完全にアウトらしいんですわ。もう今後いっさい輸入できないらしいですよ」

「なんだって！」

一瞬、頭が混乱した。

「アウトって？今後いっさい輸入できないって、うちのぞうさんペーパーがですか？」

「そうです。ぞうさんペーパー、ゾウの糞が入っているでしょ。あれがマズいらしいんです。**ワシントン条約**に抵触するらしいんですよ」

「ワシントン条約？なんですかそれえ？」

「それはですね、ゾウのように絶滅の恐れのある野生動物を国際取引に利用されないようにする国際的な取り決めなんですが、これが厳しいんですよ」

「だ、だって、僕らの商品は、まさにゾウの保護のためにやってるようなもんなんですよ。それがどうして輸入できないっていうんですか！」

「うーん、税関が言うにはですね、ゾウの派生物はどんなものでもアウトだって事なんですよ、それがたとえ排泄物でも…」

感情的になり、声が大きくなっていく僕にいくらか同情してか、担当者は言葉を呑んだ。

「納得いかないのはわかるんですが、詳しくは経済産業省のＣＩＴＥＳの部署に問い合わせて下さいの一点張りでしてね。私もこの業界長いですけど、ワシントン条約ってのは強力でしてね、私の経験では、恐らくですが、いくらゴネても、まず覆らないですよ、この件は」

「マジっすか…、まいったな…」
僕は頭の中が、真っ白になった。

ワシントン条約の巨大な壁

次の朝、さっそく僕は経済産業省のＣＩＴＥＳ部署を訪ねた。窓口で必死の交渉を試みたのだ。

「ワシントン条約とは、かけがえのない自然の一部をなす野生の動植物の一定の種が過度に国際取引に利用されることのないよう、これらの種を保護することを目的とした条約なのです」

「それはわかります。でも弊社の製品は、まさにワシントン条約の精神と同じコンセプトです。むしろ絶滅の恐れのあるゾウを守るための商品なんです。象牙も革もいっさい使わないで製造されているのに、なぜ輸入してはいけないんですか？」

「残念ながらゾウの派生物はいかなる例外もなく、輸入はできません。これは国際的な決まりなんです」

「でもワシントン条約の本意が希少動物を守ることにあるなら、保護につながるぞうさんペーパーの輸出入は趣旨に反しないはずですよ。もし国際的な条約だと言うなら、その条約の本部に日本政府として交渉してもらうことはできないんですか」

「難しいですね、そんな前例はありませんから」

「難しいのはわかりますが、なんとかお願いできませんんですか」

「これはですね、無理なんですよ、国際的な決まり事ですから、日本だけの問題じゃないんです」

何を言っても、まるでマシーンのように弾き返される、まさに高くて厚い壁だった。

―やっとの思いで軌道に乗せたビジネスが、こんなことで全てパーになるのかよ…

そんな不安を頭からかき消して、どこかに打開の糸口があると信じながら、僕はその後もワシントン条約に関する情報を必死に集め、調べ続けた。インターネットで徹底的に検索したのはもちろんのこと、ジェトロや商工会議所、銀行の外為部署、外務省、大使館など、あらゆる関係者に聞いてみた。しかし、結局最後は「経済産業省に交渉してみて下さい」と振り出しに戻されてしまうのだった。

―経済産業省がダメだって言うから、あちこちに聞いてまわってるんじゃないか！

僕はどこに怒りをぶつけていいのかわからなかった。

残り少ない資金のほとんどを投資して立ち上げた工場だ、絶対にフイにするわけにはいかない。パソコンのモニターに、スリランカのみんなの顔が次々に浮かんでは消えた。僕を信じてついて来てくれたニシャーラの、はにかんだような笑みが大きく映った。

ニシャーラは**給料のほとんど半分を家族に仕送り**をしているが、最近は給料が上がったこともあり、妹の日本語学校の学費の援助も始めたと言って張り切っていた。おそらく今も工場で、生産ラインでの管理に励んでいることだろう。

生後３か月から保育園に預けはじめた娘のヒヨリの顔が浮かんだ。毎朝、保育士の胸に預けるときに泣くヒヨリを見て、ミチは心を痛めていた。こんなにも小さいうちから母乳を絶って、保育園に預けなくてはいけない理由は、紛れもなく僕のせいだった。僕がいつまでたっても収入が不安定だからなのだ。

—ワシントン条約なんかで、オレたちの苦労を無駄にされてたまるか！

そして、ゾウたちの顔が頭に浮かんだ。ケゴールのぞうさんペーパー工場では、糞を採るために7頭のゾウを飼育していた。そのゾウたちの愛らしい目が次々に浮かんできた。

そして、アーノルドの目も…。

ぞうさんペーパー工場があるケゴールには、象の孤児院がある。さまざまなトラブルで命を落としたゾウの子どもが保護されているのだ。ゾウは一度人間に保護されると、もう自然界には適応できなくなり、ほとんどが一生人間に保護されながら生きることになる。

そのゾウの保護施設である孤児院と僕らは協力しあっていた。僕らは孤児院のゾウの糞をもらって、ぞうさんペーパーの材料にする代わりに、孤児院に運営費用を寄付していたのだ。

工場とゾウの孤児院を頻繁に往復しているうちに、僕はゾウにビスケットを与えることが楽しみになっていたが、あるときから一頭のゾウが気になって話しかけるようになっていた。

孤児院には全部で70頭程のゾウがいたが、そのほとんどが象使いの言うことをよく聞いて、ジャングルの広場と川を1日に何往復もして餌を食べたり水を飲んだりして、穏やかに生活していた。

しかし、そのアーノルドだけは、広場の片隅で常に鎖に繋がれていて、人間を警戒して、誰も近寄らせないのだ。

アーノルドはまだ仔ゾウの頃に、心ない人に騙されて目を潰されてしまったそうだ。そして散々力仕事をさせられながら虐め倒された挙句に捨てられたことで、人間に恨みを持っており、心を閉ざしたまま、余生を過ごしているのだった。アーノルドの目は白く濁っていて、もうほとんど見えないのに、人が近づくと殺気だって威嚇してくるのだ。職員には絶対に近づくなと言われていたが、僕は遠くからでもいつも話しかけるようにしていた。時々アーノルドは、心を開いてくれたかのように、その白濁した目で反応してくれるのだ。

―あのアーノルドにも、穏やかに暮らしてほしい…。

とにかくオレは、絶対に諦めないぞ…。

「前例がない」

それが僕を追っ払うための経済産業省の決めゼリフだった。だったらと、僕は前例のありそうな外国にワシントン条約の抜け道を探すことにした。さまざまな文献や過去の新聞記事を調べているうちに、オーストラリアでゾウの糞で作ったお茶を輸入した例を見つけた。

―これだ！

起死回生の『前例』だ。ペーパーどころか、お茶を輸入していたのだ。

すぐに経済産業省に連絡し、交渉に出かけた。しかしオーストラリアの例は、新聞で紹介されていた会社がすでに現存していなかったため、確実にオーストラリア政府が輸入を許可したかどうかを証明することができなかったこともあり、最終的には日本政府としては認められないと、けんもほろろに言われてしまった。

ぞうさんペーパー工場のパートナーであるツシッタにも相談してみた。

「ヒサシ、ゾウの糞が入っていると書類には書かなければいいんじゃないか。インボイスやパッキングリストにも、ただのリサイクルペーパーの商品だって書いてれば問題ないだろう。いちいち馬鹿正直に材料の詳細まで書かなくっても俺はいいと思うぞ」

ツシッタは楽天的に、そう提案した。

彼の言うことも理解できたが、日本の税関ではすでにぞうさんペーパーはゾウの糞の再生紙だと知られてしまった。商品の宣伝をするのだって、「ゾウの糞をリサイクルした紙です」とアピールできなければ意味がない。それに、そもそも僕はコソコソとビジネスをしたくないのだ。

―別に悪いことをしているわけじゃない。

むしろ社会にとって役に立つ仕事をしているはずだ。それにスリランカの人たちも、あんなに喜んでくれているではないか。僕は堂々と、なんとしても正面からワシントン条約を突破しなくてはならなかった。

「ヒサシの言うことは正論だし、オレだって堂々とやりたいよ、苦労してつくった工場だしな、商品だって愛着あるもの」

ツシッタは冷静で現実的だった。

「でもなヒサシ、**毎月のスタッフの給料を払うために、俺たちは儲けなくてはいけないってことも忘れるなよ。倒産してしまえば、スタッフたちは路頭に迷ってしまうんだから**」

スリランカ政府の外交ルート

「ヒサシ、**極秘ニュース**を入手したぞ!」

キャンディの事務所で、たまった雑務の整理をしているところにツシッタが飛び込んできた。

「なんだ、ワシントン条約が破棄でもされるのか？」

ぞうさんペーパーの輸出ができなくなってから、すでに数か月が過ぎていた。

「さっき貿易振興機構に勤めている友達から聞いたんだけどな、だいぶ先の話だが、スリランカの総理大臣がアメリカに行くんだよ。ホワイトハウスを訪問してブッシュ大統領に会うらしいんだ。なんでもスリランカの紅茶や宝石などの輸出品を売り込むらしいんだよ。たぶん内戦で使う武器の商談や国際援助のことなんかが本当の理由だと思うけどな」

「それがオレたちと、どう関係するんだよ」

ツシッタは僕の肩に手を回して、小声で言った。

「あのな、ワシントン条約といえばワシントンだろ」

「それは関係ないよ。**ワシントン条約の本部はジュネーヴ**だもんな」

「え！　そうなのか？　俺は知らなかったぞヒサシ」

「なんだよ、不勉強だな。それが極秘ニュースなのか？」

「焦るなヒサシ。あのな、スリランカの総理大臣がワシントンＤＣに行って、ホワイトハウスにいるブッシュ大統領に会うんだよ」

「さっき聞いたよ。だからなんだってんだよ、ツシッタ」

「そのときにスリランカの総理大臣が報道陣の前で、俺たちのぞうさんペーパーグッズをブッシュ大統領に贈呈したら、通信社を通じてそのニュースが世界中に配信されるだろ。そしたら以前お前が言ってた『他の国での前例』ってことになるだろ」

「そうか！　そのニュースは最高の前例となるわけだな。スリランカの総理大臣がアメリカ大統領に贈呈するような商品を、日本政府が輸入禁止にするってのはどう考えてもおかしいよな。しかもワシントンで贈呈するんだしな」

　僕はようやく、ツシッタの言ったワシントンの意味がわかって愉快になった。

「やっと理解できたか、それだよ、オレが狙っているストーリーは！」

　興奮したツシッタは、僕の肩を叩いて喜んだ。

「ツシッタ、お前は天才だよ。その話が実現したら、いくらワシントン条約だからって、税関がオレたちの商品を没収したりしないだろう。何しろアメリカ政府が輸入してもいいって言ってるようなもんだからな。国際条約で日本だけがダメっていうわけないからな、完璧だぜ！」

「そうだヒサシ、その通りだ！」

　—だけど、本当にスリランカの総理大臣がオレたちの商品を持って、ワシントンのブッシュ大統領に贈呈してくれるのだろうか？

「おまえ何かコネでもあるのか？　もしかして、その貿易振興機構の友達って総裁か何かで、特別にアレンジしてくれるのか？」

「いや、あいつは中間管理職だからそこまでの力はないな」

「でも、何かアテがあるんだろ？」

「いや、今のところないが心配するな、なんとか探してみる」

「なんだよ、ただの構想か…」

「一応、明日ぞうさんペーパーのレターセットにスリランカの国旗のデザインをしたバージョンを持って、貿易振興機構と外務省に持って行くよ。それから親父の知り合いに総理大臣に近い実力者とパイプがある人間がいないか当たってみるよ」

「わかったよ。オレも環境大臣とか、知ってる有力者に片っ端から当たってみるようにニシャーラに言っておくよ」

「オーケー、ライドー！」

すぐに僕らは総理大臣の訪米に間に合うように準備をはじめた。あちこちツテを頼って関係者にも会ったが、総理が実際にブッシュ大統領に贈呈してくれるかどうかは、確約してもらえるはずもなかった。しかし、その確率が高くないことだけは断言された。

＊

ワシントン条約の件で輸出入ができなくなってから、すでに半年以上が過ぎていた。

その日、僕とツシッタは午前中ずっとケゴール工場のオフィスに閉じこもり、ワシントン条約の打開策について話し込んでいた。

「ツシッタ、ブッシュ大統領の件はあてにならないだろ、だから別の策を考えたんだよ」

「なんだヒサシ、ブッシュ大統領の件はあてにならないこともないぞ。俺は五分五分と見ているんだ」

「それでも五分五分だからな、まあ総理大臣がワシントンに行くまでにはまだ時間がある。だからそれまでに、ほかの策も考えておいたほうがいいと思うんだ」

「確かにそうだな。ほかにどんなアイデアがあるんだ、ヒサシ」

「あのな、なんとかスリランカ政府から推薦状をもらいたいんだよ。この商品は絶滅の恐れのあるゾウにとって人間と共存するために大いに役立っている商品だから、ぜひ日本の皆さんに推薦します、という内容で作成してもらって、**外交ルートで日本政府に向けて送ってもらう**ように頼みたいんだよ」

「そうか、じゃあ一緒に大臣のところへ行くか」

「よし、一緒に行こう。大臣はオレが直接交渉してみるから、お前は事前に秘書や事務方に根回しを頼む。推薦状の雛形はニシャーラに作成させるから」

「わかった、とにかくアポを取ってみるよ。でも、もし役人に賄賂を請求されたらどうする？」

「そんときは半分ずつ払おうぜ」

「よしわかった、やってみるよ！」


僕が帰国して数日後、ツシッタからスリランカ政府の推薦状を用意してもらうことに成功したと連絡があった。

「よくやったなツシッタ！　それで賄賂は払ったのか？」

「いや、必要なかったよ。ただ産業大臣の秘書に、大臣と一緒に日本を訪問する際には、ヒサシに観光に連れていってほしいと頼まれた」

「そんなことは、お安い御用さ」

「それからな、推薦状のレターは外交ルートじゃなく、直接もらったよ。今、手元にある」

「なんだって？ 外交ルートで直接日本政府に送ってもらいたかったんだ、なんとかならないか？」

「無理だヒサシ、俺も何度か頼んだんだけど、それは難しいと言われたよ」

「もしかして、そのレターは大臣じゃなくて秘書が適当に書いたんじゃないだろうな？」

「そうかもしれん、でもちゃんと政府のスタンプはあるし、サインも書いてあるぞ」

「うーん、わかったよ、とにかく日本に送ってくれ」

その数日後、スリランカ政府の推薦状は、フェデラルエクスプレスの航空便で新宿のミチコーポレーションのオフィスに送られてきた。

推薦状を外交ルートではなく、僕の手で経済産業省に持って行っても、おそらく効果は少ないだろう。そう思った僕は、新聞社に記事にしてもらうことを考えた。ワシントン条約とぞうさんペーパーの一連のことを記事にしてもらい、世論を味方にして、そのうえで経済産業省に再度説明すれば、きっとうまくいくはずだ、そう思った。

どうすれば新聞記事になるのかわからなかったので、僕は絵画コンクールで世話になったスリランカ大使館の参事官に、**外国人特派員協会**のスリランカ人記者を紹介してもらうことにした。大使館が紹介してくれたのは、インタープレス通信社の記者でスリランカ人のビューラさんだった。ビューラさんには現役の新聞記者の知り合いがいなかったが、元読売新聞社の経済部記者を紹介してくれた。

ビューラさんが紹介してくれたのは、記者を辞めて会社の経営者となった永瀬社長だ。永瀬社長はスリランカのアーユルヴェーダという伝承医学の施術を受け、長年の悩みだった持病の皮膚病が完治したことから、アーユルヴェーダに傾倒し、健康食品をスリランカから輸入販売する会社『へルシーハウス』を立ち上げた人だった。

僕は永瀬社長に、ワシントン条約やぞうさんペーパーのことを一通り説明した。

「なんとかこの一件を記事にしてもらい、この推薦状を経済産業大臣に読んでもらうようにできないでしょうか」

「確かに私は読売新聞の経済部の記者だったよ。でも今は記事を書かせたりする力はないよ」

「そうですか…」

「でも経済産業省なら、**よく審議官なんかに麻雀を誘われて**、たまに打ちに行くこともあるから、その人たちでよければ、その手紙を渡すことはできるけど」

「ぜひよろしくお願いします！」

力を得た僕は、さらにお願い事をした。

「可能であれば、僕のメールをその審議官に転送してもらえないでしょうか。それだけでいいんです、ぜひお願いします！」

「いいよ、そんなことなら」

さっそく僕は、永瀬社長に次のような内容のメールを転送してもらった。


一．ぞうさんペーパーのコンセプトは、ワシントン条約の趣旨と同じで、ゾウを守ることにつながる。（対立ではなく、共存するため、持続可能なビジネスパートナーになる。人間とゾウがお互いにステークホルダーになることにより、ゾウを保護することがビジネスの一部になる）

二．シンガポールやオーストラリアなどで貿易の前例がある
三．スリランカ政府の推薦状がある
以上の理由から、日本政府に『ぞうさんペーパー』の輸入に関する特例措置をお願いしたい。

するとすぐに審議官から返信メールが来た。

「担当局長に転送しておきました」

たったこれだけのあっさりした返答だったが、僕は嬉しかった。

絵画コンクールでスリランカ大使館の参事官と知り合い、そこから、外国人特派員協会のビューラさん、元経済部記者の永瀬社長、その麻雀仲間である経済産業省の審議官へと繋がった。

僕はどんな小さな点と点も必死に繋げながら、かすかな希望を持ち続けた。

ブッシュ大統領とパウエル国務長官

ワシントン条約によって、ぞうさんペーパーの輸入ができなくなってから、そろそろ1年近くが過ぎようとしていた。

その間、ぞうさんペーパーグッズをスリランカ国内の観光地やデパートなどで販売して、細々と工場を運営していた。日本国内では、以前に輸入していた在庫と、スリランカからハンドキャリーで持って帰る商品を動物園に販売していたが、事務所の家賃を払うと利益はほとんどなかった。

わが家の経済は、ミチの稼ぎによってギリギリ支えられていた。相変わらず僕はヒモ男のままで情けなかったが、いつか必ずワシントン条約の問題は解決できると信じていた。何度読み返しても、どこをどうつついてもワシントン条約の内容は、ぞうさんペーパーを製造販売する僕らの基本的な考え方と通じるものがあると感じていたからだ。

そんなある日、経済産業省の担当局長から電話がきた。

「担当部署に話を通しておきましたので、数日以内に担当者から連絡があるでしょう。もう少し待っていてください」とのことだった。

僕は嬉しさで胸が高鳴った。ドキドキした。居ても立ってもいられず、すぐにツシッタに電話をかけた。

「そうか、ついにやったんだな！　お前ならワシントンの壁に風穴を開けてくれると思ったよ！」

「まだだツシッタ、正式に許可をもらったってわけじゃないんだぜ」

そう言ったのは、自分の気持ちを抑えるためでもあった。

その後もソワソワはおさまらず、何も手に付かない状態だったが、すぐ翌日、連絡があった。

「とりあえず窓口に来てほしい」という事務的な連絡だった。

しかし、その感触は悪くはなかった。

―きっと大丈夫だ、大丈夫…

期待と、ちょっぴりの不安を抱えながら、さっそく次の日、経済産業省の担当部署へ向かった。

「日本政府としては、**特例措置**として御社の商品を税関で止めたり、商品を没収することはしません。安心して輸入してくださって構いません」

僕はここで聞いた言葉を、**一生忘れることはないだろう。**

「ありがとうございます！」

深々と頭を下げて、僕は担当者にお礼を言った。

―やはり世の中は**コネの力**が大きいな…

またひとつ世の中を知ったことで複雑な気持ちになったが、難攻不落と思われたワシントン条約をクリアできた安堵の気持ちの方が強かった。ただ、**できれば世間知らずのままでも、正しいと信じた事を続けられるビジネスがしたい**とも思った。

経済産業省の玄関を出てすぐ、僕はスリランカのツシッタとニシャーラに連絡をした。

電話の向こうでふたりは喜んでくれた。

「おめでとうございますミスターウエダ！　これから忙しくなりますね！」

「**やりやがったなヒサシ！　これは奇跡だぞ**、お前は奇跡を起こしたんだ。これで俺たちは他の国にも堂々と輸出して、外貨を稼ぐ事ができることになったんだから。ありがとう、ヒサシ！」

今までツシッタはこっそり輸出していたので、前例ができたことを大いに喜んでくれた。

「これからどんどん商品を製造していこうなツシッタ。日本ではたくさんのお客さんが待ってくれてるんだから」

電話の向こうで他のスタッフたちの喜びと勝利の雄叫びが聞こえた。スリランカの仲間たちの歓声を聞きながら、経済産業省の職員が早足で行き来する玄関の前で、僕は喜びの感情をコントロールするのに必死で拳を固く握っていた。

それから1か月後。

スリランカの総理大臣が訪米して首脳会談を行い、安全保障や経済政策について協議した。その際、首相がブッシュ大統領とパウエル国務長官に、スリランカの珍しいギフトを贈呈したという記事が、AFP通信を通じて全世界に配信された。

すぐにアナリストのカルーさんが記事を見つけ、僕のデスクに記事の切り抜きを置いた。その記事に添えられていた写真には、**ぞうさんペーパーのレターセットの匂いを嗅ぎながら嬉しそうに笑っているブッシュ大統領が写っていた。**

—すげえ！ 本当に出てるよ！ 信じられねえ…

僕は、驚きと喜びを抑えながら、興奮で震える指でツシッタに電話をかけた。

「ツシッタ！ 新聞見たか！ ブッシュの記事だ、バッチリ載ってるぞ！」

ツシッタはすでに記事を見ていて家族や親戚にコピーを配っていた。

「ヒサシ、**これは凄まじい宣伝になるぞ！** 日本やスリランカだけじゃない、間違いなく世界中から注文が殺到するぞ！」

僕らは震えるようなビッグな予感と、爆発しそうな勝利の喜びで頭の中がパニックになった。

その後、すぐにBBCニュースやデイリーミラー紙、ABCニュース、ニューズウィーク誌など世界中のメディアから取材が殺到した。ツシッタは一躍スリランカの英雄になり、ケゴールのぞうさんペーパー工場には海外の観光客が訪れるようになった。

第6章　国家非常事態宣言

ターニングポイント

ぞうさんペーパー工場のスタッフは、ほとんどが20代の若者だ。毎朝8時になると、若やいだ笑顔を見せながら彼ら、彼女たちがバスで通って来る。中には旧式のインド製バイクを飛ばして出勤してくる者もいる。そんな情景を見るのが、僕はとても好きだ。なんだか幸せな気分にすらなってくる。

ぞうさんペーパーの工場を経営していくうちに、僕はスリランカの若者を一人でも多く雇用できるようにしたいと願う気持ちが強くなっていった。それは、あるスタッフの弟の存在がきっかけだった。

僕たちの工場があるケゴールという町は、コロンボやキャンディとは違い、**小さな田舎町で仕事もあまりないため、若者の多くが兵役を志願して内戦の地へ向かう。**長男は家族を養う義務があるため、危険な軍の仕事に就くことは稀だが、次男、三男の多くは経済的に家族を助けるために兵士になるのだ。工場のスタッフの中にも、弟が兵士として戦場に行ったものが何名かいた。

移動中の車で、運転手のマンジューラに声をかけた。

「家族は元気かい？」

マンジューラは僕が暇つぶしに話しかけると、いつも陽気に下手くそな英語で答えるのだが、その日にかぎって表情を固くして、絞り出すような声で返事をした。

「来週、私の弟、戦争へ行く、ソルジャー…」

「へえ、そうなの？　どうしてソルジャーなんかになるの、危ないじゃない」

軽い気持ちで僕は訊いた。

「内戦中なんだから、死ぬかもしれないじゃない、ベリーデンジャラスね」

ミネラルウォーターをラッパ飲みしながら話す僕に、マンジューラが沈んだ調子で答えた。

「私の家族、全部で9人、たくさんです。弟、お父さんお母さんのヘルプ、しなくてはいけない。だから、戦争に行く…。ソルジャー、給料多い、グッドマネーね」

運転しながら話すマンジューラが鼻水をすすり始めた。彼が泣きながら話しているのに気づいたのは5キロほど走った後だった。無神経なことを言っちゃったな、と僕は後悔した。

ちょうど商談でコロンボの繁華街に来ていたので、帰りにオデールというコロンボで一番人気のデパートに立ち寄り、マンジューラの弟への餞別にと、**コンバースのスニーカー**を購入した。

「きっと弟は無事に帰ってくるさ。これ、餞別にあげてくれよ」

「ありがとう、ミスターウエダ。いいんですか、弟に、こんな高級な外国製の靴…」

「いいんだ、マンジューラ。それより命を大切にするように伝えてくれよ」

マンジューラは仕事が終わると、コンバースの入った箱を大事に抱えながら足早に帰宅して行った。

それから1年あまりが過ぎたある日のことだった。

キャンディのホテルで僕はひとり、**パパイヤにライム**をかけて食べるお気に入りの朝食をとっていた。この取り合わせがゴキゲンなのだ。携帯電話が鳴ったときも、口いっぱいに頬張ったパパイヤのせいで、すぐには話せないほどだった。

「お、おはよう、ヒサシ、今キャンディか？」

「おはよう、ツシッタ。どうしたんだ暗い声で。こんな朝っぱらから何かあったのか？」

「バッドニュースだヒサシ。お前の運転手のマンジューラ、彼に弟がいただろ、覚えてるか？」

「ああ、覚えてるよ、兵役につくからというんで餞別にコンバースをプレゼントした彼だ」

「そのマンジューラの弟が、**戦死**したらしいよ」

「え、マジかよ！」

ショックで、パパイヤが喉に詰まった。

──これが戦争の現実というものか。

僕は日頃から内戦で死傷しているスリランカの人たちに心を痛めていたが、スタッフの兄弟の死に、やり場のない怒りがこみあげてきた。


僕とツシッタは、職場の上司として翌日の葬儀に参列した。

マンジューラの自宅に着くと、僕に気づいたマンジューラがすぐに近寄って来た。

「グッドモーニング、ミスターウエダ。**弟、死んだ**…」

「死」と言葉にしたと同時に、マンジューラは涙をこらえきれなくなった。

泣きじゃくるマンジューラの肩に手を置いて、僕は言った。

「残念だったな、マンジューラ。お母さんは大丈夫か？」

「私のお母さん、ずっと泣いてる、でも大丈夫。中で弟、寝ている、プリーズ」

寝ているという弟は、永遠の眠りについてしまったんだ。そう思うと僕の胸にもこみ上げてくるものがあった。

弟はベッドに寝かされていた。僕は遺体の前に立ち手を合わせた。遺体の横ではマンジューラのお母さんが、憔悴しきっている様子でうつむいていた。他の兄弟たちも皆、むせび泣いている。

弟の遺体は、寝ているのかと錯覚するほどきれいだった。

マンジューラは弟のシャツをめくって、銃弾を受けた胸の傷を僕に見せた。人間の銃創を、僕は初めて見た。たったひとつの小さな傷口が、ひとりの人間からぬくもりを奪ってしまう不条理を、あらためて思った。

「ルック、これ見てください」

マンジューラはそういうと、今度は弟の足元をめくった。そこには、なんと僕がプレゼントした新品のコンバースのスニーカーが履かされていた。

ツシッタが弟のスネに手をに当てながら、小さく首をふった。

「見ろよヒサシ、**バーコードのタグすら切り取らずに大事にとっておいたんだ。**こんなに早く死んでしまうんなら、すぐに履けばよかったのに…」

ツシッタはそう言うと、こぼてくれる涙を袖で拭った。

この国の若者が貧困に苦しむ家族を助けるために兵役に就くことは珍しいことではないが、もしも近くにもっと仕事があれば、マンジューラの弟のように若い命が無駄に奪われることも少なくなるはずだ。

「くそう！　マンジューラだけじゃなくて、弟もオレが雇ってやっていれば、こんなふうに死なずに済んだんだよな、ツシッタ…」

「そんな風に考えるな、ヒサシ、時代が悪すぎるんだ」

ツシッタは深く考えるなと慰めてくれたが、僕にとっては忘れられない日になった。とにかく地元にもっと仕事さえあれば、マンジューラの弟のような若者が戦地にいかなくても済むのだ。

この日のことが、僕の起業家人生のターニングポイントになった。**若者が貧困を理由に戦場へ行かなくてもいいように、僕はビジネスマンとしてたくさんの雇用を創出できる事業を次々に立ち上げたい**、そう強く思い始めた。

ワシントン条約の問題が解決したこともあり、日本での僕は精力的に営業活動を展開するようになった。文字どおり、バリバリ働いていた。僕は日本動物園水族館協会からもらったリストに載っている動物園に片っ端から電話していき、資料とサンプルを送った。問い合わせがあると、どんなに遠くてもすぐに商談に出かけて行った。一度ぐらい断られても諦めずに粘った。断られた担当者にも、新しいサンプルが完成するとすぐに再度送りつけては、その後にフォローの電話をかけた。

「今度のサンプルはどうでしょうか？」

「また御社ですか…」

「はい、すみません！　今度のサンプルは、先日ご指摘頂いた点をバッチリ改善したバージョンですよ」

「わかりましたよ、じゃあ、ポップも用意していただければ、来月から販売させて頂きますから」

「ありがとうございます！」

そんな営業活動をコツコツと続けていき、ぞうさんペーパーグッズは少しずつだが販売ルートを広げ、北は北海道の旭山動物園から南は長崎バイオパークまでをカバーするようになった。僕は事務所の壁に貼り付けた白地図に、顧客になった動物園の名前を一つずつ書き込んでいって、白地図が少しずつ埋まっていくことに、確かな手応えと喜びを感じていた。

売り上げも順調に増えてきたので、ダメ元で西武信用金庫に融資を申し込んでみた。すると、今度はすんなりと融資してくれることになった。順調に利益を上げ続けている事と、定期預金に加入した事、取引先が上野動物園など全国の有名動物園だということも評価してくれたのだろう。

生まれて初めて金融機関に融資してもらった金額は３００万円だった。嬉しかったが、たった３００万円では、たいした商品開発も設備投資もできない。それで他の金融機関も当たってみた。

「決算内容はだいぶ改善していますし、他の信用金庫さんとの取引も始まったようなので、うちもご融資させてもらいますよ、社長」

驚いたことに、多摩信用金庫は5００万円を7年返済で融資してくれた。さらにその数か月後には、山梨中央銀行が保証協会を通さずにプロパーで３００万円融資してくれた。

—**オレは借金王だな！**

ちゃんと滞りなく返済しないと、あっという間に信用は吹き飛んでしまうぞ…。

まだまだ自転車操業だったが、この融資で資金繰りも少しだけ楽になったので、僕は様々な新商品の開発にチャレンジすることにした。

まずは動物園のお土産商品として、手作り木箱の紅茶や動物パッケージのドライフルーツなどのオーガニック食品を開発し、スリランカの農家と工場で委託生産を開始した。さらに手作りの木のおもちゃシリーズ、天然ゴムのフィギュアシリーズなど、新商品を次々にマーケットに投入していった。

ぞうさんペーパーが、さまざまなビジネスチャンスを僕にもたらしてくれたのだ。

クリスマス後の非常事態宣言

2004年の年末。

僕はクリスマスを家族と過ごすためにスリランカの仕事を切り上げて帰国することにした。毎年クリスマスには**サンタクロースのコスプレ**をして、子どもたちにプレゼントを渡すことにしているからだ。クリスマスイブの夜にはサンタクロースがプレゼントを持ってやってくると、子どもたちは信じきって待っているはずだ。

12月24日の夕方に成田空港に到着すると、僕はその足でトイザらスに寄り、プレゼントを仕入れると、自宅マンションのエレベーターホールでサンタクロースのコスプレ衣装に着替えて我が家へと向かった。

途中、マンションの住民とすれ違うとき、苦笑されたのはわかったが、これもめったに会えない子どもたちへの懺悔だと思えば気にもならなかった。

マンションのドアを開けて部屋に入ると、子どもたちはリビングのテレビの前に座っていた。

「ハロー！」と、手を上げてリビングへ入っていくと、息子のヒロヒロが近寄ってきた。

「あ、サンタさんだ！　えへへ」

プレゼントを差し出すと、ヒロヒロは緊張しながらも嬉しそうに受け取った。

「サンタさん、ありがとう！」

まだ小さい娘のヒヨリは恐怖心で硬直していた。今にも泣き出しそうな表情でサンタの僕を見ていたが、そっと近寄ってプレゼントを手渡すと、「ありがと」と小さく呟いて目を輝かせた。

あまりの可愛らしさに、僕はつい抱きしめてしまいそうになったが、慌てて気を取り直すと、手を振りながら、「バイバイキーン！」と叫んで逃げるように退散した。

マンションのエレベーターホールで着替えていると、またしても近所の奥様集団と遭遇した。

「まあ、頑張るわね」

「お父さん、ご苦労さま」

苦笑の混じった奥様たちの声に急かされながら着替えると、僕は小走りに我が家へと戻った。

「ただいま、サンタは来たのか？」

何食わぬ顔で言った。

「今ね、サンタさんが来たんだよ、パパ」と、ヒロヒロは、興奮気味にプレゼントのサッカーボールを見せてくれた。

ヒヨリは「ポポちゃん」という着せ替えができるお人形さんをすでに箱から出して、嬉しそうに抱っこしていた。

「ポポちゃん」は傾けると瞳を閉じる仕掛けで、ヒヨリは何度も何度も傾けては抱っこしていた。それからミチが作ったクリスマスケーキを家族4人で食べている間も、ヒヨリはポポちゃんを離さず、お風呂にも一緒に入ると言って、僕らを困らせた。

興奮した子どもたちは、なかなか寝てくれなかったが、深夜零時近くには疲れて眠りについた。

ポポちゃんを抱いて幼児用の小さな布団で寝ているヒヨリと、サッカーボールが入ったネットの先を握りしめながらスヤスヤと眠るヒロヒロとを交互に見ていたミチに、僕はそっとプレゼントの入った小さな箱を渡した。中身はスリランカで安く買ったアクアマリンの指輪だ。キャンディのオフィスの近くにあるシファーニという宝石店で、この日のためにこっそり購入しておいたものだ。僕がデザインして職人に加工してもらったオリジナルリングで、当時のレートで5万円程かかった。

「それ、オレがデザインしたんだぜ」

「え、そうなの？　すごいね。ありがとう」

ミチは、「きれいっ…」とつぶやいて喜んでくれた。

「ほら、昔、夢見荘で言ったろ？　毎年指輪をプレゼントするよって」

「ああ、そっか…」

ミチはプロポーズのときの約束を思い出して少しはにかんだ。

「でも別にいいよ、毎年じゃなくても」

それからは、毎年僕は自分なりにデザインしたピアスやネックレス、指輪などをスリランカの職人に作ってもらっては、ミチにプレゼントした。最初はアクアマリンやトルマリン、トパーズなど比較的安価なものだったが、少しずつビジネスが成長していくと、その宝石はブルーサファイヤやルビー、エメラルドなどに変わっていった。

ミチが毎回大喜びするので、もしや自分にはジュエリーデザインの才能があるのではないかと勘違いした僕は、真剣にジュエリービジネスの起業を考えるようになった。スリランカは日本よりかなり安く宝石を仕入れられるため、ビジネスチャンスを感じてもいた。

実際に僕は数年後、アクセサリーを自らデザインして、**オリジナルジュエリーのブランド『MAXIMAS』**を立ち上げた。絶滅の恐れのある動物をモチーフにデザインし、セミプレシャスストーンとスターリングシルバーを中心にリリースした。

結果的には、**残念ながら全く売れなかった**。二度ほどアクセサリー雑誌に取り上げられたときに、少しだけネットで売れたくらいで、ジュエリービジネスは2年も持たずにあえなく撤退した。売れ残った在庫は、全部ミチや母親や友達の奥さんにあげてしまった。


毎年クリスマスになると、スリランカからたくさんのクリスマスカードが届く。

仏教徒がほとんどのスリランカだが、クリスマスはスタッフたちも楽しみにしていて、工場では毎年彼らが主催してパーティが行われている。僕とツシッタはパーティの費用を寄付するだけで参加はしないが、毎年その時期になると、嬉々としてパーティ会場を飾り付けしている彼らを見て幸せな気分になっていた。

２００４年も、そんな平和なクリスマスだったが、翌日の12月26日、スリランカの人たちを悲しみのどん底に突き落とすような事態が起きた。

＊

僕が新宿の事務所で雑務をしていると、スリランカ観光協会の副島さんから電話がかかってきた。

「植田さん、今、日本なんだね。大変だよ、**スリランカをすごい大津波が襲って、海沿いの町が呑み込まれちゃったらしいんだよ**。もう何万人規模の死者が出ているらしいんだ。植田さんとこのスタッフは大丈夫なの？」

「えっ、マジっすか。悪い冗談じゃないですよね？」

「大使館の情報だから、間違いないよ、**スマトラ島沖巨大地震**だって」

「現地に確認してみます！」

僕はすぐにスリランカのオフィスに電話をかけようとしたが、何度試みてもつながらなかった。ツシッタの携帯電話にもかけたが、やはり同じだった。どうやら回線がパンクしているらしい。

ぞうさんペーパーの工場は内陸だし、ツシッタのオフィスもミチコーポレーションのスリランカオフィスも海岸からかなり中に入った所にあった。被害を受けるような場所ではなかったから、かえって不安になった。

そういえばニシャーラの家族は、海岸線に近いゴール市に住んでいたはずだ。僕がよく遊びに行くバドゥのウミガメ保護施設も、そして環境大臣の実家もゴール市だった。

――みんな無事だろうか…

結局その日は、スリランカの誰にも連絡を取ることができず、翌日になって、ようやくニシャーラから連絡が入った。

「ミスターウエダ、工場のスタッフは全員無事です！　家族で安否確認が出来ていない者が数名いますが、現在確認を急いでいます」

「ニシャーラの家族は大丈夫だったのか？」

「ありがとうございます、全員無事でした！」

「ツシッタたちはどうだった？」

「ツシッタもケゴールの工場のスタッフも、みんな無事です」

「それはよかった…」

安堵したのもつかの間、ニシャーラの声が急に曇った。

「ただ、スリランカは今回の大津波で甚大な被害を受けました。詳しい被害状況はわかりませんが、テレビで見た光景はすごいです。**海沿いの町がえぐられたように根こそぎ壊滅しているんです**」

「海沿い？　もしかして、ウミガメの保護施設もか？」

「あの辺も壊滅してしまったみたいです。電車すら、あっという間に流されてしまいました。たぶんあのエリアの人たちは犠牲になったと思います」

「バドゥも犠牲になったのかな…」

「……」

「嘘だろ…」

僕は2か月ほど前にも、バドゥのウミガメ保護施設を訪問した。施設はオランダのＮＧＯの支援によって、最近新しいウミガメの保護プールを増設したばかりで、その祝いも兼ねて、僕はバドゥの弟とニシャーラと4人で一緒にビールを飲んでいた。

バドゥのウミガメ保護に懸ける情熱に、僕もニシャーラも刺激を受けていた。励まされてもいた。そのバドゥが輝くような瞳で熱く語る姿がフラッシュバックしてくる。

「あのエリアで逃げ遅れた場合、まず助からないでしょう…」

ニシャーラの言葉が、重いパンチとなって僕を襲った。

—冗談じゃない、無事でいてくれ…

ただ、バドゥたちの事を心配する暇もないくらいに、次から次へと犠牲者の情報が入ってきた。

2005年。正月が開けるのを待ちかねて、僕はスリランカへと飛んだ。

空港に降り立つと、**国全体が喪に服している雰囲気**に驚いた。人々の顔に笑みはなく、一様に沈んだ表情をしていた。空港に迎えに来てくれたニシャーラは、やつれ果てていた。

オフィスへと向かう車の中でニシャーラから聴いた津波の被害状況は、僕の想像を遥かに超越した深刻なものだった。

家を失った人は80万人以上に達し、3万人以上の人たちが犠牲になっていた。スリランカ政府は**非常事態宣言**を発令した。日本大使館は在スリランカ邦人に対して、**伝染病や感染症の注意勧告**を発令し、可能な者は帰国するよう勧めていた。

いつも僕らが通る大通りの海沿いに見えた家屋は、ごっそり流されていた。スリランカは地震や津波がほとんどないため、人々は全く警戒していなかったらしい。そのため逃げ足の遅い子どもたちやお年寄りの多くが津波に流されて犠牲になったり行方不明になってしまった。死体は列をなして道端に安置されて、連日テレビでその光景が流された。

「これほど多くの遺体を見たことはないですよ…」

ニシャーラは、ため息まじりにそう言った。

この壊滅的な事態の中で僕が驚いたのは、スリランカ人たちの助け合いの精神だ。工場のスタッフもすぐに募金を始め、支援物資を購入して何人かが自ら被災者に届けに向かった。なんとか無事だったニシャーラの家族や親戚も力を合わせて炊き出しをしたり、衣料品や食品などの寄付を近所で募って、避難所となっている寺院や学校に届けた。

僕も何かできることはないかと考え、キャンディ工場の稼働を一時的に止めることにした。そして、キャンディ市立病院に協力してもらって、工場敷地内に献血センターを立ち上げた。

献血センターには、毎日たくさんの人たちが献血するために列をなし、工場スタッフも、懸命にボランティア活動に励んだ。そこにはティトをはじめ、ミチランカの以前のスタッフたちの懐かしい顔もあった。

廃材の看板

スマトラ島沖巨大地震と大津波の被害は、僕らに大きな精神的ショックを与えた。大勢の人たちが大津波により一瞬のうちに犠牲になったのを、僕らは突然目撃したのだ。おびただしい数の遺体を目の当たりにして、人生とは永遠に続くものじゃない、短くて儚い期間なのだと実感した。そして、明日は我が身だとも思った。

今回はたまたまスリランカだったが、日本にもいつ大津波が襲ってくるかもしれない。僕は家族を守るために、経済的な問題だけでなく生活環境も考えなければならないことを痛切に感じた。未曾有《みぞう》の災害はいつ襲ってきてもおかしくないと、普段から**悲観的に想定して、アクティブに準備**をしていかなくてはいけないと強く考えるようになった。日頃から十分な準備と覚悟をしていれば、いざという時に正しい決断をすることができるのだ。


津波から数週間が経っても、僕は被災者支援の活動を会社として続けていた。

しかし、僕はいつまでも工場を閉めているわけにもいかなかった。工場を通常に戻すタイミングに悩んだが、1か月を区切りにして、再び商品の製造を始めることにした。

ニシャーラは、もう少し支援活動を続けるべきだと主張したが、このまま利益の出ない活動をし続けると、スタッフに給料が払えなくなるので、これ以上は無理だと僕は譲らなかった。こういう事態だからこそ、雇用を守らなくてはならないと思ったのだ。

ニシャーラは理解してくれたが、**僕自身は金の亡者と思われたような気がして後ろめたい気持ちになった。**


ぞうさんペーパー関連の商品は、以前にも増して需要が増えていた。工場の稼働を再開すると、すぐに以前の生産量を回復した。そして、商品は順調に売れ始めた。

ぞうさんペーパーの記事を、日本の大手通信社が配信したおかげで、全国各地の新聞社が紙面に掲載してくれた。さらに朝の情報テレビ番組で紹介されたことがきっかけで、メディアの取材ラッシュになった。そうなると商品の認知度も一気に上がって引き合いが殺到するようになった。

ある日、取引先の東急ハンズから突然の連絡が来た。池袋支店の文具担当スタッフからだった。

「御社のぞうさんぺーパーグッズですが、とても好評で、この度、『ハンズ大賞』に選出されました。全国紙に広告が掲載され、全ての店頭でチラシが配られますので、数週間以内に全店から大量に注文があると思います。準備の方をよろしくお願いします」

―わおーっ！

「ありがとうございます」とお礼を言うと、僕は小躍りした。なんといってもハンズ大賞だ。業界に与えるインパクトは大きい。

しかし、すぐに不安にもなった。

―果たして今のマンパワーだけで大量の発注に対応できるのだろうか？

連休前などの忙しい時期はミチにも手伝ってもらうようにして、なんとか対応していた。それがこれ以上忙しくなってくると、ミチの負担が大きくなり過ぎるのではないかと心配になった。

ミチは相変わらず月曜日から金曜日の朝から夕方まで、外資系医療機器メーカーの経理の仕事をしていた。そのうえ家事や子育てばかりか、ミチコーポレーションの出荷作業や経理の仕事も手伝ってもらっていた。もうこれ以上の負担はかけられない。

―この際、ミチコーポレーション一本でやってもらいたいな。

ただ、留学までして英文簿記などのスキルを身につけ、やっと手に入れた今の仕事を辞めてほしいというのは気が引けた。それにミチの給料はそれほど悪くなかった。僕の会社ではとてもじゃないが、同等の額を払うことはできない。

だが、背に腹は代えられない。それにミチがミチコーポレーションで働いてくれれば、僕ら家族が一緒にいられる時間が長くなる。悪いことではないだろう。

ある夜、僕はミチに切り出した。

「ミチ、今の仕事、楽しい？」

「え？　楽しいよ。どうしたの？」

「実は、ミチに今の会社を辞めてもらって、オレの仕事を手伝ってほしいんだよね」

「え？」

ミチは驚いて、目を見開いた。

「ミチコーポレーションの仕事が、すごく忙しくなってきたんだ。ミチが出荷作業や経理の仕事を手伝ってくれたら、オレはもっと営業もできるし、スリランカにも安心して出張できると思う。すぐじゃなくていいから、ミチコーポレーションに来てくれよ、なあ、いいだろ？」

するとミチは「いいよ」と、こともなげに即答してくれた。

「へ？　いいの？」

「いいよ。来週中には本部長に辞表を出すね。たぶん1か月くらいで引き継ぎも済むと思うから」

「え、ほんとにいいの？」

「いいよ。ふたりで頑張ろうね」

僕は勢いに乗って、以前から考えていたことを実行に移すことにした。

「よーし。いい機会だから事務所を自宅の近くに移転しようぜ。そのほうが行き来が楽だし、子どもたちにもいいだろ」

「そうだね、ありがとう。私も頑張るから、ヒサシも無理しないでね」

ワシントン条約でもめたときの無収入の1年間、ミチには経済的にも助けてもらった。そのうえ、今度は僕の仕事にまで引っぱり込むことになってしまった。

だがミチは、自分が積み重ねてきたものを手放してまで僕の夢のために尽くそうとしている。自分の全てをかけて。


翌月、僕は西東京市に新しいオフィスを借りた。西武新宿線東伏見駅南口の目の前にある、三階建の雑居ビル1階のテナントだ。広さも以前の倍以上で、なにより自宅から車で5分の距離だ。

すぐにミチのためにデスクとパソコンを用意すると、彼女は徐々に力を発揮しはじめた。

仕事ができるのはわかっていたが、本気でやってくれると処理スピードが予想以上に速かった。経理だけでなく、今まで雑にファイルしていた伝票の整理や、請求書の作成と発送も難なくこなしてくれた。動物園などから注文が来ると、てきぱきと商品の梱包と発送作業もしてくれてとても助かった。

新しいオフィスの看板は、ニシャーラに頼んでスリランカの大工に製作してもらった。畳半畳分ほどの大きさで、その材料はスリランカの大津波で壊された建物の廃木材をリサイクルしたものだ。ミチコーポレーションの企業ロゴが職人の技で素晴らしく彫刻されている。

この木の看板を、ニシャーラにハンドキャリーで日本に持って来てもらうことにした。これまでの貢献に感謝しての、慰労の旅行も兼ねて。

ニシャーラ 初めての来日

その日、いつもはクールなニシャーラが、いままで見たこともない嬉しそうな表情で、白い歯を見せながら成田空港の到着ゲートから出てきた。

まだ肌寒い3月の日本で、ポロシャツ1枚の薄着姿は異様に目立った。しかも大きなオフィスの看板を担いでいるのだ。ロビーの人混みで、何人かが目をむいて振り返っていたほどだ。

僕は自分が着ていたハーフコートをニシャーラに着させて、西東京市の新しいオフィスへと向かった。

オフィスではミチが待っていた。ニシャーラは、ミチが僕の妻だということで、以前からの知り合いのように気さくに挨拶した。

「マダム、これはスリランカのお土産のバティックです。どうぞ使ってください」

ニシャーラが持参したのは、ろうけつ染めのハンカチだった。

「ありがとう！ ニシャーラさん」

ミチも英語が話せることもあって、すぐに打ち解けた。

僕らはニシャーラが苦労して運んで来てくれた看板の梱包を解いた。

「素晴らしい看板だよ！ なんとなくアンティークで、歴史を感じるよな」

「築100年以上の建物の廃材ですからね。こんなかたちで生き返るのは素敵なことです」

ニシャーラは看板ができるまでのことを得意げに話しながら、木肌を愛おしそうに撫でた。

「そうだ、**看板の裏にオレたちのサインを書こうぜ**。それで何年か後に、この会社が大きなオフィスに移ったら、また一緒に新しいサインをしよう。この看板が会社の歴史になるんだ」

僕は油性のマジックペンを持って来て、肉太にサインを書いた。次にニシャーラがサインをして、最後にミチが書いて日付を添えた。

「会社を大きくして余裕が出てきたら、**そんときは一緒のタイミングでかっこいい家を建てような**」

「イエス！」

「ちなみに、ニシャーラはどんな家を建てたいの？」

「うーん、そうですね、できれば母や兄弟も一緒に住めるように、大きな家を建てたいです」

ニシャーラは嬉しそうに言った。僕らは肩を組んでいつまでも看板を見上げていた。

「**ニシハラさん、たくさん食べてね**。ヒサシのことをよろしく頼みますよ」

カルビをせっせと焼いては、次から次へとニシャーラの取り皿に乗せているのは、僕の母親だ。母は「ニシャーラ」という名前が言い難いのか、勝手に「ニシハラ」にしてしまい、通じもしない日本語で遠慮なしに話しかけていた。

ニシャーラの滞在中、僕は上野動物園やズーラシアなど首都圏のお得意様を紹介して回り、夜は日本料理をご馳走して歩いた。子どもたちもすぐにニシャーラに懐いて、言葉がわからないなりに、肩車などをしてもらったりして一緒に遊んでいた。

ニシャーラの滞在予定は10日間だったが、あっと言う間に時間は過ぎた。残りあと2日となった日、ゆっくりくつろいでもらおうと、僕は愛知県春日井市の実家にニシャーラを連れていった。昼間はトヨタ自動車の工場に見学に連れて行き、夜になって実家の家族と合流した。

両親と弟と妹はニシャーラを大歓迎してくれて、その夜、焼肉屋での歓迎会となったのだ。

「ほらカルビ、美味しいでしょ、ニシハラさん、よく噛んでね」

母は肉が焼けるか焼けないかのうちに、つぎつぎにニシャーラの皿に箸を運ぶ。

僕の家族は母だけでなく、誰も英語を話せない。それでも歓迎の気持ちはニシャーラに伝わったらしく、彼はご機嫌で肉を頬張っていた。

父はほとんどニシャーラとは話さなかったが、目が合うと照れくさそうに笑っていた。そして、父は会話の間が空いた折を見つけて、さっと小さなプレゼントを手渡した。それは日本製の腕時計だった。

驚いたニシャーラは「これを、私に？」と、戸惑ったような表情をしたが、みんなの拍手にうながされて左手首にはめたときには、目元にうっすらと涙を浮かべていた。

食事が終わると、僕らはその足で東京へ戻ることにした。

「ニシハラさん、泊まっていったらいいのに」と、母は止めたが、翌日がスリランカへ帰国するフライトの日だったので、僕たちは遠慮した。

別れのとき、車のエンジンをかけるとニシャーラが窓越しに、手を振りながら見送る僕の家族に向かって大きく手を振り返した。

走り始めてからも、ずっとずっと、ニシャーラは後ろを向いて手を振り続けていた。

彼がこっそり泣いているのがわかった。僕はその時間が少しでも長くなればと、アクセルを控えめに踏んでいた。

馬さんペーパーの大騒動

新しい商品のヒットが続く中で、僕は商品開発に対して自信を深めていた。

何か新しい商品のアイデアが浮かべば、忘れないようにすぐにメモを取り、その日のうちにサンプル製作を始めた。

僕の商品は、自然素材と伝統的な製法の組み合わせが多いため、初期投資があまりかからず、大量ロットのリスクも少ない。伝統的な手作りの製法は手間がかかり効率が悪いが、多くの雇用を産み、たくさんの若者が仕事を得ることにつながった。

この日も、僕は新しい商品のアイデアを思いつき、鼻息を荒くしていた。

「ぞうさんペーパーに匹敵するアイデアを考えついたぞ、ツシッタ！」

僕はケゴールの工場のオフィスで、ツシッタにそう切り出した。

「オーケー、そのアイデアってのは何だ、聞かせろヒサシ」

「新しい紙だ、世界初だよ。『馬さんペーパー』っていうんだ」

「なんだ、馬って、まさかヒサシ！」

「そう、そのまさかだよ、ツシッタ。馬の糞を再利用して紙を作るんだ！」

「冗談だろヒサシ、嘘だと言ってくれ。この国でそんな冗談は慎むべきだぞヒサシ！」

ツシッタは僕の斬新なアイデアを冗談だと受け取って爆笑した。

「冗談じゃないんだツシッタ、オレは本気だ。馬の糞で紙を作って、日本をはじめ世界中の競馬場がある国に輸出するんだよ。猛烈に売れるぞ。何と言ってもウンチの『ウン』は日本では幸運という意味があるんだ。ラッキーチャームやお守り雑貨として売れば、競馬ファンが万馬券を祈願して買うだろうから、ものすごいヒット商品になるはずだよ。どうだ、革新的なアイデアだろ！」

「スリランカには競馬場がないからあまりピンとこないなあ。まあ、売れるんなら俺は反対しないけど。ただなあ…」

「ただ、なんだツシッタ」

「馬の糞はすごく臭いぞ。ベトベトしてるしな。スタッフが耐えられるかどうか、俺はそれが心配だよ」

「確かに臭いかもしれん、でも人間は慣れるものだよ、なんだってそうだろ？　工場のトイレだって鼻がもげるほど臭いけど、みんな普通に使っているぞ」

「確かにそうだな…」

こうして、僕とツシッタの企画会議は終わり、ふたりはスタッフたちに伝達するために作業場へと向かった。まずはサンプルを製作してもらうためだ。

「みんな、聞いてくれ、イノベーティブな新商品のアイデアをヒサシが思いついたんだ」

「なんですかミスターウエダ、新商品のアイデアって」

工場スタッフ全員が興味深そうに僕とツシッタをじっと見ていた。

「詳細はヒサシの方から説明するから、みんな聞いてくれ」

　僕はゆっくりとみんなに話しはじめた。

「我々はゾウの糞をリサイクルして紙を作っている。世界中に愛されつつある素晴らしい商品だ。もちろんゾウそのものも世界中に愛されているが、それと同じように、馬も世界中に愛されているのはいうまでもない。となれば、ゾウの糞で紙を作っている我々は、同じように馬の糞で紙を作ることも可能なはずだ。そうは思わないか、みんな！」

「なんですって！　馬の糞って今、言いましたか！」

「あんなに臭い物体を、私は他に知らないよ」

「ゾウと馬は全然違う生き物よ。ゾウは神聖な生き物なの。馬は家畜よ」

　スタッフたちは動揺して、ざわつきはじめた。

「ヒサシ、まずいぞ、スタッフたちは明らかに拒否反応を起こしてるじゃないか」

「そうだな、まいったな…」

　とりあえず、僕はサンプルを作ってみてほしいと、紙漉きセクションのスタッフたちに頼んだ。彼らは明らかに嫌がっていたが、チョコパイで釣ると、ふてくされながらも渋々了解してくれた。

「なんとかなりそうですね！、ヒサシさん！」

「そうみたいですねー、ツシッタさん！」

「ハハハハハ！」

　僕とツシッタは、これでなんとかなりそうだな、と満足して握手を交わした。

　僕はいい紙が出来上がることを祈った。サンプルが出来上がったら、すぐにＪＲＡ日本中央競馬会に営業に行くつもりでいた。

『運（ウン）がつくから万馬券！』というキャッチコピーで、お守りとかけて「馬守り（うまもり）」という商品名はどうだろうかと、プロモーションのイメージを頭に浮かべていた。

「これはいけるぞ、ツシッタ！　ハハハ！」

「俺もこれはイケると思ったんだヒサシ！　ハハハハ！」

ヒットを予感してご満悦の僕とツシッタは、その日は早めに仕事を切り上げて、一緒にビールを飲みにキャンディ市街のカフェ『ザ・パブ』まで繰り出した。

僕らがビールを飲み始めて1時間ほど経った頃、ツシッタの携帯電話が鳴り響いた。

「ハロー、どうしたガマニ、ふん、ふん、ふん、なんだって！」

ツシッタが突然叫んだ。

電話を切った後、額に手を当てながら、悲痛な声で僕に話しはじめた。

「まずいことになったぞヒサシ、今、マネージャーのガマニから報告があったんだが、馬の紙の件で、工場のスタッフたちが怒り出して手がつけられないらしいぞ。そのせいで生産ラインが完全に止まってしまってるらしいんだよ、まいったな、だから俺は気が進まなかったんだよ、ヒサシ」

泣きそうな表情で、ツシッタはビールを飲みながらぼやいた。

とにかく工場へ行こうと、僕らは無言でビールを飲み干すと、すぐに工場へ向かった。

工場内のオフィスに入っていくと、マネージャーのガマニが頭をかきむしりながら神妙な顔つきで待っていた。

「**スタッフたちはハッピーではないようです**、ミスターウエダ」

「怒ってるのか？」

「はい、少し。馬の糞を扱う仕事を強制するなら、**ストライキ**を継続すると叫んでいます」

「マジかよ！　わかった、とにかく話し合おう」

　僕とツシッタが工場の中へ入っていくと、うっすらと馬糞の匂いがした。

「ミスターウエダ、私たちは馬の糞を扱いたくありません。どうしても馬の糞で紙を作れと言うのなら、私たちはストライキを続けます。がっかりさせて申し訳ないと思っていますが、私たちは馬の糞だけは触りたくないのです」

「そうだ！　そうだ！」と、ウンチセクションのスタッフたちも鼻息を荒くしたが、僕と目が合うと照れてはにかんだ表情になった。

「まいったな…」

「もう諦めるしかないなヒサシ、俺は最初から馬の糞は無理があると思ったんだ」

「そうだな、やめよう」

　僕とツシッタはあっさりと馬さんペーパーの製造を断念することにした。

　僕はスタッフには気持ちよく仕事をしてもらいたいと常に思っていたので、このような状況になってしまったことに心を痛めた。

　それによくよく考えると、ぞうさんペーパーのコンセプトは、ゾウと人間の共生が目的だった。ゾウと人間が敵対関係だった状況の中、ゾウと人間が協力しあって製造されるぞうさんペーパーが登場して、多くの人たちに共感してもらったのだ。

　それに対して馬は、もともと人間とウマくやっている。そんな大事な事をすっかり忘れてしまい、普通の手作りペーパーと同じような感覚で商品開発を語っていたのだ。僕は愚かだった。

それに、僕はスタッフに対する思いやりにも欠けていた。

ゾウは胃腸が弱いので食べた物を完全に消化しないで排泄するから糞の匂いは少ないが、馬の糞は猛烈にキツイ匂いだ。それなのに僕は安易に馬糞で紙を作らせようとしたのだ。もし誰かに馬糞を扱って紙を作れと言われたとき、自分ならどう思うかを深く考えていなかった。

この頃ヒット商品が続いていたこともあり、僕は大事なことを見失っていたようだ。いいときほど気をつけなくちゃダメだ、と僕は自分に言い聞かせた。

反省した僕とツシッタは、次の日の午後は工場の全てのセクションを臨時停止させて、近所のカフェにスタッフ全員を招き、ささやかなパーティをすることにした。工場にいるゾウ7頭にもたっぷりとビスケットを与えた。全員でビンゴゲームやテーブルゲームなどを楽しんだ後、日本から持ってきていたチョコパイをみんなで食べながら、また明日から頑張ろうと誓い合った。

工場のスタッフたちは本当に素直で素朴な人たちだ。彼らのためにも、僕はビジネスマンとしての社会的責任を改めて自覚した。

原住民と幻の新商品

「ミスターウエダ、先ほどすごい話を聞きました！」

「どうしたの、ニシャーラちゃん」

僕はライオンビールをグラスで飲みながら、事務所の庭で汚れた服を洗濯桶に入れ、素足で踏んづけながらザブザブと洗濯していた。

ニシャーラは、少し興奮気味に言った。

「たった今入手した極秘情報です」

「なに！」

僕は洗濯桶から飛び出した。

「極秘だと？　続けろ」

「はい、実はスリランカには原住民がまだいるんです。彼らは何千年も前からジャングルにひっそりと住んでいる神聖な存在なのです」

「ふんふん、それで」

「その原住民がジャングルで採取している巨大蜂のハチミツは、アーユルヴェーダ関係者の間でも重要視されるほどの栄養価と、なによりも信じられない美味しさらしいのです。しかし、入手は困難を極め、熟練した蜂の巣狩り名人の原住民でも、油断すると命を落とすこともあるほど巨大蜂は凶暴極まりなく、まさに命懸けで手に入れるハチミツだそうです」

いつもクールなニシャーラの目が、心なしか座っていた。

「なんでも、かつては王族が争って求めたほど貴重かつ希少価値のあるハチミツらしく、食べるとすぐさま幸福感に包まれ、病は回復し、女性は若く美しくなるそうです。そして男性には夜の持久力が馬に匹敵するほどの滋養だということです。そしてその原住民の居場所を知る人物と私は先ほど会ってきたのです！」

「なんだって！　よし、よくその情報を入手したな、グッジョブだ。要はオレたちはそのハチミツを商品化することができるってことなんだな？」

「イエス、ポッシブル！（可能です！）。しかし、原住民のビレッジを訪ねるには、危険なラグーンを通過しなくてはいけません。ラグーンにはワニやオオトカゲ、毒ヘビや巨大ヒルなどのリスクがあります。ナビゲーターへの謝礼も安くはないでしょう…」

僕は少し考えた後、ニシャーラを見つめて言った。

「今夜、出発だ！」


深夜2時頃、僕とニシャーラは、運転手のマンジューラと共に、聖なる原住民が住むというビレッジへと向かった。

コロンボから5時間ほど悪路に揺られた後、マングローブの木々が広がるラグーンの入り口に到着した。そこには、ナビゲーターらしき老人が待っていた。

「ハロー、俺の名はサラット、あんたたちを原住民のビレッジまで案内することができる」

半裸のサラットは、微塵も笑顔を見せずにそう言った。

その無愛想なところが、頼りになりそうだった。僕らは前金で3000ルピー（約3000円）、そして到着した後さらに3000ルピーを支払う契約で、原住民のビレッジまで案内してもらうことになった。

前金を受け取ったサラットは、腰に巻いたサロンの股間あたりに金をねじ込み、「ボートに乗れ」と言いながら、マングローブに結んだボートのロープを解いた。

僕らはボートに揺られ、ゆっくりとラグーンを進んで行った。サラットは目視でヘビやオオトカゲを見つけると、無言で指を差して僕らに知らせ、双眼鏡を渡した。双眼鏡を覗き、何かを発見した僕らが「おお、いたぞ！」などと喜んで声をあげると、サラットは軽く苛立った表情で「チッ」と舌打ちした。

約40分後、僕らは無事にラグーンを渡りきると浅瀬でボートを降りた。

早足のサラットを必死で追うように、僕らは草の露でブーツを濡らしながらジャングルの中を進んで行く。吸うのも嫌になるような生ぬるい空気と、けたたましい動物の叫び声の中、トゲがある植物やコブラに気をつけながら、どんどん前へ前へと進んで行く。噛み付くとひどく痛みが走る毒アリが、蒸し暑さでねっとりと汗ばんだ首筋を這っているのも気づかず、僕らはただひたすらジャングルを進んで行った。

「着いたぞ…」

向こうで見張り番のような男が、サラットに手を振っている。

原住民の住む村へ入って行く前に、サラットはシャツを脱いで上半身裸になるように僕らに指示した。僕らは裸になり、ゆっくりと村の奥へ進んで行った。すると原住民のリーダーらしき男が僕らを迎えてくれた。

「こちらが原住民の大酋長《しゅうちょう》だ。名前は俺も知らない。何か聞きたいことがあれば、直接話しかけろ」

そう言うと、サラットは少し離れたところへ行き、ひとり座ってタバコを吸い始めた。

大酋長の発する殺気のような気配にのまれ、僕は少し緊張していたが、さっそく切り出した。

「僕は日本から来たビジネスマン、ミチコーポレーションの植田です、よろしく」

大酋長は静かに頷いた、無表情だ。

「あなたたちの採取している巨大蜂のハチミツですが、かなりテイスティらしいですね。できれば仕入れたいので、価格と納期を教えてほしい。サンプルもいただきたい」

僕は英語で、ゆっくりと丁寧に要望を説明した。

通訳するニシャーラの話を静かに聞いた大酋長は、無愛想に言った。

「あれは誰にも売らない。あのハチミツは物々交換をするときに使うだけだ。でもお前は日本からわざわざ来たのだから、売ってやってもいい、一瓶で200ルピー（約200円）だ」

「え、えらい安いな、タダみたいな価格じゃないの」

僕はニシャーラに耳打ちすると、「確かに安いです」と、彼も驚いた様子だった。

すぐに僕は貴重なハニーを3瓶売ってもらうことにした。ビジネス成立の握手の手を差し出すと、大酋長は両手で僕の手を握った。

せっかくなので大酋長と一緒に記念撮影をしたいと頼むと、あっさり快諾してくれた。無表情ではあるが、どうやら大酋長は温和でいい人のようだ。慣れてきたこともあり、僕は大酋長にあれこれと質問をした。

「大酋長はここでは絶対的な存在なんですか？」

「どういう意味だ？」

「偉いのかってことです」

「当たり前だ」

大酋長はギロリと僕の目を見ながら答えた。

「この村で、大酋長はどのように決めるんですか？　選挙ですか？　もしかして決闘で決めるんですか？」

「ワシの父親も大酋長で、祖父もそうだったのだ。当然ワシも大酋長になった」

「ああ、そうか、世襲なんですね」

「さよう」

「じゃあ、この村で次の大酋長になるのは、あなたの息子さんですね」

「いや、この村にワシの娘はいるのだが、残念ながら息子は都会へ出て行ってしまって、今この村にはいない。したがってワシの次の大酋長は、娘と一緒になる男が継承するであろうな」

ふと気がつくと、大酋長の背後のドアの向こうに、一人の大柄の女性が立っていた。推定１８０センチはあろう巨漢のその女性は、僕らの歓談風景を興味深そうに覗いているようだ。まるでポリネシアの戦士のようにたくましい筋肉質の肉体で、肩を激しく揺らしてハアハアと荒い呼吸をしながら、僕らを睨むように凝視している。

僕が様々な質問をしていくうちに、大酋長は饒舌になっていった。僕も調子に乗ってさらに質問を続けた。

「どうやって生活しているんですか？　どうやら電気もないみたいだけど」

「狩りをしている」

大酋長は目線で、近くに立てかけてある弓矢を示した。

「野鳥とか猪豚とかラビットをしとめるのだ。あとは畑もある」

「コロンボなどの都会の生活はどう思っているんですか?」

「ワシはここの方がずっといい。ワシの娘も死ぬまでここに住みたいと言っておる。誰か娘にふさわしい男がいればいいんだが」

ふと気づくと、あの大柄の女性が、鋭い目つきでまだ僕らの方を睨みつけていた。

よく見ると、どうやらニシャーラの瞳をじっと見つめているようだ。

「おお、娘よ、こっちにおいで」

—何! あのデカイ女が大酋長の娘だと?

大酋長はその大柄の女性を呼び寄せようとしたが、彼女は照れたようにはにかんだ表情を見せると、すぐさまドスドスと走り去ってしまった。

「これは失礼した。娘はどうやら気に入った男を見つけたのかもしれん」

そういうと、大酋長は僕らを凝視した。

ニシャーラがライオンの足音に気づいたウサギのような怯え顔をしていたので、僕はニシャーラに向かって「そろそろ帰るか」と小声で言った。

「イエス、ミスターウエダ、すぐ行きましょう…」

ニシャーラはそう応え、すぐにナビゲーターを呼びに走って行った。

「どうもありがとうございました」

「うむ、また来るがいい。娘も喜ぶだろう」

僕らは大酋長に丁重に感謝の意を述べ、その場を後にした。

こうして僕らは原住民の貴重なハチミツを無事に入手することに成功した。

しかし、最終的には商品化には至らなかった。それはニシャーラが大酋長の娘に大きな恐怖感を抱いていたから、ではない。原住民たちは巨大蜂のハチミツを乱獲することを好まずに、基本的に自分たちの必要な量だけしか採取しないため、輸入して商品化するだけの量を確保することが困難だったのだ。ハチミツを採取するときも、けっして蜂の巣全体を切り取らず、後で再生できるように、半分ほど残しておくらしい。

確かにハチミツ自体の味と香りは絶品で、しなやかな粘りと純金のような色に僕は魅了された。今までに食したどのハチミツとも違う魅力があり、日本に紹介すれば高値での取引が可能だっただろう。しかし、原住民たちの自然と向き合いながら共に生きていく考え方に僕らも大いに共感したこともあり、商品化は断念することにしたのだった。

今も残る階級社会

日本にもある程度の階級社会があるが、普段はその存在があまりわからない。スリランカでも、最初のうちはあまり違いがわからなかった。インドのカースト制度に比べると、スリランカは平等な社会なのかと思っていたのだ。

しかし、何年もスリランカでビジネスをしていると、だんだんと見えてきた。ツシッタは高級住宅地コロンボ7の豪邸に住んでいた。両親の家も近くにあり、さらに大きな豪邸だった。妹夫婦も近くのプール付きのお洒落な豪邸に住んでいた。両親の家にはスイミングプールだけでなくシアタールームやカクテルバーも完備されており、召使いも7人いた。

ツシッタの家には3人のメイドとふたりの運転手がいた。僕はコロンボで仕事をするときは、いつもツシッタの自宅の一室を定宿のように使っていて、さらに僕専用に一人のメイドが洗濯や朝食の用意をしてくれていた。

ツシッタ家は代々続く印刷業を家業としていて、ツシッタは三代目の大事な跡取り息子なのだ。富裕層の子どもが通う学校で学び、大学はイギリスに留学した。

二代目であるツシッタの父親は、有名新聞社の新聞の印刷を一手に請け負い、巨大な輪転機も自社で所有していた。日本の経団連のような組織の役員も務めていて、たまに僕とツシッタは会員制経営者クラブのラウンジに連れて行ってもらった。そこで有力な政治家やプロのクリケット選手など、普段は一緒に食事をすることもないような人たちを紹介してもらい、一緒にビールを飲んだりした。

それに対して、ニシャーラは一般的なスリランカ人の家庭の子どもとして育った。父親は公立学校の教師だったらしいが、彼がまだ小さい頃に亡くなってしまい、母親が女手ひとつで7人の子どもたちを苦労しながら育て上げた。

長男のニシャーラは勉強はクラスでトップだったが、母親を助けたいと思い、大学には進学しなかった。家も質素で、平屋の長屋に家族寄り添って暮らしていた。自宅には車も温水シャワーもなかった。

そんなツシッタとニシャーラが一緒にいるときは、なんとなく会話が弾まなかった。ツシッタは楽しそうに話すのだが、ニシャーラは全く喋らなくなるのだ。僕がツシッタの家で食事をしているときも、玄関で待っているだけで、一緒に食べようと誘っても、ニシャーラはなかなか入ってこなかった。

以前、船会社の社長が食事に招待してくれたときのことだ。

「ようこそ、ミスターウエダ、さあ、中へ入って、カモン！」

僕はニシャーラと運転手を連れて社長の自宅に入って行った。

「これは日本のお土産。扇子という民芸品だよ。パタパタやると涼しいから使ってくれよ」

社長は年齢が僕と同じ30代半ばで、彼の父親はいくつもの会社を経営するグループ会社のオーナーだ。

邸宅の中には噴水があった。中庭の池には日本から輸入した立派な錦鯉が何匹も泳いでいた。社長は嬉しそうに鯉に餌をやるところを僕に見せて、「ヒサシもやってみろよ、可愛い奴らだよ」と鯉の餌を僕の手のひらに乗せた。鯉の美しさを褒めちぎると、社長は納得したように微笑んだ。

僕はニシャーラにも鯉に餌をやるように言った。

「おいニシャーラもこっちに来いよ。鯉に餌をやると面白いよ」

すると社長は、ほんの少し眉をひそめた。

「ニシャーラと運転手も腹を空かしているから、一緒にディナーを呼ばれてもいいかな？」

そう社長に訊くと、「あ、もちろんどうぞ」と言ったが、返事に少し違和感を感じた。

食後には最高級のセイロンティと、「ミーキリ」という、バッファローのミルクで作ったこってりしたヨーグルトに、キトゥル椰子の花の蜜をたっぷりかけたデザートが出てきた。

僕はこのミーキリが大好物だったので3杯おかわりをしたが、その頃にはいつの間にかニシャーラと運転手のマンジューラは、席をはずして玄関で待っていた。

デザートを食べ終わり、まったりしていると、社長はココナッツで作ったウイスキー「アラック」を飲もうと誘ってきた。社長は僕のグラスにアラックを注ぎながら「ひとつスリランカ社会の話をしよう」と小さな声で囁いた。

「私も決して良いことだとは思っていないが、スリランカでは、雇い主はスタッフや運転手、使用人たちと一緒に食事をしたり飲んだりしないんだよ。彼らとはある程度の線引きをしていて、これを守って行くことがスリランカ社会では大事なんだ。そのバランスが崩れることを嫌がる人はまだ多いと思うよ。ヒサシが他の取引先と付き合うときに、参考にしたらいいよ」

社長はそうアドバイスしてくれた。

たしかにニシャーラや運転手のマンジューラも、さっきは居心地が悪そうだった。

僕は普段からスリランカで食事をするときは、外食でもオフィスで食べるときも、スタッフはもちろん運転手も同席させて、同じものを一緒に食べるようにしていた。しかし、郷に入っては郷に従えで、それからは社長のアドバイス通り、取引先がいるときは運転手を同席させるのは控えるようにした。

それとは逆に、ニシャーラには敢えて経営者や上流階級の人たちと同席させて環境に慣れさせるようにした。ミチコーポレーションという会社の、スリランカの代表者としての自覚を持ってもらいたいと思ったからだ。

僕はこれからもニシャーラとずっと一緒にチャレンジを続けて、たくさんの雇用を生み出す面白い会社にしていく。心からそう思っていた。

第7章　いい時ほど気をつけろ

ウーマンパワー

女性ファッション雑誌の取材で、ライターとカメラマンのふたりの女性が、引っ越したばかりの西東京市のオフィスにやってきた。

取材の合間に、スリランカのオフィスでリスにパソコンのアダプタのコードをかじられた話や、ジャングルで全身がヒルまみれになったのがきっかけで、僕は普段からブーツを履くようになったという話など、たあいもない雑談をしていた。そのときに僕が商品開発の悩みを漏らしたところ、ライターの女性がアートディレクターを紹介してくれることになった。その人物は、もともとフランスの高級ブランドの日本法人で長く働いている女性で、最近フリーランスとして独立を考えているとのことだった。

「彼女はセンスがいいし、人脈もあるから、植田さんの商品開発に貢献してくれると思いますよ」

僕が興味を示すと、ライターはその場で、早川というそのアートディレクターに電話をしてくれた。

その2日後、吉祥寺のカフェで僕は早川さんと会った。彼女はオーガニックコットンやリネンなどを自然な色で染めたナチュラルな生地の服を、知的かつ可愛らしく着こなしていた。僕はさっそく早川さんに、スリランカでの商品開発についての悩みや、どんな商品を作りたいかなどを一通り説明した。

早川さんは小柄だったが、ノートにメモする顔は自信があふれていて、時々挟むアドバイスや意見を聞いていると、オシャレかつクリエイティブな仕事をしてくれそうな気がした。

ぞうさんペーパーグッズをはじめとする、僕が今まで開発してきた商品は、買ってくれるお客さんの多くが女性だ。それにもかかわらず、僕は女性の意見をほとんど聞かないで商品開発をしてきたために、うちの商品が本当に女性に支持されているのか、自信を持てないでいた。

「まずは、ロゴやタグなどのテコ入れをしたほうがいいんじゃないかしら」

彼女は商品のコンセプトを統一するべきだと提案した。

「もし、センスのいいデザイナーとお付き合いがないのであれば、紹介しますよ」

そういって早川さんが紹介してくれたのが、デザイナーの十文字さんだった。

翌週、さっそく早川さんは僕のオフィスに十文字さんを連れて来た。すぐに話はまとまり、早川さんとデザイナーの十文字さんとのコンビで商品開発を担当してもらうことになった。

「さっそくなんですが、できれば私と十文字さんをスリランカに連れて行って頂けないかしら」

素材や材料などを直接チェックできれば、よりクリエイティブな新商品の提案ができると思います、と早川さんは言った。

「今回は、旅費だけ出していただければ結構です」

—なんだか、いつものパターンだな。

苦い思い出が一瞬頭をよぎったが、僕は了解した。


それから２週間後、僕はふたりの女性クリエーターと、スリランカへと飛んだ。スリランカでは、ぞうさんペーパー工場、オフィス、紅茶農園、縫製工場、刺繍工房、木のおもちゃ工場などの視察を予定していた。

成田空港では、ふたりとも海外旅行仕様の気合が入ったオシャレな服装を身にまとい、手にはキヤノンの一眼レフを握っていた。まるで有給を取って「頑張った自分にご褒美旅行」的にシンガポールにでも行くOLのようにはしゃいでいて、僕は少し心配になった。

ところがスリランカに着くと、僕の感覚ではなんでもない商品や素材などでも、日本に紹介すると面白いもの、価値が上がるものなどを、ふたりは的確にアドバイスしてくれた。現地で撮影してくれた写真も素晴らしく、素人の僕が撮影する写真とは明らかに違っていた。

スリランカでの僕は、大体がオフィスに寝泊まりし、食事もスタッフと一緒のものを食べていたが、さすがに女性にそれは勧められず、彼女たちにはヒルトンホテル・ジャイクタワー26階の部屋に宿泊してもらい、毎回の食事にもかなり気配りした。

僕は女性と仕事をするのは初めての経験で、緊張していた。機械の輸出業にしても、築地の魚市場にしても、常に僕は「男の世界」で働いてきたからだ。

女性クリエーターと仕事をするときは、できるだけ気分良く仕事ができるような環境を用意してあげることが大事だと、早川さんを紹介してくれた雑誌のライターが話していた。そのため僕とニシャーラは、4日間の滞在期間、かなりの神経を使った。

一番困ったのは、月に一度のポーヤデイのときだった。スリランカでは、毎月の満月の日は、ポーヤデイという国民の休日で、アルコールを飲むことも販売することも法律で禁止されていた。

しかし彼女たちの滞在中、運悪くポーヤデイに当たってしまった。そのため僕らは、早川さんと十文字さんにポーヤデイの説明をして、その夜の晩酌は我慢してほしいと頼んだ。しかしふたりはなんとしてもその夜ビールを飲みたがった。

「私は我慢できるんですが、十文字さんは飲みたいんじゃないかしら」

「私は問題ありませんが、早川さんは冷えたビールがほしいんじゃないかと思います」

彼女たちのわがままになんとか応えようと、僕とニシャーラはコロンボ中のレストランや飲食店に必死に頼んで回ったが、どこにも断られてしまった。ふたりは渋々ホテルへ帰ったものの、少し不機嫌になったのがわかった。仕事に支障をきたすかと心配したが、帰国する頃にはすっかりご満悦に戻り、最終的にスリランカのことも気に入った様子で、「必ず人気商品を開発します」と、強力なサポートを約束してくれた。


帰国してから、さっそく新体制での作業がはじまった。

まず僕が大体のアイデアを提案し、それを早川さんが新商品のアイデアとして企画書にしてくれた。それを僕が気に入ると、早川さんが十文字さんに細かくディレクティングし、十文字さんはラフなグラフィック案を3種類くらい作ってプレゼンをする。そのラフ案を僕と早川さんで検討し、最終的に十文字さんに手直しをしてもらった後、それを仕様書に仕上げた。

十文字さんは、前の旦那さんがイギリス人だったので英語が堪能だった。そのため英語での仕様書の作成も手慣れたもので、スリランカの工場での細かい説明がしやすかった。

しばらくは、そんな感じで作業は進んだが、そのうち売れっ子の早川さんは他の仕事に忙しくなって、なかなか連絡が取れなくなっていった。彼女の指示が得られないために、十文字さんは仕事が進められず、よく愚痴をこぼすようになった。

しかし、早川さん抜きでふたりで作業するのはマナー違反だし、彼女はヘソを曲げるだろう。

「連絡が取れない早川さんが悪いんですよ。もう植田さんがディレクションしてくれませんか。どうせ最終的にはあなたが決めるんですから、同じことでしょ」

あるとき、十文字さんは強引に決断を迫ってきた。

「私の仕事が早川さん待ちで滞ると、植田さんの会社に不利益になるんですよ」

十文字さんの仕事は、スピーディでクオリティも高かった。そんな彼女の時間をムダにさせるのは、確かに忍びなかった。

それまで一緒に仕事をしてきて、彼女が早川さん抜きで直接ミチコーポレーションと契約をしたがっているのは薄々感じていた。

しかし、十文字さんは早川さんが連れてきたデザイナーだ。それを頭越しに仕事を依頼するとなると、僕は経営者として見識を問われることになる。それに早川さんのアイデアや企画力はとても刺激的で僕も勉強になったし、その才能は捨て難かった。

十文字さんは早川さんの前では何食わぬ顔をしていたが、僕とふたりのときは、早川さんに対する批判や不満が徐々に増えていった。

「最終的に決断するのは、植田さんなんですよ！」

十文字さんが何度も口にしたこの決め台詞に、ついに僕も折れた。

「わかったよ。残念だけど早川さんにはやめてもらうしかないね」

才能はさておき、現実の作業では十文字さんの方が重要度が高かった。仕様書を英語で作れることも有り難かった。早川さんのディレクティングがいかに素晴らしかったかは、自分が商品開発の経験を積み始めてから理解したことだが、そのときは十文字さんさえいればなんとかなると安易に思っていた。

早川さんに事情を説明して、今後は十文字さんに直接お願いすることをソフトに伝えると、彼女の目尻は一気に吊り上がり、「私のペースでやらせてもらうのが条件だったはずですよね！」と主張した。

お互いの言い分を交わすうちに、早川さんの目から涙がこぼれ始めた。想像以上の感情的な反応に、僕は完全に狼狽えた。

戸惑いながらも僕は会社の状況を正直に伝え、最終的には納得してもらったが、その後の関係は完全に切れてしまった。

驚いたのは、十文字さんがその後も早川さんといい関係を保っていたことだ。僕は、ひとり悪者になってしまった。


「やっぱり現地に行かないと、イメージがわきませんよ」と、十文字さんは早川さんという重石が取れると、何かとスリランカへ行きたがった。僕は深く理由を考えずに、スリランカ出張のスケジュールに合わせて、何度か同伴してもらった。

スリランカで僕が商談などで外出する際、十文字さんはニシャーラと一緒にいる時間が長くなり、彼女は英語が話せることもあり、ふたりは急速に親しくなっていった。そして、あるときから十文字さんは、ニシャーラと電話やメールで直接やり取りするようになった。そのうち仕事のことも、勝手にふたりで進めることが多くなった。

僕はそのことをニシャーラに注意した。すると十文字さんが、「仕事をスピーディに進めるためです」と、文句を言ってきたので驚いた。ニシャーラと彼女はツーカーの仲になってしまっていたのだ。

僕はニシャーラに全幅の信頼を寄せていたので、僕からの指摘を十文字さんに漏らしてしまったのも、悪気があってのことではなかったことは理解していた。しかし、結果的に軽卒な行為になってしまったことは残念でならなかった。

しばらくして、十文字さんが変なことを言い始めた。

「植田さん、ニシャーラさんの実家に1か月間ホームステイをさせていただけないでしょうか。本場のスリランカ料理を教えてもらいたいんです。ニシャーラさんは問題ないと言ってますが」

いきなりのことで、僕は戸惑った。

—仕事でやっているのに、ニシャーラの実家にホームステイって、何考えてんだよ！

「ニシャーラはよくても、会社は困るよ」

僕は十文字さんに毎月定額のデザイン料を支払っていた。ひと月の間、まるまるスリランカで遊ばれていては困るのだ。

かといって、許可しないと彼女が怒ってしまうことは目に見えていた。十文字さんは機嫌が悪くなると、極端に仕事のスピードとクオリティが落ちるのだ。僕は正直うんざりしていた。

「わかりました。1か月だけという条件ですよ」

そのときは十文字さんが純粋にスリランカ料理に興味があるのだと思って許可した僕だったが、この一件が、ミチコーポレーションにとんでもない事態をもたらすのだった。

十文字さんは才能豊かで仕事もスピーディだったが、商品開発のすべてを一人のデザイナーに任せることはリスキーだと、僕は思い始めていた。新たに人材を確保したほうがいい、そう考えるようになっていた。

たまたま事務所に飛び込みで営業に来た広告代理店の営業マンに相談して、求人広告を載せてみることにした。掲載料５万円の小さな広告だったが、意外に反響があって30通の履歴書が送られてきた。

驚いたのは、一流大学出身の優秀な人たちがたくさん応募してきたことだ。彼らは社会貢献度が高いソーシャルビジネスに興味があるらしく、『ぞうさんペーパー』に惹き付けられたのだ。

その中のひとりに、素敵な履歴書を送ってきた人がいた。プラスチックのクリアファイルやメタルクリップやホッチキスを使わずに、手作り和紙のファイルや厚紙のクリップを使っていた。僕はそのセンスに惚れ込んで、彼女に面接に来てもらうことにした。他にも念のために数名を選んで面接したが、最終的には彼女を雇用することにした。

彼女は名前を宮田知世といい、美大を卒業後5年ほどエコロジー系の輸入雑貨ショップでアルバイトをしていて、イラストレーター、フォトショップなどのソフトウェアでグラフィックデザインや、ポップの制作もできるということだった。言葉遣いもちゃんとしており、見た目も真面目そうで感じがよく、僕もミチもすぐに気に入った。

新商品が増えたこともあって、徐々に在庫管理や発送作業などの仕事をミチと僕だけではこなせなくなっていた。

アルバイトも数名雇っていたが、あまりいい人に恵まれず、すぐに辞めてしまう人が多かったのだ。宮田さんはデザインの仕事だけでなく、発送作業やバーコードのシール貼りなど、単純作業も黙々とこなしてくれた。

この宮田さんのおかげで、この後のミチコーポレーションの事業はさらに成長していくことになる。

苦労と喝采

ぞうさんペーパーが軌道に乗ってからは、ミチランカの頃よりもスリランカ出張の回数は減っていた。それでも3か月に一度の頻度で出かけていた。毎月追われるように行き来していた頃に比べると楽にはなったが、それでも行けばだいたい2週間は滞在して、工場の品質管理や新商品の開発、船会社や陸送業者との商談など、分刻みの忙しさで仕事をしていた。

スリランカのような南国に海外出張すると言うと、多くの友人たちから「いいねえ、トロピカルなところでのんびりできてさ」などと羨ましがられるが、実際はいいことばかりでもなかった。

ビジネスパートナーのツシッタや、工場のスタッフ、取引先の人たちにしても、確かに皆のんびりした感じで、彼らと接しているとハッピーなのだが、仕事に関してはルーズなことも多く、約束の時間は守らないし、頻繁に何かへマをしたりハプニングが起こるため、何度も確認作業をくり返すなどのリスクへッジ作業で余分な仕事に振り回されてしまうのだ。いくら指導してもなかなか不良品が減らない。かといって、あまり怒るのも良くないし、何もしないのも進歩がない。結局はスタッフとの距離をある程度保ちつつ、孤独に過ごすことになるのだ。

肉体的にも楽ではない。水を飲んで腹がやられる事も毎回の通例みたいなものだった。

さらに、僕はスリランカで根本的な問題を抱えていた。それは食事だ。

スリランカの激辛の食事が、あまり好きではなくなりつつあったのだ。スリランカで仕事を始めたばかりの頃は、本場のカレーは毎日食べても美味しかった。しかし、そのうちフルーツばかり食べるようになっていった。特に体が弱っているときに激辛カレーを食べると、必ずといっていいほど下痢になった。胃腸や肛門が火を噴くようにホットリミットに達するのだ。

スリランカ人は毎日、と言うより毎食カレーを食べるので、彼らに付き合う僕も同じように食べることになる。ツシッタの家では毎日、朝昼晩とカレーである。けっしてオーバーな話ではない。朝は豆カレーとベジタブルカレーとトースト、昼はポテトカレーとフィッシュカレーとライス、夜は数種類のカレーと野菜炒めとフライドライス、という感じだ。さすがにカレーを見るのも嫌になってくるのだ。

そのかわりフルーツは絶品で、バナナやパパイヤ、パイナップルやマンゴーなど、スリランカ産の味を知ってしまうと、日本に出回っているフルーツを小馬鹿にしてしまうようになった。

スリランカ出張中はいろいろなアクシデントが起きる。天然ゴムのファームで**コブラにズボンの裾を噛まれたり、オフィスに体長1メートル以上のオオトカゲが侵入したこともあった。**道路に危険な野良ゾウが侵入して車と接触をしたり、大渋滞の道路では交通事故に巻き込まれたことも一度や二度ではない。デング熱やチクングンヤ熱に感染したときは、本当にもうこりごりだと思った。無事に生きて帰れたらIT業界にでも転職しようと思ったほどだ。

しかし、そんなのは大した事ではない。個人的なことだ。大地震や大津波もあったし、なによりも内戦中の国で仕事をするという事は、常にテロ事件に遭遇するリスクがあり、死と隣り合わせなのである。実際、日本の外務省は、スリランカの広い地域の渡航危険度を渡航中止勧告のレベル3、激戦地のジャフナなどの地域を避難勧告を意味する最高ランクのレベル4に設定していた。僕らの工場周辺にも渡航延期勧告が出ていたこともあり、スリランカ出張中に日本人と会う事など滅多になかったのだ。

しかし、危険地帯で外国人が少ない分、外国人は珍しがられ、現地の素晴らしい人たちと出会いのチャンスが増えたことも事実だ。アーティストたちとの出会いも、そのひとつだった。

＊

僕は意識的にスリランカのアーティストにも仕事を依頼するようにしていた。日本のデザイナーが思いつかない発想や色使い、面白い画材など、スリランカのアーティストならではのデザインを商品開発に生かしたいと思ったからだ。そのため、暇を見つけてはスリランカ各地の美術館やギャラリーやアートスクールを訪ねたり、日曜日のフリーマーケットで自作のアートを手売りする若い作家たちと交流したりしていた。

内戦で経済が停滞する中、スリランカのデザイナーや画家、彫刻家などのアーティストはなかなか仕事に恵まれず、せっかくの才能が社会に生かされない状況を、僕はとても残念でもったいないと思っていた。

そこで僕は、コロンボとキャンディの周辺にいるアーティストたちに、商品開発を手伝ってほしいと声をかけてみた。するとクチコミであっという間に約20名のクリエイティブな芸術家たちが集まった。

彼らがのちに様々な名物商品を開発することになる、**ミチコーポレーションのオフィシャルアーティスト集団『ザ・フール』**の原型メンバーになった。

メンバーの約半数は、キャンディ市郊外の崖のような斜面に広がる小さな村、通称『**アーティスト村**』と呼ばれる貧しい集落に、家族や親戚と寄り添うように暮らしている。そこでは画家や彫刻家や版画作家だけでなく、ダンサーやミュージシャン、ヘビ使い、占い師、猿回しなど、様々なジャンルのアーティストがお互いに刺激し合いながら芸術活動をしているのだ。

彼らは大自然からワイルドな刺激を受け、そこからインスパイアされた感性で様々な作品をのんびりと創作していた。季節のフルーツや木の実を食しながら、野生動物を観察したり、自然現象や生態系、古い伝統的な儀式やしきたりなどから、彼らは斬新なイメージを膨らまして、作品やパフォーマンスのヒントにしていることに僕は深く感銘を受けた。

キャンディ工場にいる間、僕とニシャーラは出来るだけアーティスト村に通うようにした。そして彼らと密に交流しながら、ゾウはもちろん絶滅の恐れのある野生動物などをモチーフにして、自然との共生を意識したメッセージ性のある商品を、数多く一緒に手がけた。

なかでも画家で彫刻家のスニル・ラクスマンは、『ザ・フール』の中心的メンバーで、僕らが開発した商品の中でもっとも多くのイラストや造形を提供してくれたアーティストだ。

スニルは素晴らしい才能の持ち主で、世界中の芸術祭でグランプリを獲得する実力を持っていたが、内戦の影響などで仕事に恵まれず、コロンボの外れにある小さな村でくすぶっていたのをニシャーラが発掘した。スニルの肉体はアーティストにしては過剰に筋肉ムキムキで、彼は空手の達人でもあった。20代の頃は卓球のスリランカ代表選手としてオリンピックにも出場した経歴を持つ異色のアーティストだ。

アーティスト村の住民で、特に僕が仲良くしていたミュージシャンのアナンダは、かつてスリランカの音楽シーンのトップアーティストとして君臨したロックバンド『シハ・シャクティ』のボーカリストだ。シハ・シャクティは、前にも書いたように、僕らが定期的に開催していたエコスクールの子供環境絵画コンクールの表彰式典で、約1000名のオーディエンスの前で熱いパフォーマンスを披露してくれた。

スリランカゾウのパルプフィギュア作りの名人であるプブドゥは、まだ若いが人形作りに関する才能と情熱はズバ抜けており、一体30万円する等身大の仔ゾウフィギュア『メルシーくん』などの傑作を制作してくれた。『メルシーくん』は、メディアなどで何度も紹介されて話題になり、市原ぞうの国や上野動物園などが購入してくれた。彼はのちに日本の動物園や東急ハンズで限定販売された『ズー・コレクションシリーズ』でヒットを飛ばした。

プブドゥは身長130センチほどの小柄な青年で、アーティスト村の連中は彼のことを「**伝説の聖なるコビトの末裔だ**」とこっそり僕に耳打ちした。プブドゥの声は、まるでウィーン少年合唱団の子どもたちのように透き通った高音ボイスで、それは確かに聖なるコビトのようだった。

彼はよく「**ジャパニーズガールを紹介してくれませんか**。僕はおしんのような女性と結婚したいのです」と、しつこくせがんできた。どこが聖なるコビトなんだと呆れたが、憎めないキャラの青年だ。

そんなアーティスト集団『ザ・フール』のクリエイティブで愉快なメンバーと会えるアーティスト村を訪れるのは、僕のスリランカ出張の楽しみの一つになっていった。

そんな彼らとの交流の中から、明るいニュースが次々に飛び込んできた。

＊

2006年。以前、スリランカの産業振興課から勧められてエントリーしていた**イギリス国営テレビ・BBC主催のビジネスコンテスト『ワールドチャレンジ』**の最終選考結果が届いた。

全世界から700件以上のビジネスモデルがエントリーされていた中で、ぞうさんペーパープロジェクトは最終選考に残った7つのモデルに入っていた。そして、インターネット上のフォームから世界中の人たちが投票して決まる最終選考の結果、僕らのぞうさんペーパープロジェクトは、**なんと世界一のグランプリ**に輝いたのだ。

全国の動物園で取り扱われ始めた頃から、ぞうさんペーパーはビジネスとしてばかりでなく、社会貢献度の高いソーシャルビジネスのプロジェクトとしても評価されつつあった。

ちょうどその頃、僕はぞうさんペーパーのコンセプトを書籍化してみようと考えた。書籍といっても絵本で、タイトルは「**ぼくのウンチはなんになる？**」だ。

スリランカのデザイナーが描いた絵にストーリーを添えて2色刷りのオフセット印刷機でぞうさんペーパーに印刷、ケゴールの工場のスタッフが手作りで製本した。「世界初！　ゾウの糞でできた絵本」というキャッチフレーズで、全国の書店で販売してもらった。

この絵本は、全国の書店でキャンペーンを展開してもらい、さらに各地の動物園で販売されたこともあって、累計1万2千部売れ、現在も売れ続けている。実家の母親は、近所の書店に僕の絵本が並んでいるのを見つけ、大喜びで近所中に言いふらして回った。

予想外だったのは、その年に行われた造本装幀コンクール展で、僕らの絵本がユネスコ・アジア文化センター賞を受賞したことだ。表彰式では、お昼の人気テレビ番組『パネルクイズ・アタック21』の司会で有名な児玉清さんに、授章式会場で表彰状と記念盾を頂いた。児玉清さんといえば、「アタックチャンス！」の握りこぶしポーズだ。頼み込んでそのポーズをしてもらってツーショット写真を撮影させてもらった。アタック21を毎週欠かさず観ていた母親は歓喜して、その写真を大量にコピーして近所中に配った。

さらに良いことは続いた。

東京動物園協会からの依頼で、『スリランカゾウ・アヌーラ来日五〇周年記念式典』のプログラムのひとつとして、来賓の**三笠宮殿下**ご夫妻の御前で、ぞうさんペーパーの手漉きデモンストレーションをさせていただくことになったのだ。会場には三笠宮殿下、同妃殿下を始め、日本スリランカ協会会長の福田康夫元総理大臣、スリランカからは国家遺産大臣や大使も参列した。

このことを実家の母親が察知するや否や、すぐに親戚中に知れ渡ることになった。母親から電話で聞いた広島県に住む祖母は、日頃から天皇家の写真集を購入したり、額縁に入れた天皇陛下の御真影を自宅に飾るような皇室ファンだったこともあり、**あまりの驚きと喜びで気が動転したらしく、植田家の人間が天皇家に関わったお祝いとして、近所中に記念品の手ぬぐいを配って回ったそうな。**

あとは資金繰りがうまくいけば言うことないのだが、相変わらず会社は自転車操業の状態のままだった。何しろ、**少しでも儲かれば、すぐに新しい商品開発につぎ込んでしまうのだから。**毎月末の支払いにミチは苦労していた。それでも僕は新商品開発の歩みを止めなかった。

スリランカのジョニーデップ

デザイナーの十文字さんは、ニシャーラ家のホームステイから帰国すると、精力的に商品開発を頑張ってくれた。新しいタグのロゴやネットショップのデザイン、名刺のリニューアルなど、会社のあらゆるブランディングにも協力してくれた。

そんな仕事の合い間に、僕は毎日のように十文字さんから恋の相談を受けていた。40歳を目前にしていた十文字さんは、是非とも再婚したい、そのために誰かいい人を紹介してほしいと、ことあるごとに僕に相談してきた。

僕は「これは！」という男性が見つかると、すぐに食事会をセッティングして紹介したが、十文字さんはすぐに相手のアラ探しを始めるのだった。最終的にはどんな魅力的な男性でも欠点を見つけては幻滅してしまい破談、というパターンで僕も困り果てていた。

「十文字さんは理想が高すぎるんだよ、金持ちで気のいい薬剤師や男前の弁護士なんかも紹介したのに、なんでダメなの？」

「何かピンと来ないんですよね、みんな」

「じゃあ具体的にどんな人がいいのか教えてよ。例えば芸能人とかで…」

「ん〜っ、**ジョニーデップ**かな」

「そんなの無理だよう…」

僕は呆れたが、十文字さんは少しモジモジした後、驚くべき事を口にした。

「ニシャーラさん、ちょっとジョニデに似てるかも…」

「ニシャーラが？　冗談だろ、全然似てないじゃない」と否定しながら、僕はすぐにピンときた。

十文字さんが以前、ニシャーラの実家にホームステイがしたいと言い出したが、もしかしたらあのときすでに…。十文字さんは、かなり前からニシャーラに狙いをつけていたのだ。

—そうだ、間違いない！

「十文字さん、もしかしてニシャーラを？」

彼女は、目を輝かせて次の言葉を待っていた。

「あいつはすごくいい奴だけど、ツシッタと違って普通のスリランカ人の家庭で育ったからビンボッタレだよ。経済的な格差を考えると結婚は難しいんじゃないかな。スリランカ人と一緒になりたいんなら、オレがもっと上流階級のドラ息子を探してきてあげるよ」

僕がいきなり否定的な事を言ってしまったのが良くなかったのか、逆に十文字さんはムキになって、ニシャーラがいかに素晴らしい男性なのかを僕にしつこく語り始めた。彼女がいうニシャーラのいいところなんて、僕は先刻ご存知だ。

確かに十文字さんは、ニシャーラを特別視していたようなところがあった。以前、商談の合間にみんなでココナッツの実を採りに行ったことがあった。木登りが得意なニシャーラは、猛暑の中で張り切りすぎてしまい、少しして脱水症状を起こしてしまった。十文字さんはすぐにニシャーラの横へ行き、ぐったりした彼の頭に濡れハンカチを乗せて励まし続けた。

はしゃぎすぎたニシャーラを茶化して僕が笑っていると、十文字さんが急に怒り始めた。

「植田さんはヤシの実を採れなかったのに、４つも採ったニシャーラさんを笑うのは筋が違うんじゃないですか！」

その後、僕らは近くの滝へ行って涼んだが、十文字さんとニシャーラは滝には来ないで、木陰に座ってふたりの世界に浸っていた。

―そうか、あのとき、暑さでのぼせてグッタリしたニシャーラを見た十文字さんは、自分も恋のお熱でのぼせてしまったというわけだな。

「わかったよ。じゃあ、オレからもニシャーラにそれとなく聞いてあげるよ。でもニシャーラにその気がなければ、この話はなかったことにしよう、いいね」

十文字さんはそれからも毎晩のように電話で長時間にわたり、ニシャーラについてあれこれと聞いてきた。もう頭の中はニシャーラでいっぱいのようだ。僕は仕事に悪影響がないか心配だった。

とりあえずニシャーラに、それとなく聞いてみようと思って電話してみた。

「ニシャーラ、変な事を聞くけどいいかな」

「どうしましたか。私は何かミスでもしたのでしょうか？」

「いや、違うんだ。実はデザイナーの十文字さんなんだけど、どう思う？」

「どうと言われましても…。彼女はミスターウエダが連れてきたデザイナーですよね。それが何か？」

「実はさ、どうやら君と結婚したいらしいんだよな。率直に十文字さんのこと、どう思う？」

「特に思うことはありませんが…。それに彼女は日本人ですし、歳もかなり上ですよね」

「日本人女性はいいぞ、ニシャーラ。世界中で人気があるらしいからね。それに十文字さんは美人だろ。少し年上だけど、大丈夫だよ、オレだってミチは7つも上だけど、全然問題ない。年上はいいぞ、なんでも気がつくしな、料理だって上手みたいだし、考えてみてくれよ、な」

僕は十文字さんが以前、イギリス人男性と結婚していたことは言わなかった。十文字さんに口止めされていたし、そのような過去の話は彼女が自分からする方がいいと思ったからだ。

僕はニシャーラには幸せになってほしいと思っていた。十文字さんの実家は岐阜県の一等地に大きな家を持っている。彼女はいいところのお嬢さんなのだ。ニシャーラは最貧困層ではないが、ツシッタのように上流階級でもないので、家柄のバランスは取れない。しかも普通のサラリーマンであるニシャーラにはスリランカと日本を行ったり来たりすることも難しい。無理な結婚だと最初は思った。

ただ、十文字さんの熱意に触れていると、もし彼女が今後もデザイナーの仕事を続けて、経済的に自立していくのであれば無理な結婚ではないと思えてきた。それにミチコーポレーションがさらに事業を成長させれば、ニシャーラも高給取りになれる。

僕は事あるごとに、ニシャーラに十文字さんを強く推薦するようになっていた。

そのうちニシャーラも根負けして、少しずつ前向きになっていった。

「ミスターウエダがそこまで薦めてくれるのであれば、考えてみます」

ニシャーラは実家の母親や兄弟たちと話し合い、さらにスリランカでは一般的な**ホロスコープ**占いで相性もチェックした。家族は十文字さんを好意的に思ってくれていたらしく、ホロスコープの結果も悪くなかった。ニシャーラは意外にもホロスコープ占いをかなり重要視しており、普段から何かしらあると占いの結果を参考にしながら動くところがあった。

「ミスターウエダ、おかげさまで十文字さんと結婚を前提におつきあいすることになりました。その事をご報告します」

ニシャーラは照れながら、電話してきた。

「ただ、十文字さんのご両親がスリランカ人である私との結婚に賛成してくれるのか不安です。私は日本語も話せませんし、結婚の申し込みをするために日本に行く旅費も用立てられません」

「心配するな、オレが一緒に行って十文字さんのご両親に挨拶してあげるから。旅費も会社で出してあげるよ」

「サンキューベリマッチ、ミスターウエダ！」

ところが、心配は現実となった。十文字さんの母親がニシャーラとの結婚には大反対だった。

―やはりそうか…

それでもひと月後には、十文字さんのご両親を説得するため、ニシャーラは来日した。成田空港から岐阜県の十文字さんの実家までの約６時間、ニシャーラと十文字さんは後部座席でイチャイチャし続けて、寝不足で運転する僕は少し不愉快だった。

―オレは運転手のマンジューラか！

しかし、兄弟のように可愛がっているニシャーラのためだ。十文字さんも会社に貢献してくれている。ここは我慢して、恋のキューピッドは、その日は運転手に徹することにした。

十文字さんの自宅に到着すると、すぐに僕はご両親の前で頭を下げた。

「ニシャーラは真面目な男です。そこらの日本人よりもよっぽど優秀ですし、優しい思いやりのある人間です」

そこまで言うと頭を上げて、ご両親の反応をうかがった。十文字さんの父親はしきりに頷いているが、母親は口をへの字に曲げている。

「結婚後も僕の会社が責任を持って雇用しますし、いずれは会社を背負って行く人材になるだろうと期待しております。ぜひ、娘さんとの結婚を許してあげてください、よろしくお願いします！」

僕が**土下座**をするのに合わせて、ニシャーラも不器用に頭を下げた。

しかし、母親は唇を尖らせて「賛成できない」と拒んだ。一方の父親は優しそうにニシャーラに片言の英語で話しかけてきた。

十文字さんは感情的になって母親と口論していた。そして言いたいことを言い終わると、最後は「どうしてもニシャーラと一緒になりたい」と頭を下げて懇願した。

父親が人格者で理解があったのはラッキーだった。最後は母親も折れてニシャーラは十文字さんとの結婚を前提とした交際を許された。

ところが、ニシャーラとの結婚が現実味を帯びてくると、十文字さんはますます身勝手になっていった。ニシャーラは完全に尻に敷かれてしまい、十文字さん＆ニシャーラVS僕という構図が少しずつ出来上がっていった。十文字さんが頻繁にスリランカに通うようになってから、ニシャーラは以前のように熱心に仕事をしなくなってしまっただけでなく、ふたりで給料の増額を要求したり、より大きなオフィスに移りたいと言い始めた。その頃、新しく開設したばかりだったコロンボのオフィスを新居として使いたくて、ふたりはそんな要求をしたのだった。

僕はニシャーラに十文字さんを薦めた事を後悔するようになった。ニシャーラに対する信頼は変わらなかったが、仕事がすっかりやりにくくなってしまった。しかも、しばらくすると十文字さんは勝手にスリランカに行ってしまい、コロンボのオフィスに住み着いてしまった。

僕はオフィスでふたりが同棲することには納得いかなかったが、ニシャーラには今まで苦労をかけたので、そのお礼のつもりで黙認していた。

同棲から半年後、ふたりは東京で結婚式を挙げた。ニシャーラの家族もスリランカから来日して式に出席し、母親はニシャーラが子どものころに聴かせた子守唄を披露した。その歌を聞きながら、ニシャーラの人生にとって、僕は大きな責任があると、改めて肝に銘じた。

ニシャーラの母親と姉妹は西東京市の僕の自宅に４泊して、結婚式が終わってから数日間、僕の家族と一緒に浅草や東京タワーなどを観光して過ごした。日本語を勉強しているニシャーラの妹は、１か月の間、我が家でホームステイをしてから帰国した。

僕は十文字さんともなんとかうまくやっていこう、そう覚悟を決めていた。ニシャーラの家族になった十文字さんは、僕の家族と同じなのだ。

＊

結婚式の１か月後、突然ニシャーラが退社させてほしいと辞表を送ってきた。あわてて電話をかけて理由を訊くと、十文字さんとふたりで新たな会社をコロンボに設立したいとのことだった。「本当に申し訳ないと思っています」と、ニシャーラはしきりに謝ったが、当然、僕は懸命に引き止めた。

「ふたりで会社を大きくして、一緒に家を建てよう、そう誓ったじゃないか！」

しかし、受話器の向こうのニシャーラは沈黙するばかりだった。すでに彼の気持ちは固まっていたのだ。

十文字さんからは挨拶も連絡もなかった。僕は納得がいかなかったが、なにより僕はニシャーラの行く末が心配だった。しかし、ニシャーラも家長となり会社の経営者となるのだ。僕が今更とやかく言うのは控えようと思った。

結局ニシャーラは退社し、独立することになった。それでもふたりは僕のオフィスに住み続けていた。

家賃は1年分を前払いしてあったから、その間は運転資金の足しになったはずだ。さらに僕はニシャーラのそれまでの貢献に感謝して、エアコンやデスク、パソコンなども全て彼にプレゼントすることにした。そして僕はコロンボの中心地から少し離れたケラニアという街に新しいオフィスを開設した。

ニシャーラはちょくちょく連絡をくれて、たまに僕のオフィスにもやって来た。彼は一人で来たり、姉や妹を連れてきて、時々一緒に食事をしたが、十文字さんが会いに来ることはなかった。

ニシャーラが退社した後のコロンボオフィスは、最初の数か月はかなり混乱した。責任者のニシャーラがいなくなったことで、ペットボトルのリサイクル工場の方は、**ひっそりと閉鎖するこ**

とにした。

思わぬ行きがかりで始めることになったペットボトルのリサイクルのビジネスだったが、社会的な使命と壮大な夢もあったし、工場の立ち上げまですったもんだしながら苦労に苦労を重ねただけに愛着は相当のものがあった。

―それがこんな形で終幕を迎えることになるとは…

ダンプヤードの子どもたちのことを思い出すと、無念でならなかったが、当時のマンパワーでペットボトルの分別システムを維持しながら、毎日工場を回転させるには力不足だった。

その夜は銃で撃ち抜かれたように胸が苦しかった。そしてニシャーラの存在の大きさを改めて思い知らされた。まさに片腕を失ってしまったような感覚だった。

少し感傷的になった僕の脳裏には、これまで出会っては去っていった人々の顔が浮かんでは消えた。

―ティトやウダヤ、マハナマ、エリック兄弟たちはどうしているだろうか。小西さんや片山さんたちは今頃どこで何をしているのだろうか。

ミチランカのメンバーではニシャーラが最後まで僕と一緒に頑張ってくれたが、そのニシャーラもとうとう独立してしまった…。

ニシャーラが退職したことで、僕のケラニアのオフィスは2名の事務員と運転手のマンジューラだけの、ガランと虚ろな事務所になった。以前のように、オフィスでニシャーラと共に夜遅くまで仕事をしながら語り合うこともない。ぞうさんペーパーグッズの勢いと、そのオフィスの寂しさは対照的だった。

それでなくてもスリランカ出張の間の孤独感は僕を悩ませていたが、ニシャーラがいなくなって、さらに孤独は深くなっていった。

ぞうさん緑化マット

しかし、いつまでもそんな寂しさに浸っている暇はなかった。

ぞうさんペーパー関連のニュースがメディアから発信されると、日本での講演依頼が次々に舞い込むようになった。融資を受けている西武信用金庫の本店や、首都圏の大学、シンクタンクなどでも講演した。

さらには経済評論家の竹村健一氏の番組に呼ばれて対談したり、船井総研の社長との対談は経営者向けのＣＤ教材にもなった。

講演や対談の内容は、どれも僕のスリランカでの失敗談や、わらしべ長者のような話が定番のコンテンツだったが、そんなことを話していると当時のドタバタぶりと高揚感がよみがえって、ニシャーラを失った喪失感もほんの少し癒された。

その頃僕は、子どもたちが大きくなってきたこともあり、西東京市のオフィスから徒歩数分の場所に35年の住宅ローンを組んで、建売一戸建ての家を購入し、庭で犬を飼うことにした。いつか事業を成功させて、一緒のタイミングでお互いに家を建ててデカイ犬を飼おう、そうニシャーラと交わした約束は果たせなかったが、夢見荘の四畳半の部屋にミチを呼び寄せたときから13年で、夢のひとつが叶ったのだ。

その後も、僕はニシャーラを失った気持ちの穴を埋めるように、新商品の開発にのめり込んだ。天然ゴムの靴、スワロフスキー社とのコラボ商品のラインストーンアニマルデザインTシャツ、さらにオリジナルスープマグ、手作りパステルなど、天然素材で環境に優しい製造方法なら、どんなジャンルにでも挑戦していった。マーケティングなども全く気にせずに、自分の直感と感性を信じて、次々に新商品を開発しては、日本に輸出していった。

玄関マットやマグカップなど、全く売れない商品もあったが、キャップやトートバック、天然ゴムのフィギュア、オーガニック食品などはロングセラーになった。

面白い展開になったのは、ココナッツミルクの工場から大量に廃棄される椰子殻を再利用して作った玄関マットだ。マットとしては全く売れなかったが、製造する過程で植物に必要なチッソ・リン酸・カリウムなどの肥料とゾウの糞を練りこんで、屋上緑化マットを開発してみたのだ。

この屋上緑化マットは、一風変わったシステムで完成品になる。まず、スリランカで作った廃棄ヤシ殻のリサイクルマットを日本に送る。次にそのマットを山梨県や栃木県の休耕田を抱えた農家に無償で提供する。そして休耕田にマットを敷き詰めてもらった後、芝生のタネをマットの表面に蒔いてもらい、数か月の間水をやり続けてもらう。そしてマットの表面に芝生がびっしり生え揃ったら、ミチコーポレーションが全部買い取って販売するのだ。

最初のうちは他社に卸していたが、最終的にはミチコーポレーションのブランド『ぞうさん緑化マット』として販売を始めた。屋上緑化用の建築資材としてゼネコンや造園会社などに営業をかけてみたところ、少しずつだが売れ始めた。さらに幕張メッセで開催されたガーデックスや、東京国際フォーラムで開催されたベンチャーフェアなどにブースを出店して販売代理店を募ったところ、全国に10社の販売先ができた。

最初はまったく期待はずれの玄関マットだったが、ココナッツミルク工場から出たヤシ殻廃棄物のエコロジーな有効利用と、日本の農家の休耕田の活用、屋上を緑化することでCO2の削減ができるという、一石多鳥のエコ商品に進化したのだ。

僕はこの緑化マットを使った屋上緑化システムを『グリーン・エブリウェア・プラン（GEP）』と名付けてブランド展開した。略すと「ゲップ」になるのは偶然にすぎない。

ぞうさん緑化マットが売れはじめた勢いでミチコーポレーションは東伏見駅前のビルを丸ごと1棟借りて、一階を倉庫、二階を事務所と商談室、三階をショールーム、そして屋上を緑化マットの展示場にした。

ビルの壁には一面にミチコーポレーションのロゴマークをペイントし、駅からも目立つ、丁度いいランドマークになった。屋上からは富士山が見えた。

もともと僕は高いところが好きなこともあり、屋上でよくピクニック感覚でランチを食べていたが、ぞうさん緑化マットが一面に敷き詰められてからは、蝶々が飛んで来るようになり、さらに居心地がよくなった。

会社は急成長していたが、**資金的には相変わらずギリギリの自転車操業**だった。新製品の開発費はばかにならなかったし、それらの在庫を常に抱えていた。スリランカの工場スタッフの給料は、黙っていても毎月羽が生えたように出ていった。

さらに日本のスタッフも7名に増えていた。会社自体はミチと宮田さんが中心となってまわしていたが、営業とウェブ制作、物流などで新しく4名のスタッフが入社していたのだ。

僕は相変わらず日本とスリランカを往復する日々だった。

変わり果てたニシャーラ

その日は朝から強い雨が降っていた。

僕はコロンボのオフィスで午前中いっぱい雑務を処理していたが、お昼に運転手のマンジューラがソワソワしはじめたので、ランチに連れて行った。1時間後、満腹になった僕らがオフィスに戻ると、ちょうど同じタイミングでニシャーラがやって来た。

数か月ぶりに会うニシャーラの変わり果てた姿を見て、僕は目を疑った。

いつもは自分で車を運転して来るか、もしくはバスでやって来るニシャーラが、その日は友達の運転する車の助手席に乗って、僕のオフィスにやって来た。

「ハイ、ミスターウエダ、元気ですか？」

雨に濡れた頬は、げっそりと痩せて血の気が失せているように見える。以前とはまったく別人のようだ。

「やあ、ニシャーラ、ハワユー？」

なんとかそう応えたが、僕は次の言葉を詰まらせてしまった。

—ずいぶん痩せたなあ…

それは偽らざる僕の実感だった。

「大丈夫ですよ、ミスターウエダ。このところ胃をやられてしまって食べられないんです。すぐに良くなると思います」

僕と一緒にやっていた頃のニシャーラは、むしろ腹が出てきつつあったのに、目の前のニシャーラは鶴のように首がほっそりして、頭蓋骨がくっきりと分かるくらい肉がこそげているのだ。

—この激ヤセは、ただごとではないぞ…

僕は癌を疑った。

「ニシャーラ、絶対検査したほうがいいよ。コロンボにいい設備がある病院がないんなら、日本に来いよ。オレがいい病院を探して、検査の予約をしてやるからさ」

「ありがとう、ミスターウエダ、でも本当に大丈夫」

「いや絶対に検査をしたほうがいいよ。十文字さんも心配してるだろ」

僕は少しためらってから、ニシャーラに訊いた。

「ところで十文字さんはどうしたの？　元気でやってるの？」

「はい、元気でやってますよ。今は子どもと一緒に日本にいますが」

十文字さんが頻繁に日本に帰っているのは、共通の知り合いから聞いていたが、こんなときはスリランカで一緒にいるとばかり思っていたので、ひどくやつれたニシャーラを見て心配になった。

「ミスターウエダ、これが娘の写真です。私も父親になりました」

ポケットからミニアルバムを取り出すと、はにかんだようにニシャーラは白い歯を見せた。しかし、その笑みには少し寂しそうな影があった。

「ミスターウエダがミチランカの仲間に、よく子どもの写真を見せてくれたのを思い出します」

「ああ、そんなこと、よく覚えてるね」

「実は一度だけ、あなたが夜中に子どもの写真を見ながら、寝室で泣いているのを見てしまったことがあったんです。あのとき私はあなたの気持ちを理解できませんでしたが、今はよくわかりますよ」

写真をじっと見つめながらつぶやいたニシャーラは、僕を見てふたたび寂しそうに微笑んだ。

急にしんみりしてしまったので、僕は元気づけようとニシャーラの肩をたたいた。

「そうか、おめでとう、ニシャーラにそっくりじゃないか、十文字さんにも似てるなあ、この子は美人になるぞ」

「この娘はミスターウエダの姪っ子でもあります。だって私たちは兄弟だって、いつも言ってたでしょ！」

「そうだよな。オレたちは兄弟だよ。ミチランカの頃から、いいときも悪いときもずっとタッグを組んでやってきた兄弟だもんな。だからお前が父親になってすごく嬉しいよ」

「ありがとう、ミスターウエダ。私の娘のこと、これからもよろしくお願いします」

その後も僕とニシャーラは2時間近く話し込んだ。

そのうち彼の顔色が悪くなってきたのがわかった。

「そろそろ私は帰ります。少し疲れたみたいです。ミスターウエダ、お元気で。ミチさんと子どもたち、宮田さんにもよろしく伝えてください」

「わかった。気をつけて帰れよな。十文字さんによろしく！」

そこまで言ってから、僕は祈るような気持ちでニシャーラの手を取った。

「オレたち、またすぐ会えるだろ？」

ニシャーラは、小さく笑って手を握り返した。その掌は驚くほど痩せて冷たかった。

「さよなら、ミスターウエダ。オール・ザ・ベスト！　体に気をつけて」

ワイルドパステルの開発

その頃、僕は数年前から熱中して開発を続けていた『ワイルドパステル』の商品化についに成功した。

原材料を何度も変更しながら試作を重ねていたが、なかなか硬さや粘り、描いたときの伸びと定着がうまくいかずにいた。それがようやく理想に近いものになったのだ。

ワイルドパステルは、材料が全て自然素材でできている。特にこだわったのは7つの成分。天然の粘土カオリン、蜜ろう、ラバーシードオイル、パーム油、ジャックフルーツのバーム、カシューナッツの樹液、そして秘密のシークレット成分だ。ジャングルにある素材だけを利用し、ほぼ手作りで作られたパステルなのだ。だから万が一、小さな子どもが口に入れても全く問題ない、ノープロブレムだ。この安全安心がワイルドパステルの大きな売りになっている。

さらに油絵のような、厚みのある表現ができるのも特徴だ。違う色同士が混ざると、絵の具のように新しい色に変わり、グラデーションなど、表現力が通常のクレヨンとは全く違うのだ。ガラスや布、陶器などにも描けるので、作品作りの幅が広がるのも大きな強みになった。

価格帯も通常のクレヨンやパステルと同じにして、ドイツ製の蜜ろうクレヨンなどの高級路線ではなく、子どもたちが気軽に大胆に使ってもらえるようにした。

このワイルドパステルで、僕はミチランカの頃のように、子供絵画コンクールを開催したいと考えていた。できることなら、またニシャーラやティトたちと一緒に、日本とスリランカの子どもたちや、そのほかの国も巻き込んで、素晴らしい絵画を描いてもらいたかった。

２００８年に新しく正社員として採用した営業担当の佐々木さんは、元々東急ハンズ出身だということもあり、このワイルドパステルをハンズ全支店をはじめ、全国の画材専門店に営業をかけてくれていた。

そして佐々木さんのおかげで、その年のクリスマスに、文房堂本店四階のギャラリーで、ワイルドパステル絵画展を開催することになった。

ギャラリーのワンフロア全てを使って、ぞうさんペーパーの画用紙にワイルドパステルで描かれた子どもの作品や、佐々木さんの知り合いの作家数名の作品を展示した。

オープニングイベントで、僕はバンドを組んで、ライブ演奏を披露した。ＦＭ西東京のラジオ番組で宣伝したこともあり、たくさんの人たちが駆けつけてくれた。

展示作品は好評で、ワイルドパステルの素晴らしい表現力は話題になったが、僕らのバンドの評判はイマイチだった。

ニシャーラからの電話

ぞうさんペーパーグッズとワイルドパステルの組み合わせは、新たな事業のきっかけになった。ワイルドパステルが東急ハンズで特集を組んでもらったことがきっかけで、今まであまり目立たなかった天然ゴムフィギュアシリーズなど個性的な商品もメディアなどで紹介されはじめたのだ。

知名度が少しずつだが上がってきたことから、他業種とのコラボ企画の話が来るようになった。まずは、ぞうさんペーパーでヒルトンホテルのチョコレートボックスの生産を開始したことを皮切りに、トヨタのエコカープロジェクトの目録制作や、アニエス・ベーとのコラボ商品の開発、テレビ局制作の劇場映画のオフィシャルグッズや、絵本雑誌ＭＯＥとの共同企画で絵本作家とのコラボスケッチブックなども作らせてもらうことになった。

どの案件も初めての試みで苦労もしたが、ものづくりの会社として成長させてもらえていると実感できた。スリランカの工場スタッフは、ゾウの糞で作った紙で、ヒルトンホテルのチョコレートボックスを作ると聞いて、クスクス笑っていたが、実際にチョコレートが入った後の高級感溢れる商品がガラスケースに並ぶ様を見たときは、みんなの表情が自信にあふれた。

そんな充実感を覚えながら仕事に没頭していた頃だった。久しぶりにニシャーラが西東京市の事務所に電話をしてきた。

「ハロー、ミスターウエダ、元気ですか？」

「ニシャーラ、ひさしぶりだね。元気か？」

「私は、元気です…」

ニシャーラはそう言ったきり、黙り込んでしまった。

特に用があるわけではなさそうだった。ただ僕の声が聞きたかったのだろう。

僕は最近の消息を一方的にしゃべった。

「最近、ゴールデンレトリバーを飼い始めたんだ、散歩が大変だけどかわいいぞ。オレの子どもたちか？」

「……」

「元気だよ。お前の娘はもうスリランカに戻ってきたのか？　まだか…、オレの気持ちがわかったって？　そうか、そろそろ首がすわる頃か、可愛いだろうな、わかるよ」

「……」

僕は気にもせず一方的に話し、それをニシャーラが聞き耳を立てる、みたいな感じになった。

もともと無口なニシャーラだが、彼がじっと僕の話を聞いていることはわかった。だから僕は返事を気にもせずしゃべり続けた。

「それで日本にはいつ来れるんだよ。来たときはうちに泊まれよな」

「……」

「お母さんは元気か？　妹はまだ日本語勉強してるの？　お姉さんのランカは婚約解消されたんだって？　まだまだチャンスがあるから心配するなって言っておけよ」

「……」

「そりゃそうと、ビジネスの方は大丈夫か？　お前がいないからミチコーポレーションは大変だよ。ツシッタは遊び呆けてるし、工場のマネージャーがマリファナばかり吸って働かないからクビにしたよ、まったくどいつもこいつもさ」

そこまで一気に喋ってから、ずっと気になっていたことを、ようやくニシャーラに訊いた。

「この前、えらく痩せていたけど、もう大丈夫なのか？　検査したほうがいいよ。なんならオレが日本の医者を紹介してやるから」

ニシャーラは、それでも黙っていた。

「お前、本当に元気になったのか？　オレにはなんでも本当のことを話せよ、オレたちは兄弟なんだから、そうだろニシャーラ」

横で呆れた顔をして聴いていたミチが口をはさんだ。

「ヒサシばっかり話してるじゃん、ニシャーラが何か話したいことがあるんじゃないの？」

——そうか。

「ニシャーラ、何かオレに話したいことがあるんじゃないのか？」

その問いに、ようやくニシャーラは応えた。

「ノーノー、特に何もないですよ。ただミスターウエダの声が聞きたくて…」

「それならいいんだけど、あまり心配かけるなよ、ニシャーラ」

「話せてよかったですよ、ミスターウエダ」

「またコロンボで、タイ料理でも食べような。そうそう、ニシャーラの好きなチョコパイを持って行ってやるよ」

「ありがとう、ミスターウエダ」

「またオレからも電話するよ、ニシャーラ」

そういって電話を切ろうとした耳元に、ニシャーラの消え入りそうな声が聞こえた。

「さようなら、ミスターヒサシウエダ…」

韓国からの問い合わせ

ぞうさん緑化マットが軌道に乗りはじめた頃から、何度か韓国からメールの問い合わせがあったのは目にしていた。しかし僕はそれを敢えて無視し、返信を先送りにしていた。

以前にも2、3社の韓国企業から問い合わせが来たことがあったが、どこもサンプルを送らせただけで音沙汰がなく、またそのテのメールだろうと開きもせずにそのままにしていた。その後も何度か不在のときに電話ももらっていたが、折り返しの電話をすることもなかった。

その日もまた、同じ会社から電話がかかってきた。応対した宮田さんが英語で何やら喋っていたが、僕は気にもせずに横のデスクでヤフーニュースをチェックしていた。

久しぶりに聞く宮田さんの英語は、以前に比べると格段に上手になっていた。

「ジャスタモーメン、プリーズ（少々お待ちください）」

電話を保留にして、宮田さんが振り向いた。

「社長、またこの前の韓国の会社からです。フーンさんという名前の方です」

「ふーん…」

そう言って宮田さんの顔をチラッと見ると、「早く電話にでるように」と目で僕に訴えた。仕方なく、保留ボタンを解除して電話に出た。

「ハロー、ウエダスピーキング」

「ハロー、私は韓国のフーンと申します。御社のぞうさんペーパーを韓国の雑誌で見つけました。一度植田さんにお会いしたいと思い、何度か連絡させて頂きました。もちろん商品も購入したいと思っています」

いま日本にいるので、できたら持って帰られる量だけでも購入したい、とフーンさんは言った。

「実は我々は今、御社のオフィスから近い新宿にいます。もしご迷惑でなければ今から訪問してもよろしいですか？」

「今からですか？ まいったなあ、今日の今日では少しスケジュール的に難しいかもしれませんね」

実は暇だった。その日はなんの予定も入っておらず、僕はまったりしながらネットニュースに目を通していたのだ。ただ、ヒマな会社だと思われるのもなんだと思い、多忙感を演出したのだ。

「でもなんとか時間を取りましょう。もし、すぐ来られるのであれば歓迎しますので、ぜひお越しください。テイクケア！（気をつけて来てね！）」

「ありがとうございます。それではすぐに向かいますので後ほど。シーユーレイター」

その20分後、フーンさんと連れの2名の計3名が事務所を訪ねて来た。

「お忙しい中、ありがとうございます」

通訳らしき男性が、日本語で挨拶を代弁した。

「私はフーンです。日本のキャラクターグッズを輸入してネット販売をしています。隣のこの方は、韓国で環境NGOの理事をしているヒョンさんです」

「アンニョンハセヨ」

僕が片言の韓国語で挨拶をすると、フーンさん一行は嬉しそうに笑った。

「私たちは、あなたの会社のぞうさんペーパーグッズ、そして天然ゴムフィギュア、ワイルドパステルの3つのシリーズに興味を持っています。ぜひ、お話を聞かせてください」

フーンさんは、静かで落ち着いた雰囲気で誠実な人のようだ。見た目は柔道家のようにガッシリした体格で、あまり英語は話せないが、笑顔を絶やさず、僕の話を注意深く聴いていた。

ミチがフーンさんに渡す見積書を作成している間、僕は彼に聞かれるままに、スリランカでの苦労話や失敗談を話して聞かせた。

「ウエダさんの話は本当に面白いです。商品も素晴らしいです。ぜひ取引させてください。今日、購入する商品の分は、今すぐに現金で支払いますので」

フーンさんの好感度は、さらにアップした。

「ありがとうございます。そろそろお昼だし、僕がランチをご馳走しますよ。この近くのレストランですが、よかったら行きましょう！」

――どこが忙しいだよ！

僕は自分に苦笑したが、商談が決まれば見栄も何も関係ない。僕らは歩いて3分の近所にあるファミレスに入り、全員が日替わりランチをオーダーして、生ビールで乾杯した。

ランチを食べながら歓談していると、フーンさんは見た目は違うが、なんとなく雰囲気がニシャーラに似ていて、初めて会う気がしなかった。彼とのビジネスならうまくいく、と僕は直感した。

その1週間後、フーンさんから2度目のオーダーが来た。前回の10倍の量のオーダーで、支払いも前払いだった。

―やっぱり直感は裏切らない。

「ひゃー、ランチを奢ってあげてよかったな」と、僕は小躍りした。


それからさらに数か月後、フーンさんからインターネットテレビ電話のスカイプで連絡が来た。

「植田さん、以前紹介してくれた商品で、屋上緑化のマットがあったでしょ、あの商品をソーシャルビジネスモデルコンクールに応募したら、驚いたことに決勝に進出したんですよ!」

興奮気味にフーンさんはモニターの向こうで喋っている。

「グランプリを獲れるかはまだわかりませんが、事前に投資家を集めて説明会を開きたいと思っているんですよ。もし可能なら、そのときに植田さんに韓国のテグに来てもらって、直接投資家の皆さんにプレゼンしてもらうことが出来れば助かるんですが、いかがでしょうか?」

フーンさんは身を乗り出すように、スカイプの画面からこちらをのぞき込んだ。画面から飛び出してくるのではないかと思った。

「もちろん旅費をはじめとする全ての経費は私の方でお持ちします。ぜひ韓国に来てください」

「韓国で僕がプレゼンですか? でも、投資家の人たちに何を話せばいいんですか?」

「以前、植田さんが私に話してくれた内容をそのまま話してもらえれば結構です。パワーポイントで見せながら説明してください」

「わかりました。それで、いつ頃ですか？」

「出来れば来週中にお願いします。週末を挟んで4日間くらいでどうでしょうか。週末は私の実家にご招待しますので、一緒に美味しいものを食べましょう」

「わかりました。お役に立てるかわかりませんが、よろしくお願いします」

久しぶりの韓国だった。

印刷機械のブローカーをしていた頃、何度かバイヤーの招待でソウルの印刷工場団地で商談をしたことはあったが、テグは初めてだった。成田空港からはたったの2時間半なので、気楽なフライトだった。

空港にはフーンさんが迎えに来てくれていた。

「ようこそ韓国へ。お腹が空いていますでしょ。よかったら、今からランチに行きませんか。焼酎を飲みながら美味しいサムギョプサルを食べましょう。夕方からホテルに投資家たちが集まってくれますので、ぞうさん緑化マットのプレゼンをお願いします」

「わかりました。でも、プレゼンの前にアルコールを飲んでも大丈夫なんですか？」

「もちろん。韓国では当たり前のことですよ」

「へえ、そうなんですか」

その夜のプレゼンは上々だった。フーンさんに説明したときの調子でやっただけだが、手応えは感じた。さっそくその場で、数名の投資家がフーンさんの会社を支援をしてくれることになった。緊張でゲップをしていた頃を思うと、人前で話すのは随分上達したようだ。

初日で目的は達成できたが、帰国までは後1日半残っていたので、僕とフーンさんはテグの街をふたりで飲み歩いた。フーンさんとは、何かと気が合った。新しいニシャーラと出会ったような感じだった。

「将来は一緒に何か事業を立ち上げましょう。韓国と日本がもっと仲良くなる様なビジネスを」

最初に会ったときは、フーンさんは英語も日本語も話せなかったが、今は英語と日本語とを上手に組み合わせて、自分の夢や希望を熱く語った。

「植田さんとビジネスをするために、私は妻と一緒に毎日英語と日本語を勉強しているんです。私と妻は植田さんと家族になりたいんですよ」

フーンさんは、僕をかいかぶっているのではないかと心配になるほどサービス精神を発揮して、公私ともによくしてくれた。

韓国で大ブレイク

テグのプレゼンから数週間後、フーンさんとは毎日のようにスカイプで話をするようになっていた。

ある日の会話でフーンさんは、決勝進出を決めていたソーシャルビジネスコンテストで、『ぞうさん緑化マットプロジェクト』の前評判は上々で、我々はグランプリを獲得する可能性は高い、そう話した。

「下馬評では我々のプロジェクトがトップ3に入っているようです。これがもしグランプリに決まったら投資家は喜びますよ。間違いなくビジネスチャンスに繋がります」

やけに自信満々なフーンさんは、すでにグランプリになった後の賞金を何に使おうか、と悩んでいると笑った。

しかし結果は、準優勝。フーンさんは唇と尖らせて残念がった。

「準優勝なんて、悔しいです！」

「全国で準優勝なんてすごいよ、フーンさん。半額でも賞金は貰えるんだし、最高じゃないか、オレは充分満足だよ」

僕は心から嬉しかった。ほとんど期待していなかったからだ。準優勝でも儲けものだ。

フーンさんと組んでから、韓国でのビジネスは予想以上にいい展開になった。2011年開催予定の世界陸上大邱大会の公式看板に、ぞうさん緑化マットが採用されることになり、40フィートコンテナに満載のぞうさん緑化マットの注文が来た。さらに1か月後には、また同じ規模の注文をもらうことになった。

40フィート1本満載で9千枚になる。1枚の価格が船に乗せるまでのコスト込みで3ドルだから、当時のレートで約400円×9千枚の計360万円の売り上げになった。もし毎月1本のコンテナが輸出ができれば、年間4300万円の売り上げになるのだ。

さらに良いことは続いた。韓国の新聞や雑誌、テレビなどでぞうさんペーパーやワイルドパステルが紹介され始めたのだ。僕が韓国へ出張すると、突然に新聞記者が来てインタビューを受けることもあった。

韓国の新聞に紹介された記事を、僕は自分のフェイスブックのページなどで紹介して喜んでいたが、その記事を見た**韓国国営放送・KBSのプロデューサーから、直接日本のミチコーポレーションにドキュメンタリー番組の取材申し込みが来た。**

すぐにフーンさんに連絡して、番組担当プロデューサーとソウルで打ち合わせをしてもらった。その1週間後から、僕はフーンさんと共に、1時間のドキュメンタリー番組制作のために、日本とスリランカでの活動を、約1か月間にわたり密着取材を受けることになった。日本でもそんな経験がなかったのに、韓国の国営放送でドキュメンタリーを製作してもらうとは夢にも思わなかったし、ビジネス的にはビッグな予感を感じた。

ぞうさんペーパーグッズやワイルドパステルは韓国マーケットで順調に売り上げを伸ばし、特にワイルドパステルは韓国でコピー商品まで出回るようになった。こうした動きは、韓国でのエコロジー商品や社会起業家ブームの波に乗った結果だった。

韓国でのビジネスが軌道に乗ると、フーンさんは韓国の新聞にコラムを連載するようになり、テレビ番組にレギュラー出演するようになった。僕も毎回の韓国出張が楽しみになっていった。フーンさんは多くの韓国人の仲間を紹介してくれたが、僕を紹介するときには必ず「日本の家族の植田さんです」と紹介してくれた。こうして僕らの信頼関係はより強いものになっていった。お互いに行き来する頻度も、ビジネスの成長に比例して多くなっていった。

何しろ韓国は近い。

スリランカへ行くのに10時間前後かかるのに対し、韓国は2時間そこそこで着いてしまう。さらに食事も毎日カレーのスリランカに比べ、韓国料理は種類も豊富で、うどんやラーメン、焼肉など、日本でも食べ慣れているメニューが多く、しかも美味しいのだ。

コロンボのツシッタに韓国料理の写真を送った。

「料理はスリランカより韓国の方が美味いと思うよ」

「ちょっと待てヒサシ！　スリランカには、まだまだお前が知らない美味しい料理が山ほどあるんだぞ。バナナの花のカレーを食べたことはないだろう。あれは絶品だぞ。それからジャックフルーツのカレーはどうだ。ジャックの大きさに合わせて何種類も調理方法が変わるんだぞ。パッションフルーツのカレーもあるという事実を知らないだろ。だからもっと昔みたいに頻繁にスリランカに来いよ、夏には家族で来い、キャンディでペレヘラ祭りがあるから一緒にアラックを飲もうぜ」

韓国の話をするとツシッタはジェラシーを爆発させて体をくねらせたが、なんといってもスリランカは僕の生産拠点であり、工場やオフィスもあるため、韓国よりもたくさん行かなくてはいけないのは変わらない。

「ドンウォーリー！（心配するな！）」だ。


３月の、ある晴れた日の午後のことだった。

取引先での商談後、オフィスへ戻るために車で移動中の僕の携帯が鳴った。

ミチからだった。

「今、環八で高井戸付近を運転中なんだ、あとでかけ直すよ」

「さっき、コロンボの十文字さんから電話があってね…」

「え、十文字さんが？　珍しいな」

「ニシャーラが…」

そこまで言って、ミチが黙り込んでしまった。

「ん？　ニシャーラがどうした？」

嫌な予感が、さっと頭をよぎった。

友との別れ

「何？　どうしたって？　ニシャーラがどうしたんだよ」

「…亡くなったって…。十文字さんがそう言って…」

「え？」

電話の向こうのミチの声は嗚咽で聞き取れなくなってしまった。

「嘘だろ…」

僕はいったん電話を切って、宮田さんの携帯電話にかけ直した。しかし宮田さんも同じように、まともに話せない状況だった。


―ニシャーラが死んだ…

その言葉が現実に何を意味しているのかピンとこないまま、僕は四面道交差点を左折して、青梅街道を走り続けた。窓を流れる景色が、何を訴えることもないまま流れて行く。

はやく事務所に帰って事態を知りたくて、赤信号で止まるたびにイライラしたが、現実を知らずに済むのなら、このまま信号が変わらなければいいのに、とも思った。僕は頭がすっかり混乱していた。

事務所に帰ると、ミチと宮田さんが目を真っ赤に腫らしていた。

「ただいま」

僕も、そういうのが精一杯だった。

「…癌だったって…」

ふたりは泣きじゃくっているばかりで、あとは言葉が出ない。

僕は独りになりたくて、ショールームのある三階へ上がった。そして、無意識に何件か仕事の電話をしたりメールの返信などの雑務をしていた。とにかく目の前の現実から逃避したかった。

しかし意識はどうやってもニシャーラから離れることはなかった。

ふっと、最後に会ったときの、激痩せしたニシャーラを思い出した。あのとき、子どもの写真を嬉しそうに見せていたニシャーラの寂しそうな笑顔が頭に浮かんだ。

―やはりニシャーラは癌に冒されていたのか。

確かに僕は、ニシャーラを本当の弟のように思っていたはずだ。

それなのに悲しさがこみ上げてこないのが不思議だった。

―身近で本当に大切な人間が死ぬというのは、こんなものなのだろうか…？

ニシャーラと最初に会ったとき…、その記憶はよみがえらなかった。ティトやウダヤに比べると、ニシャーラは無口で目立たなかったからだ。一緒に仕事をしていくうちに、ニシャーラは他のスタッフには代え難い人間になっていった。僕が日本にいるときはスリランカのほとんどの仕事をニシャーラに任せていたし、数年後には僕の右腕のような存在となっていた。

キャンディのオフィスを閉めてコロンボに移るとき…。ペットボトル工場を立ち上げたとき…。ウダヤやエリックが引き抜かれていった後も、ニシャーラだけは僕についてきてくれた。大津波がスリランカを襲ったとき、空港爆破テロのとき、国会で記者会見したとき…。子どもの写真を嬉しそうに僕に見せたときの、笑みにこぼれていた白い歯…。

懐かしい思い出を頭に浮かべてみたが、涙は出てこなかった。ただただ、僕は茫然とするばかりだった。

その夜、帰宅してから自宅の四畳半の小部屋にこもって、こっそりとニシャーラの実家に電話してみることにした。別にこっそりする必要もないのだが、ミチに聞かれてまた泣かれたりするのが嫌だったからだ。

電話には一番上の姉のランカが出た。今にも泣き出しそうな小さな声だった。

「ランカかい？ 久しぶりだね、ヒサシだよ」

「ハイ… ミスターウエダ、ハワユー?」

「特に変わりはないよ、いつもどおり…」

「そう、良かった…」

ふたりとも、なかなかニシャーラのことを切り出せないでいた。それでもランカが大きな悲しみに耐えているのはわかった。

「ニシャーラが、死んじゃったね…」

「そうなの。それで私たち、まだ悲しみが癒されなくて、辛くて、辛くて、本当に辛くて…」

ランカの泣き崩れる声を聞いたと同時に、ニシャーラの死が現実のものとして僕を襲ってきた。

「そうか…。ニシャーラが死んだのは、やっぱり本当だったんだね…」

そして、僕の目からスーと涙がこぼれ落ちた。

ランカの猛烈な泣き声の後ろで、ニシャーラの母親の嗚咽が聞こえた。さらに妹や弟の激しい泣き声が加わり、僕の涙もさらに勢いを増していった。

思えば僕の人生で、身近な友人が死んだというのは、生まれて初めてのことだ。保育園児の頃に父方の祖父が、そしてシドニーに居るときに母方の祖父が亡くなっていたが、ニシャーラが死んだ悲しみは、それらとはまったく違っていた。心の準備と覚悟が全くない中で、ゲリラ的に突然撃ち抜かれたような感じだった。

まさか同じ歳のニシャーラが、こんなかたちで先に死ぬとは思いもよらなかった…。

まだ若く夢も野心もあったニシャーラ。結婚式で、子どもは5人ほしいと話していた。長男としての責任感が強く、兄弟思いで、成功したらお母さんのために大きな家を建てたいと話していた。

―まだまだ、これからの人生なのに…

初めての娘が生まれたばかりだったニシャーラは、さぞ無念だったろう。悔しかっただろう。

涙が止まらない。ポタ、ポタ、とデスクの上に大粒の涙が落ちる。

内戦や大津波など、あれだけ多くの人たちの死を目の当たりにしたにもかかわらず、**たった一**

人の友が亡くなっただけで、これほど辛いとは思いもよらなかった。

僕とランカは電話越しにしばらく泣き続けた後、「辛いけど耐えるしかないよ、頑張ろう」と励まし合って電話を切った。

ニシャーラが僕に最後に電話をかけてきたとき、彼はいったい何を僕に伝えたかったのだろうか。

「きっとヒサシに、何か話したいことがあったんだよ」

ミチは何度もそう言ったが、その答えを、もう知ることはできない…。

最終章　決断の連続だよ、人生は

東京・コロンボから限界集落へ

２０１１年。

８月の芸北の空は驚くほど広く、青く、そしてビューティフルだった。空気が澄んでいるからだろう。

「涼しいね」

「風がすごく気持ちいいね」

家族４人で散歩する山道には、ひとっ子ひとりいない。ただ近くの川のせせらぎと風の音、鳥の声が聞こえるだけだ。

「夏なのに本当に涼しいよね。東京の夏はクーラーが無いと寝られないけど、ここは布団がないと寝られないくらいだもん」

ミチが楽しそうに言った。

子どもたちは、カブトムシやクワガタを見つけると、恐る恐る捕まえて、緑色のプラスチックの虫かごに入れては大はしゃぎしている。

芸北がある北広島町は広島県の町だが、瀬戸内海沿いではなく、日本海に近い標高７００メートルの過疎の進む田舎町。山々は美しく、真夏の8月だというのに、夜は寒くてコタツがほしくなる日もあるくらいの高冷地だ。そして、僕ら家族は、子どもたちの夏休みを利用して、かつて僕の祖父母が暮らしていた築80年の空き家に、**一か月間だけ試しに寝泊まりしながら、この芸北に移**

り住むかどうかを決断しようとしていた。

ニシャーラが死んでから、僕はいろんなことを考えるようになった。

僕が死んだら、ミチや子どもたちはどうなるんだろう。会社や社員とその家族は、ツシッタや工場のスタッフたちはどうなってしまうのか。

—あの若さで、なぜニシャーラが癌になって死んでしまったのか？

僕は食の安全についても執着するようになった。

自分なりに色々と調べていくと、日頃の生活習慣や食材に行き着いた。そして、僕は食の安全について考え直すようになった。

仕事上、様々な環境商品やオーガニック食品を販売するため、食の安全についての情報と接する機会は少なくなかったが、知れば知るほど普段の生活の中で何を食べたらいいのか、特に子どもたちにどんな食生活をさせたらいいのか迷いが生まれてきた。ジャンクフードや遺伝子組み換えの農作物、添加物だらけの食品…。

—こんなものばかりを家族に食べさせていていいのだろうか？

僕は少しずつだが、自給自足や自然エネルギー、サバイバルなどにも傾倒していった。挙句、自宅近くの都民農園の一角を借りて、野菜作りを始めた。大根や人参、白菜やスナップエンドウなど、20種類ほどの野菜を自家栽培した。農園での経験が増えるほど、自然栽培や土作りにも気をつけるようになった。

そして週末には山梨や栃木など、東京から1時間程で行ける田舎町の物件を見て歩いた。もしかしたら週末だけでも東京を離れて、どこかもっと自然に囲まれた田舎で暮らす可能性もあるのではないか、そんなことを考え始めていたのだ。

話は、芸北に体験移住する5か月前に遡る。

その年の3月、僕は韓国に商談に来ていた。

ぞうさんペーパーやワイルドパステル、ぞうさん緑化マットなどのスリランカ関連商品の他に、新しくスタートしたアパレルブランドの生産拠点の一つとして、ソウルに製品の縫製工場を開拓するために下見に来ていたのだ。

夢見荘時代に勤めていたアパレル機械の会社の元上司に紹介してもらったソウル市郊外のレザージャケットの縫製工場を訪ね、サンプル制作などの打ち合わせをした後、僕はフーンさんと合流して、ソウル市中心部のサムゲタン専門レストランで食事をしながら、次の日から3日間のスケジュールを話し合っていた。

「植田さん、ソウルでの商談が全て終わったら、**テグで生肉を食べに行きましょう**。精力がつきますよ！　週末には私の家族とも合流して、実家で美味しいものを食べましょう」

「フーンさん、ありがとう。でもフーンさんはどうしていつもそんなに僕に良くしてくれるの？」

「何を言ってるんですか！　私と植田さんは家族じゃないですか。家族に美味しいものを食べさせたいと思うのは韓国では当たり前のことですよ」

——家族か…

「**オレたちは家族だ**」と、僕もよくニシャーラに話していたのを思い出した。

サムゲタンの店を出た後も、フーンさんの友人が何人か加わり、僕らは店を変えて一緒に焼酎を飲み続けていた。

グラスが重なり、将来のビジネスや家族のことなどで話が盛り上がっていたとき、僕の携帯電話が鳴った。日本からだった。

「ヨボセヨ！（もしもし）」

おどけた調子で僕が韓国語で電話に出ると、フーンさんたちが爆笑した。

電話は愛知県の高校時代に、一緒に劣等生をしていた親友の狩野からだった。

「もしもし、植田お前、**地震、大丈夫だったのか？**東京はかなり揺れたらしいけど、家族は無事か？」

「何？東京の地震がどうしたって？今オレ、韓国に来てるんだよ」

「なんだ知らんのかお前！今すぐに家族に連絡取って安否確認しろ！東京どころじゃないぞ、日本中が今たいへんなことになっとるんや！」

「へ、嘘だろ？」

「嘘じゃねえ、東北はどえらい被害がでとる、ものすごい人数の犠牲者がでとるんや！あと、大津波、マジすげえぞ、俺あんなにすごい津波初めて見たてえ！」

「…マ…、マジかよ…」

すぐに、レストランのテレビをＫＢＳ放送に切り替えてもらった。ちょうど報道番組で、大震災のニュースが流れていた。

僕もフーンさんも愕然とした。テレビ画面には、東北の海岸線近くの家屋や田んぼが、次々に津波に飲みこまれ続ける映像が映し出された。さらに、首都圏での地割れや液状化、激しく破壊されたビル、そしてコンビナートが大爆発して火柱を噴いている様子などが報じられていた。

――し、信じられん…あれ、本当に日本なのか…

東日本大震災

すぐに僕は携帯で自宅に連絡を入れた。

「もしもし、ミチ？　地震があったらしいけど、そっち大丈夫なのか？」

「ああヒサシ、大丈夫！　でもすごい揺れたんだよ、怖かった。事務所のショールームも棚が全部倒れてガラスも割れたし、一階の倉庫もぐちゃぐちゃ」

「子どもたちは？」

「さっき、学校に迎えに行って、今ふたりともここにいるよ」

ミチのうしろで「パパー」と声が聞こえた。その不安そうな叫びを聞いた途端、僕はいたたまれなくなった。こんなとき、家族の力になれなくて、なにが家長か。

「明日一番の飛行機が取れたら、その便で帰国するよ！」

「ほんと？」と、ミチが声を弾ませて言った。

「ミチ、夜は全部の窓に鍵を閉めて、シャッターを閉じたらセコムのスイッチ忘れたらダメだよ」

「わかった。ヒサシも気をつけてね」

電話を切った後も少しの間、僕らはテレビに釘付けになって東北の地震被害の中継を見続けた。

「明日は生肉を食べにテグに行くのはやめましょう」

すみません、と腰をあげた僕にフーンさんは、悲しそうに顔を向けた。

僕は次の日からテグで予定していた全ての仕事をキャンセルすることにした。

「植田さん、今夜はもう焼酎を飲むのはやめて、日本の被災者のために祈りを捧げましょう」


ホテルに戻るとすぐに僕はネットで翌日の航空券をチェックした。しかし、欠航ばかりで座席の確保どころではなかった。

そこで僕はキャンセルや臨時便を当てにして、あくる日の早朝に金浦空港へと直接向かった。すぐにカウンターに走ると、奇跡的に朝一番の成田空港行きの便だけが運航することになり、運良くキャンセル待ちチケットを購入することができた。そして僕が搭乗した便が飛び立った直後、全ての東京行きの便が欠航になった。

あまりの運のよさに、僕は誰かが見守ってくれているのではないかと強く感じた。


成田空港に到着した僕は、空港内の異様な混乱ぶりに仰天した。空港のいたるところにたくさんの外国人が座ったり寝転んだりしていて、どこもかしこも人で溢れかえっている。場所によっては足の踏み場もないほどだ。

その間、何度も余震を感じた。その度に、あちこちで悲鳴があがった。

―みんなこの国から脱出しようとしているのかな…

床に寝転がって空席を待つ外国人たちをまたぐように避けて、僕は足早に成田空港の外へ出て車に飛び乗った。

予想通り高速道路は封鎖されていた。道路が地震であちこちに地割れを起こしているらしい。普段なら高速道路を使えば2時間で西東京市の自宅に帰れるのだが、一般道を迂回するしかなかった。どこもこれまで経験したことのない規模の大渋滞で、道路全体から殺気のようなものが伝わってきた。

何度もミチに電話をするが一向に繋がらない。不安に押しつぶされそうになりながら、僕はノロノロ運転の大渋滞の車中で事態の情報を仕入れていた。カーラジオから流れるＦＭのニュースや解説は、時間が経つごとに恐ろしい展開になっていった。原発事故と放射能汚染の見えない恐怖を、京都大学の専門家が解説していた。

「決して起きてはいけない事態がついに起きてしまいました。福島第一原発から１００キロ圏内の方は一刻も早く、正しい方向へ避難することをお勧めします。半径２００キロ範囲内にいる人たちも念のため避難しておいた方がいいでしょう」

そのとき、僕はメルトダウンという言葉を初めて聞いた。

専門家はゆっくりと悲しそうに、人類が存続の危機に直面しているという恐ろしい話を続けた。スリランカの大津波のときの、パニックになった被災地の記憶がフラッシュバックしてくる。そして前年のハイチの大地震後の暴動のことを思い出した。

―こんなときこそ家族と一緒にいなくてはいけないのに…

大渋滞の車内で何もすることができない無力感をひしひしと感じた。

結局12時間近くかかって、なんとか僕は西東京市の自宅に到着した。そしてその2時間後には、家族を車に乗せて7時間かけて愛知県の実家へと走った。実家で数日ほど様子を見てから、今度は家族をミチの実家のある福岡に連れて行った。ちょうどその頃、胃癌で入院していた義父のお見舞いを兼ねて、家族を2週間ほど福岡に滞在させることにしたのだ。

その間、福島第一原発でキノコ雲があがったような大きな爆発が二度あり、その映像を僕は何度か海外のウェブサイトで見た。

会社のことが心配だった僕は、家族をミチの実家に預けた翌日に一人、1200キロ離れた東京に車で舞い戻った。

東京では、ミネラルウォーターや電池などがスーパーに行っても品切れで買えない状況が続いていた。ガソリンもほとんどの店頭から消え、もし買えても一人数リットルしか売ってもらえない。たくさん買おうとすると「買占めだ」と非国民扱いのように白い目で見られるような状態だった。

僕は愛知県のガソリンスタンドで予備のガソリンを購入して東京に持ち帰り、緊急時用に備蓄していたが、結局は道路が封鎖されたら、何かが起きても脱出することすらできない。

普段、僕らが便利だと思って住んでいる都会は、地震などの災害時になるとこれほど脆く、不便になるのかと愕然とした。

――**いざというとき、この大都会で家族を守ることができるのか…**

僕は都会に住むことが、いつしか他力本願的に感じるようになっていた。自分の人生を誰かにコントロールされているように思えてきたのだ。

――一家の長として、そして会社の社長として、僕は家族やスタッフを守る義務があるのに…

震災をきっかけに、僕は今まで温めていた考えを実行しようと思うようになった。

—自分の人生を、巨大な何かにコントロールされたくない。全てを委ね過ぎるのは嫌だ。

僕は考えていた。

自分で水や野菜や米を調達できる環境に身を置きたい。そして地震や津波の危険が比較的少ない地域に家族に住んでもらいたい、と。

そこで僕は生活の拠点を東京から自然豊かで食料とエネルギー自給率が高く、活断層のない田舎に移したいと思うようになっていった。もちろん簡単なことではない。**子どもたちは転校しなくてはいけないし、まだ30年近くも住宅ローンを抱えている。**東京には本社もある。僕は経営者だ。社員や取引先もいるし毎月の融資の返済もある。

それとなく、ミチに話してみた。

「なあミチ、オレは家族にはいつも安全な場所にいてほしいんだよな。みんなの安否を心配しないで海外出張ができる場所だよ。これからもオレは世界のあちこちに行って仕事をするからね。日本で待っている家族に何かあったときのことを考えると、心配でクリエイティブな仕事なんかできなくなる。だから地震がめったにない活断層の少ない地域に引っ越したいんだ」

「え?」

引っ越し、という言葉にミチが小さく反応した。僕はかまわず続けた。

「引っ越すなら津波もこない、標高が高い場所じゃないとね。毎日子どもたちが食べる食材も納得できるものにしたいから、畑や田んぼも自分でやるのはどうかな」

ミチは相変わらず、キョトンとしている。

「肉や魚もそうだよ。だから狩猟や漁業もやるんだ。ガソリンで走る車だけに頼らなくてもいいように**馬も飼うよ**。家族4人が一人1頭ずつだから、4頭の馬を飼いたいな。オレの馬だけ白馬にするよ。そのためには馬場や広い牧場も必要だな。そんな生活ができる場所に引っ越したいんだ」

ミチが困惑しているのがわかったが、僕のプランはこれだけではなかった。

「それからエネルギーだけど、ソーラーパネルをたくさん輸入するよ。自家発電して蓄電をするんだ。蓄電バッテリーやコントローラー、インバーターも揃えなくちゃな…。それから小水力発電も考えてるんだ。だから川が敷地内にある土地を見つけるよ。それで地下には何年か分の食料を備蓄できるシェルターを作り、最終的にはそれらを商品化して…」

「ちょ、ちょっと待ってよ、何の話？　将来の夢の話でしょ？　すぐじゃないよね」

ミチは僕が淡々と話す内容を、壮大な老後の夢プランだと思ったらしい。

「もちろん今すぐじゃないよ、でも引っ越すなら早い方がいいと思うんだ、今年中とか。だから今度の日曜日から一緒に物件を探し始めようぜ」

「え？　いま、今年中って言った？」

「ハハハ、そうだよ」

「だって、ついこの前、私たちこの家を買ったばかりだよ。まだ30年近く残ってる住宅ローンはどうするの？」

それに、と顔を曇らせてミチは畳みかけてきた。

「会社は？　子どもたちの学校はどうするの？　転校させるの？」

「家は売るか、売れなきゃ、とりあえず賃貸に出せるだろ。会社は東京と田舎の両方で営業する。子どもたちは転校させて、田舎で子育てをする。オレは『**大草原の小さな家**』のチャールズみたいになるんだ、ヒヨリはローラになるんだな、ハハハ」

「ハハハ、って…」

ミチは頭が混乱している様子で、目をパチパチさせていた。

「でもヒロはもう5年生になるんだよ。転校なんかして友達と別れたくないんじゃない？…サッカーだってやっとチームのレギュラーになったのに。イトマンの水泳教室だってもうすぐ一級になれるって張り切ってるよ」

ミチの反対理由は、いくらでも出てきた。

「ヒヨリだってまだ小さいけど、赤ちゃんの頃からずっと仲良しの友達と別れたくないんじゃないかな」

「子どもたちは説得するしかないよ。なんとかなるだろ」

「そうかなあ。それに田舎に引っ越しても地元の人たちになかなか受け入れてもらえなくて孤立しがちだって聞くけど。仲間はずれにされたら子どもたちかわいそうだし、あたしだって…」

「とりあえず物件を見てみようぜ。大自然の中でスカッと暮らすのは、子育てにもきっといいよ。自家製の米や野菜を子どもたちにたっぷり食べさせて、一緒に馬で突っ走るんだ、大草原をね」

「大草原なんて日本にあるの？それに馬って言っても、ヒサシ乗れるの？」

「おう乗れるよ。コロンボでいつも乗馬のレッスン受けてるんだ」

「いつの間に…」

「それに、田舎で新しいビジネスを起業するんだ。農業や漁業、狩猟に林業、これらに絡んだ商品開発をするんだよ。海が近ければ漁船も手に入れる。6次産業っていうらしいんだけど、実際、オレはすでに大体のことはスリランカで体験してきたからね。まあ、オレなら7次産業も8次産業だってやってみせるよ。8次だよ、全員集合！　なんてな、ハハハ」

ミチは僕のジョークはスルーして課題を並べた。

「それに、宮田さんたちはどうするの？　みんな東京に住んでるんだよ」

「説得して一緒に来てもらうよ、全員集合！　なんてな、ハハハ…」

「来るかなあ、来ないと思うなあ。ヒサシがそんな事言い出したら、**みんな辞めちゃうかもしれないよ**」

「田舎に行くのが嫌なスタッフは東京に勤務してもらってもいいよ。西東京市のオフィスはそのまま残すから」

「その話、ヒサシの中ではもう決定なの？」

「そんなことないよ、正直オレもまだ迷ってるんだ」

「・・・」

家族の拒絶反応に遭う

「ヒヨリはおウマさんに乗る！」

娘も最初のうちは転校して友達と別れることに難色を示していたが、馬に興味を惹かれて同意してくれそうだった。

しかし、息子のヒロヒロは最後まで抵抗した。

「ボク転校したくないよパパ。ねえ、お願いだから転校させないで。ボクはサッカー選手になりたいんだよ。日本代表になってワールドカップに出るって友達と約束したんだ。だから他の学校に行きたくないよパパ」

今にも泣きそうな息子の横で、「ヒヨリは行くよ、パパ」と、娘はお絵かき帳に馬の絵を描きながら嬉しそうに言った。ヒロヒロの顔を見るとかわいそうで心が折れそうになるので、僕はヒヨリと一緒に馬の絵を描いていた。

僕の中で候補地は二転三転した。最初のうちは山梨を中心に物件を見て回っていたが、東京が大地震の被害などで都市機能が麻痺した場合、おそらく近郊の田舎も同じように物流や道路などが機能停止になる可能性が高いと思うようになった。実際、震災直後は東京の隣接県のスーパーマーケットでも、納豆やミネラルウォーター、電池などが一斉に品切れ状態になった。バックアップ機能を考えると、本社のある東京から近い山梨よりは、首都圏から1000キロくらい離れた西日本の方がセキュリティ的にはベターだろう。

何度か岐阜にも家族で視察に出かけてみた。とても住みやすそうだったが、やはり中部大地震の発生率の高さが気になった。さらに真夏の気温の暑さは日本でトップレベルに厳しいことも気がかりだった。もしも真夏に停電してクーラーが使えない場合、熱中症になるリスクも否定できない。震災後の都内で計画停電を経験していたから、クーラーがないと暮らせないような、電気に依存した生活をしたくないと思った。

最後の候補地にあがったのが、広島県山県郡北広島町の芸北だった。小さい頃に何度か両親に連れられて行ったことがある程度で、知り合いもいなかったが、条件的には悪くなかった。広島は首都圏から1000キロ近く離れているし、芸北は標高が高く、夏でも涼しいという。

しかし、ミチも息子も移住には頑強に反対し続け、僕にもまだ迷いがあった。そこで僕が提案して、夏休みの8月いっぱいを、祖父母が住んでいた芸北の空き家で、試しに生活してみることにしたのだ。

湯けむりの中の決断

夏の芸北はとても涼しくクーラー無しで生活できるのが気に入った。近所に温泉施設があることも移住候補地としては高得点だった。東京では近所のスーパー銭湯によく行っていたが、いつも芋洗い状態で混雑していたし、本物の温泉ではなかった。それに対して芸北の温泉は、いつ行ってもお客さんが少ないため、まるで貸切温泉のようだ。もちろん本物の天然温泉で、しかも安い。

僕らは夏の日々をここで重ねるうちに、少しずつ芸北を気に入り始めていた。

「芸北での生活は幸せですか？」

ある日、僕は露天風呂で一緒になった、地元のお爺さんに話しかけてみた。

「そがあ聞かれてもなあ…」

そのお爺さんはしばらくの間、シワシワの目をつぶって考えていた。

僕はその間、お湯の流れる音を聞きながら、夜空を見上げていた。すると流れ星が一筋、山の端に流れて消えた。

しばらくして、お爺さんはつぶっていた目を開けて、しみじみと呟いた。

「まあ、ここでの暮らしは悪くはないよ」

お爺さんは満面に笑みを浮かべていた。

—ああ、ここの暮らしは良さそうだな。

そのとき、僕は直感的に広島に住もう、そう思った。


—そうだ、オレは自分の直感を信じてこれまでやってきたんだ。この町がいいんだろ？


どれほどリスクがあっても、深く考えないことで、やらない理由探しの誘惑に打ち勝ってきた。

その度に勇気を振り絞って決断してきたではないか。


学歴社会を脱してオーストラリアに渡ったとき。

帰国後は地元に戻らず、単身上京して自活し、ミチを迎えたとき。

退職と結婚と起業を同時にしたとき。

激しい内戦の国、スリランカへ行くと決めたとき。

助成金に頼らずに、有り金をつぎ込んでペットボトルのリサイクル工場を立ち上げたとき。

ゾウの糞の再生紙の生産ラインに残りの資金を全て突っ込んだとき。

ワシントン条約に阻まれて、経済産業省に引導を渡されても、諦めることを選ばなかったとき。

ぞうさんペーパーが軌道に乗った後も、資金を投入し続けて、ワイルドパステルや緑化マットなど、新しいチャレンジに賭けたとき…。

そして、東日本大震災をきっかけに、またしても僕は、多くの大切な物と引き換えに、人生の決断をしようとしていた。


「オレは、この芸北にしようと思うんだけど、ミチはどう思う？」

「うーん、もう少し住んでみないとわからないけど、ここの人はみんないい人たちみたいだね」


芸北に秋の風が吹き始め、体験移住も終わろうとしていた8月の末、僕はこの土地に移住する決意をしていた。

しかし、小学5年生の息子は最後まで反対した。転校すれば保育園から一緒だったそれまでの友達を失うことになる。サッカー教室の仲間たちとも離ればなれになるのだ。気持ちはわかり過ぎるほどわかった。僕の勝手な都合で申し訳ないとは思ったが、これも家族の安全と将来のためだと思い、心を鬼にして説得した。

ずっと抵抗していたヒロヒロだったが、まだ小学5年生で親と別れて生活するには小さすぎることもあり、最後は泣きながら諦めた。そして夏の体験移住から3か月後、娘のヒヨリと共に、東京の通い慣れた全校児童が１０００人近くいる碧山小学校から、約１０００キロ離れた小さな田舎町の学年全員でも7人しかいない芸北小学校へ転校することになった。

もしも家族がいなかったら、はたして僕はこの決断をしただろうか。やっと軌道に乗せたビジネスや住宅ローン、人間関係も全て絶たれる。

でも、今の僕ならこの決断を何度でも断行できるだろう。家族のためなら、僕は強くなれる。これからもそうだ。どれだけ反対されても、僕は決断する。いくらでも、何度でも、蓄積してきたものをリセットできるのだ。


こうして僕ら家族は、まだ30年の住宅ローンが残る、住み慣れた東京の家を引き払い、広島県北広島町の過疎の田舎町、芸北に移住した。

過疎が急速に進む田舎町

8月の芸北は確かに素晴らしかった。やわらかな風は薫り、大自然の絶景と小鳥のさえずり、そして安心して深呼吸できるきれいな空気と美味しい湧き水。芸北に住むことで、僕らの生活の質は間違いなく向上すると確信できた。

しかし、引っ越してすぐに、僕たち家族はとんでもないことに気づかされた。スリランカと違い、日本には四季があったのだ。夏が過ぎれば秋が来て、秋の次は冬が訪れる。そしてここ芸北の

12月はまるで別世界のように豹変し、厳しい冬となって僕ら家族に襲いかかってきた。

「ねえ、話が違うよ…」

ミチは芸北に移り住んですぐに、あまりの寒さで**低体温症**にかかってしまい、毎朝布団から出られず、ブルブル震えた。

「パパ、足の指が痛いよ。真っ赤に腫れちゃったんだよ、ほら」

子どもたちは自宅から約3キロの通学路を、大雪の中、長靴を履いて学校に通っていたが、すぐに足にびっしりとシモヤケができた。

芸北は、まるで名作テレビドラマ『**北の国から**』の北海道富良野のようなとてつもない**豪雪地帯**だったのだ。まさか自分自身が命綱を腰に巻いて、屋根の雪下ろしをすることになるなんて、想像もしていなかった。2メートルも積もる大雪で潰れそうになった古民家の、滑り落ちそうな屋根に登り、ひとりシャベルを振り回しながら、僕は自分のうかつさに腹を立てていた。

明らかに事前のリサーチ不足だった。なによりも困惑したのは、土地の閉鎖性だった。住み始めてからしばらくは、ほとんど町の人たちが声をかけてくれず、僕ら家族はいわゆる『**村八分**』のような状態だったのだ。

屋根の雪下ろしや凍った車に水をかけて溶かしている僕の方に、時々近所の通りすがりの人たちが視線を投げる。しかし彼らが声をかけてくることはなかった。

「こんにちは！　ここは雪がよく降りますねえ！　ハハハハ！」

「ああ…、こんにちは…」

——なかなか話をしてくれないなあ。

僕は精一杯の愛想を振りまいたが、彼らから声をかけてくれることはなかった。

僕が日頃、芸北の町内を足代わりに使っている車は屋上緑化仕様で、車体の屋根にぞうさん緑化マットがびっしり敷き詰められ、ボンネットに大きなゾウの絵が描かれている派手なコンパクトカーだった。そんなことも町民に抵抗感を持たれた原因の一つだったのは想像に難くない。

田舎暮らしは、ただ衣食住を賄うだけなら週末の別荘暮らしとなんら変わらない。地元の人たちのコミュニティに溶け込んで、互助関係の安全保障ネットワークの中で家族が生活すること、それこそが僕の理想の田舎暮らしなのだ。

僕はなんとか地元の人たちと仲良くなれるように、カフェでも始めてみようかと考えていた。美味しいスリランカのセイロンティやコーヒー豆を輸入して、彼らに提供するのだ。本場のスパイスのカレーを出すのもいい。豪雪地帯だから、逆にマンゴーやパパイヤなど南国の食べ物を提供しても面白いだろう。カフェの名前はどうしようか。

「芸北ぞうさんカフェ」にしよう！

ゾウは僕のビジネスパートナーであり、幸運を運んでくれるラッキーアニマルだ。地元の人たちが大勢来てくれると嬉しいのだが。

深く考えずにコツコツやっていけば、そのうち地元の人たちも心を開いてくれるだろう。どれだけ時間がかかるかわからないが、この芸北の町で、家族全員が地元の人たちの中に溶け込んで、気を使わずに仲良く幸せに暮らしていけるように、なんとか工夫して頑張っていこう、そう僕は心に誓っていた。

僕は**自由なビジネスマン**だ。人の目ばかり気にしていると、痛快な仕事ができなくなる。僕は誰からもコントロールされないために、これからも**必要なリスクも背負って、次々と自ら決断していくだろう。**

僕は考えていた。
ニシャーラを芸北に呼んで、一緒にイノシシ肉にかぶりついたり、地元の酒を飲み交わしたりしたかったな。あいつはチョコパイが好きだったから、田舎のおばあちゃんが包んだアンコ入りのよもぎ餅もニンマリして食べただろうな…

僕は考えている。
ニシャーラが本当に喜ぶのは、僕がリスクを恐れず、とにかくチャレンジし続けることだ。何度失敗しても懲りずに、新たな手を考えながら執念でチャレンジを断行する。どれだけ批判されても気にもせず、まるでスリランカのコブラのように、しつこいくらいに諦めず、固い意志でチャレンジを続けることだ。そうすれば必ず偶然の幸運が僕の前にフラフラと現れて、ファンキーなわらしべ長者のように面白いビジネスが次々に展開されることだろう。
僕は日本の田舎を拠点にしながら、これからも深く考えずに、世界のあちこちへ飛び出していき、謎を解いていくように、エキサイティングな冒険起業を続けていくのだ。

そうだろ？　ニシャーラ！

エピローグ

そんな風にして、僕の28歳から39歳までの約10年間は終わった。

その10年間のほとんどを、僕は激しい内戦の発展途上国スリランカで、「ペットボトルリサイクル」から「ぞうさんペーパー」まで様々なビジネスを起業することに費やした。それはまるで次々とピンチが続くような冒険の連続で、10年間はあっという間に過ぎていった。

26年間続いた内戦がついに終わりを告げ、スリランカは今、急速な経済発展のうねりの中にある。平和になったスリランカでは、多くの人たちが夢と希望を抱いて働き、起業家たちは経済成長の波に乗り遅れまいと、様々な投資に野心的だ。毎年たくさんの日本人もスリランカへ行くようになった。

もちろん、平和で経済成長目覚ましいスリランカを見て、僕はとても嬉しく思うが、何か寂しさも感じるときがある。

ペットボトル工場を立ち上げるために頑張っていた頃のミチランカのスタッフたちは、みんな素朴で素直でお人好しで、判で押したように貧しかったが、何か根底に明るさがあり、ほのぼのとしていた。日本からお土産に大量の**チョコパイ**を持って行くと、あっという間にたいらげてしまった彼らの人なつこい表情は今でも忘れられない。

アイスコーヒーの話を思い出した。

当時のスリランカの田舎は、まだ冷蔵庫が珍しかった。ミチランカのスタッフたちにホテルのロビーでアイスコーヒーをご馳走したときは、みんな冷たいドリンクを飲むと**内臓がおかしくなる**と本気で怯えていた。彼らはコーラもぬるいままで飲むのが正しい飲み方だと信じていた。

貧しかった時代はユーモラスで楽しいことが多かったが、急速に豊かになりつつある今のスリランカの中で、みんなも変わっていくことだろう。でも、あの頃の純粋な気持ちを忘れないでほしいと思うし、僕も決して忘れたくない。


ティトは現在、故郷のゴールで教員の仕事をしている。起業したばかりの頃、ティトは「公務員にだけは戻りたくないよ、俺は必ずビジネスで成功するんだ」と鼻息は荒かったが、結果的にまた公務員として公立学校で子どもたちを相手に奮闘している。ティトのことだ、きっといい先生になっていることだろう。

数年前にティトが連絡をくれたとき、僕はすでにぞうさんペーパーの工場で100人近くのスタッフを抱えていたため、「またミチランカをやろう」と誘われるのを警戒して、あまり話を聞かずに、数分ほどで電話を切ってしまった。今思うと、ティトといた頃のミチランカでの経験がなければ今の仕事もあり得ないし、失敗ばかりだったが僕にとっては貴重な経験だった。その青春のような時代を一緒に過ごしたティトを邪険にしてしまったことを、僕はあとで深く後悔した。

今でもティトとは友達だが、もう会わなくなって5年以上になる。息子のリョウマは、もうだいぶ大きくなったはずだ。

ウダヤは、亀田さんと一緒に作ったNPOが、発足して3年も経たないうちに、別のスリランカ人たちに乗っ取られ、エリック、スモールエリックと共に追放されてしまった。

その後は職を転々としていたらしいが、何年か後にキャンディのぞうさんペーパー工場を尋ねて来たことがあった。ミチランカの頃の昔話をウダヤとしていると楽しかったが、彼は思い出したように「できればまたミスターウエダの会社に戻りたいんですが、今さら難しいでしょうね」と言った。僕は少し考えた後、「そうだね、ミチランカはもう終わっちゃったからね」と答えた。「やっぱりそうですか」と悲しそうにウダヤは笑っていたが、労使の関係でなくなった今も僕らはいい友達のまま、時々キャンディのレストラン『デボン』でご飯を一緒に食べたりしている。

エリックとスモールエリックの兄弟は、スウェーデンのNGOのスリランカ支部で働いているとウダヤから聞いたが、ミチランカを離れた後は一度も会っていない。

マハナマは、ミチランカの事務員をしていたラジーナと結婚した。父親と共にレンガ職人として働きながら幸せに暮らしている。

運転手のマンジューラは、数年前から『**DJマンジューラ**』という芸名で、キャンディのホテルのパーティホールなどを拠点にクラブDJをしている。今も僕がスリランカ出張の際は、DJ

の仕事を休んで運転手をしてくれている。

ミチランカのアナリスト担当だった**カルーさん**とは、最近キャンディのガソリンスタンドでばったり会った。「今、何の仕事してるの?」と聞くと、「アナリストをしています」と、ボソッと言った。おそらく無職のままだろうが、それでも生活していけるスリランカはとてもいい国だ。

ポケットにはハムスターのアルバートはいなかった。

ウミガメ保護施設の**バドゥ**とその家族は、スマトラ島沖巨大地震とインド洋大津波がスリランカを襲ってから10年以上が経った今も、行方不明のままだ。

環境大臣は、内戦の終結間際に爆弾テロに遭って重傷を負い、現在も昏睡状態が続いている。

ツシッタは、今も僕と一緒にぞうさんペーパービジネスをやっている。

内戦が終わり景気が良くなると、ツシッタは他のビジネスにも色々と手を出したが、残念ながら新規ビジネスのチャレンジはことごとく失敗に終わった。

ニシャーラが退社した後、新しいコロンボ事務所をケラニアという街で再スタートしたとき、色々なトラブルに見舞われた。そのとき全面的に支えてくれたのがツシッタで、その後もあらゆる面で僕を助けてくれた。輸出免許が切れて商品を船積みできないときに肩代わりしてくれたり、ケラニアの地元政治家に、ショバ代や看板代をせしめられたときなどは一緒に戦ってくれた。

ツシッタはスリランカの兄弟分だ。今後もずっと一緒にビジネスをしていくだろう。

小西さんは、破産後は故郷の青森県に帰り、地元の廃棄物処理会社で環境コンサルタントをしているらしい。一度だけ電話で「新聞で植田くんが紹介されている記事を見たよ」と嬉しそうに連絡をくれたことがあった。あのときは、思い出したくもない財団の助成金のことが甦りそうで、つっけんどんな受け答えしかできなかったが、もしまた話せる機会があれば、「僕の先生は小西さんだと今でも思っている」と伝えたい。

二階堂さんには、この書籍を出版するにあたって、財団関連の経緯を書く許可をもらうため、最近になって連絡を取った。「俺の事なら書くな」と苦笑されたが、あの頃の迫力はすっかりなくなっていて、穏やかな話し方で、「電話をくれてありがとう」と言われた。離婚したとのことで、全ての財産を奥さんに取られた後、古い友人を頼って長野県で静かに半農半年金の生活をしているそうだ。

宮田さんは、僕が広島に移住して広島事務所を開設した後も、東京事務所の責任者として会社を支えてくれた。その1年後、僕が正式にミチコーポレーションの本社を東京から広島に移し、東京事務所を閉鎖するとき、広島で一緒にやろうと何度も頼んだが、祖母の介護があるから東京から離れるのは難しいという理由で、惜しまれながら退社した。

十文字さんは、ニシャーラが亡くなった後も、夫婦で起業した縫製工場を守りながらコロンボで暮らしている。すぐに日本に帰ってしまうと思っていたが、異邦のスリランカで、女手ひとつで娘を育てながら経営者を続ける十文字さんは、やはり只者ではなかった。

ニシャーラが今でも生きていたらと思うことがたまにある。出ないとわかっていながらも、ニシャーラの携帯電話にかけてみたこともあった。僕にとって、スリランカでの激動の約10年間を一番近くで最も支えてくれたのは、紛れもなくニシャーラだった。

広島県の北広島町芸北に事務所を移転したとき、僕は西東京市のオフィスの看板を、自分で外して芸北まで車で運んできた。その看板は、西東京市のオフィスを開設したときに、スリランカを襲った大津波によって破壊された建物の廃材をリサイクルして制作した思い入れのある看板だ。

その看板を芸北オフィスの玄関に設置する際に、看板の裏にミチも含めた3人で書き入れたサインを見つけた。何年かして、会社が成長してもっと大きなオフィスに引っ越すときに、また一緒にこの看板の裏にサインしようと誓い合ったが、今となってはもう3人でサインすることはできない。

それでも僕のビジネスは続いていくのだ。今後もミチや新しい仲間たちと力を合わせて、ニシャーラが喜んでくれるような会社にしていきたいと思っている。

スリランカへようこそ旅費は自分のお金ですよね？

ミチランカのスタッフたちと休暇。
上から、カレーを食べるエリック兄弟、ウタヤ、マハナマ、
ニシャーラ、ヒサシ、マンジューラ

ぞうさんペーパーのデザイン会議。うしろにはゾウがウロウロ

全国の動物園で売られているぞうさんペーパーグッズ

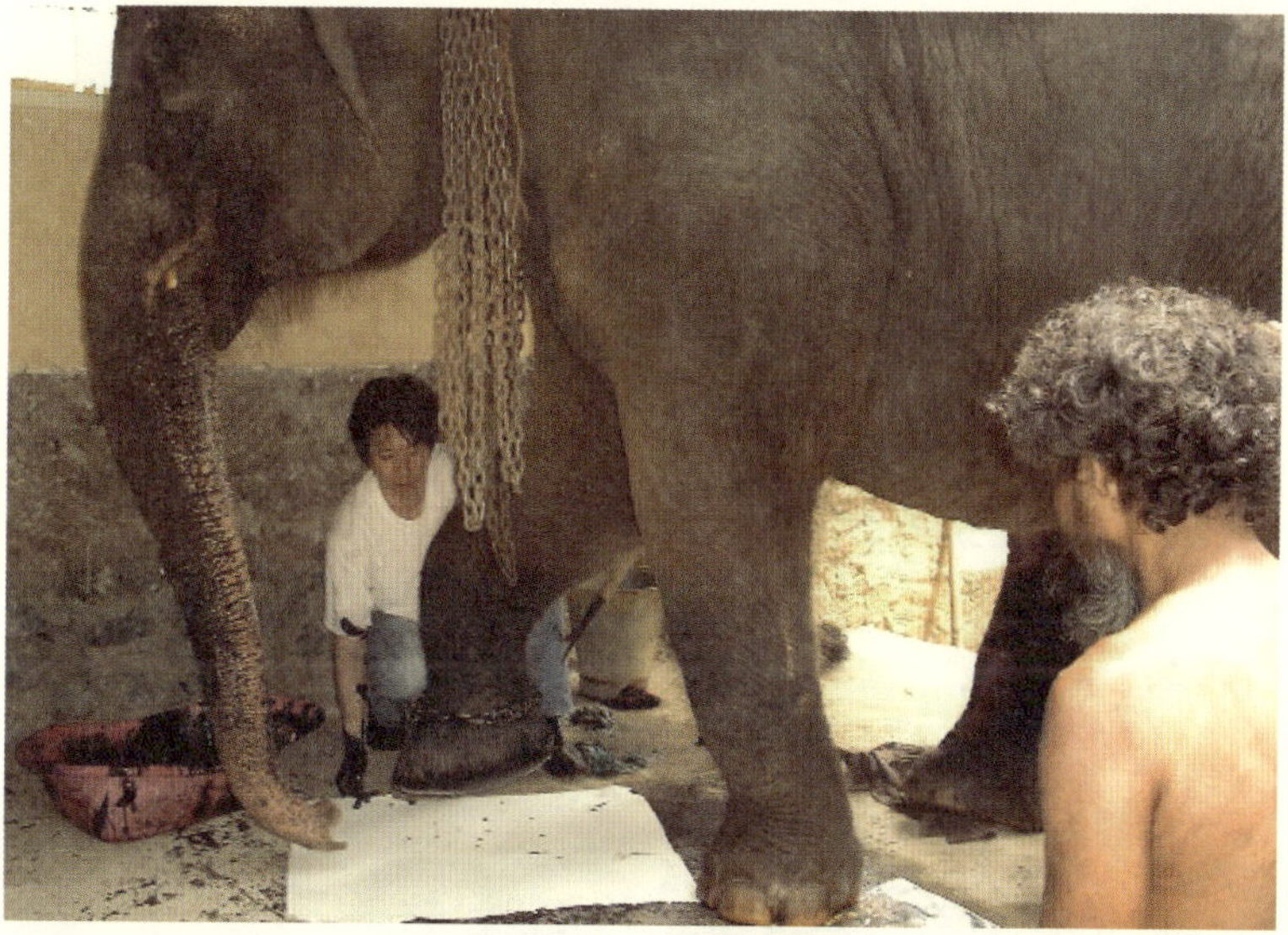

命がけでゾウの足跡を採取

足跡を表紙にあしらったワイルドスケッチブック

印刷機械のブローカー業時代

シドニーのホテルニッコーでバイト

築地の男たち

シドニーのウイリアムスカレッジ卒業式

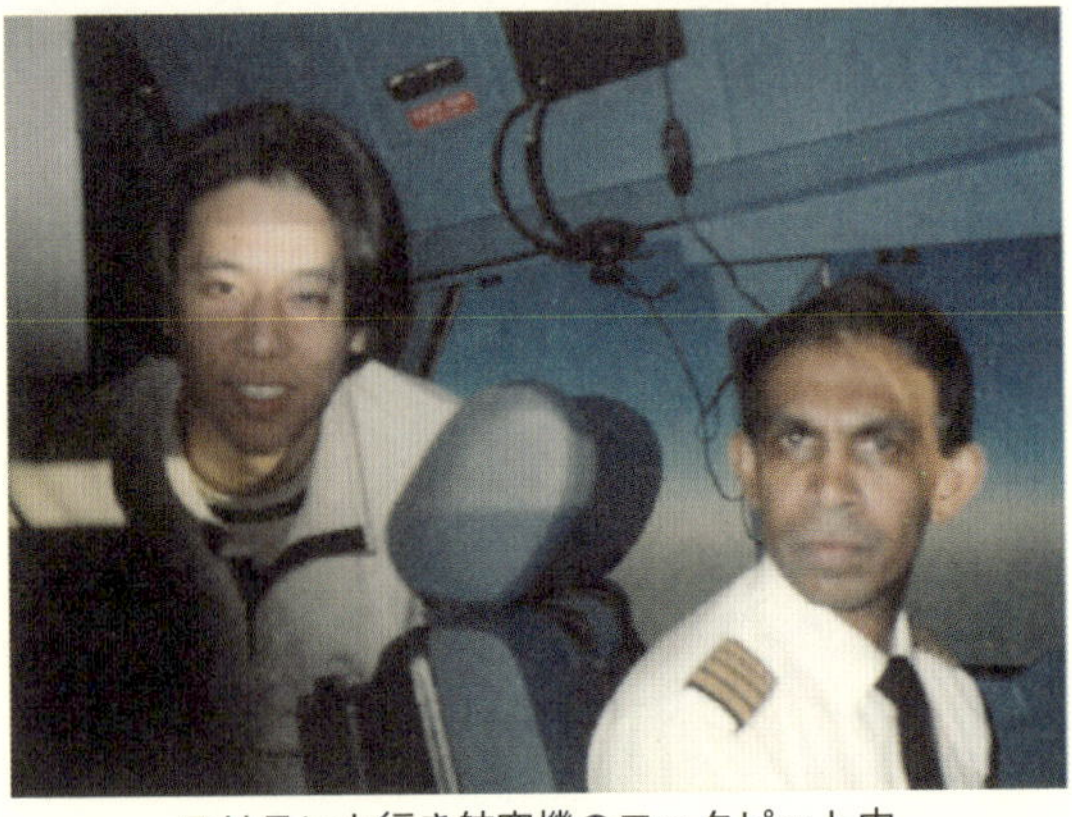

スリランカ行き航空機のコックピット内

深夜の築地魚市場でターレに乗るヒサシ

体からほんのりスパイスの匂いを放つティト

ジャックフルーツ　　テイスティなフルーツが並ぶ露店

カレー、カレー、カレー！　　デザートのミーキリ

全国女性会議でスピーチ

隣地に住む子ども

隣地住民の手

ダンプヤード。汚染ゴミを食す牛やヤギ

キャンディでの記者会見。写真奥左から通訳のリザナ、小西さん、ヒサシ、司会者

ミチランカ結成後にライオンビールで乾杯！ レストラン『デボン』にて

現地法人スタッフ
MICHI LANKA ENVIRONMENTAL SERVICES(PVT)LIMITED
NO 16/1/1,MULGAMPOLA ROAD,KANDY,SRI LANKA
TEL:94-8-200720 FAX:94-74-489020
PRESIDENT
HISASHI UEDA
MANAGING DIRECTOR
TITO AMARAWICKRAMA
UDAYA KALUARACHCHI
ERIC EBENAZER
NIROSHANA MAHANAMA
NISHARA WITHANACHCHI
YAMUNA KUMARA
GIHAN PERERA
DIHAN SAMARTHA PERERA
SONDYA
THARANGA
GEETHA
Memorandum
and
Articles of Association
of
MICHI LANKA ENVIRONMENTAL SERVICES (PRIVATE) LIMITED
SIGNATURES

財団に提出したミチランカのスタッフ名簿

ミチランカの登記簿

エコスクールの風景

ペットボトルを集める子どもたち

ペットボトルの再生生地に驚く子どもたち

スリランカ環境大臣との交渉

スリランカ文部大臣との面談

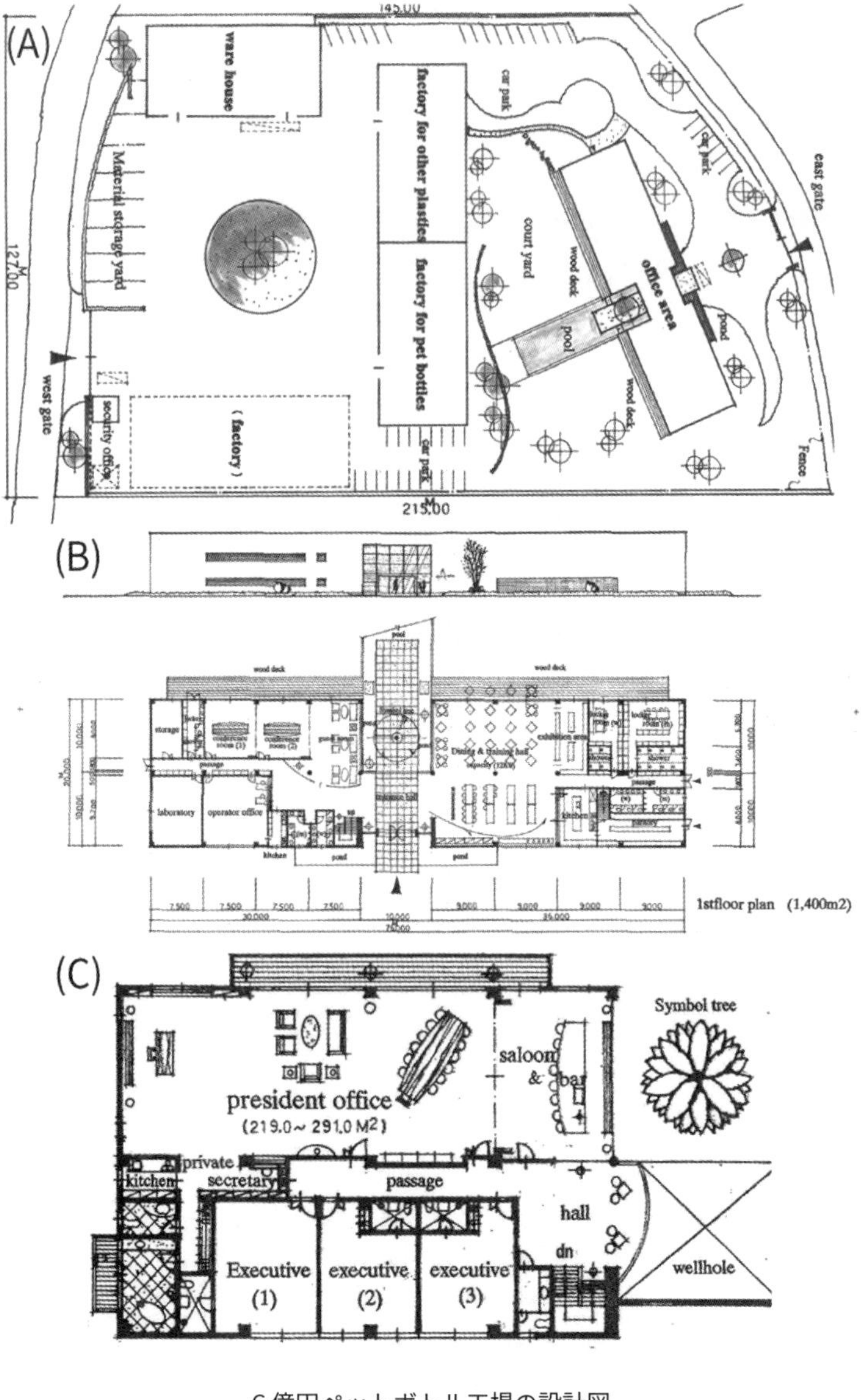

６億円ペットボトル工場の設計図
（A）全体図。８エーカーの敷地にプール付きオフィスと４つの工場建物が並ぶ
（B）オフィスの正面外観と１階の間取り図
（C）社長室。バーで飲みながら大きなシンボルツリーを眺めることが出来る

インド製のシンプルなペットボトルリサイクルペレットの製造ライン

野良ゾウの死体

野良ゾウ監視用ツリーハウス

宝石採掘ビジネスに着手

高級茶葉シルバーチップスの買い付け

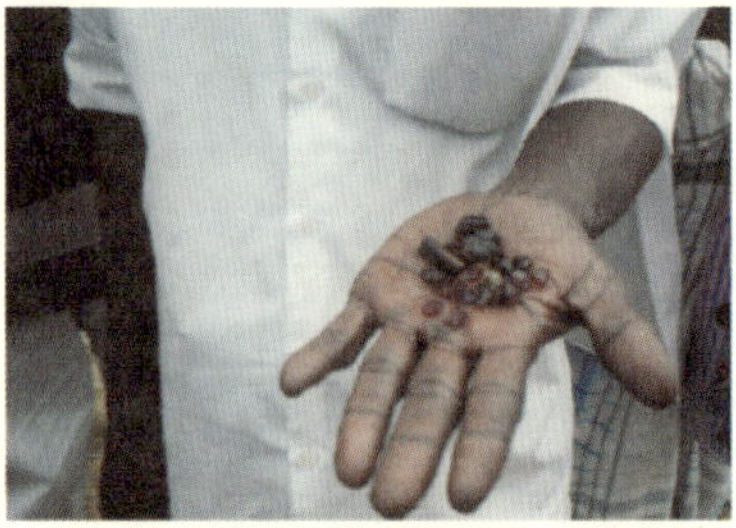

採掘したクズ宝石

フカヒレビジネス

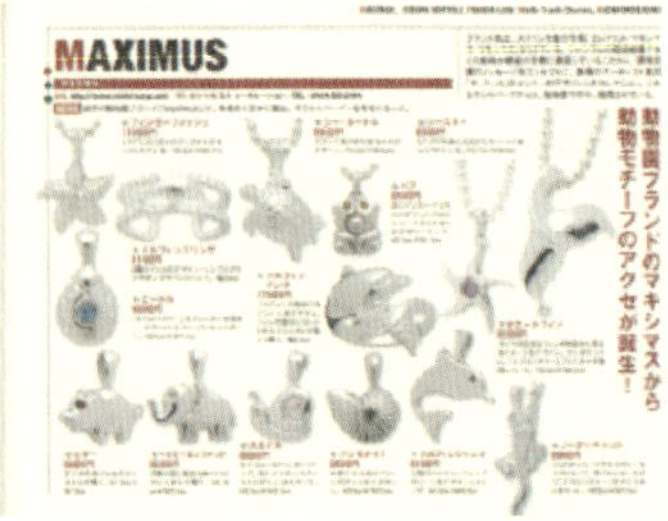

ブランド展開したジュエリービジネス

子供環境絵画コンクール授賞式（キャンディ市）

ぞうさんペーパーに絵を描く子どもたち

子供環境絵画展（東京）

スリランカの子どもたちが描いた絵

ゾウの孤児院

ぞうさんペーパー工場（ケゴール）

ぞうさんペーパーのつくりかた

ぞうさんが草を食べてウンチ

ウンチを集めて天日干し

乾いたウンチをほぐします

長時間茹でて殺菌。ウンチは繊維に

ウンチ繊維と古紙をブレンド

和紙のように１枚ずつ手漉き

陰干し。色ごとに分けて美しく

天日干し

のんびりと楽しそうに手作り

ぞうさんペーパーのできあがり

ワシントン条約の打開のために、大臣と決死の交渉に挑む

始めたばかりの頃のぞうさんペーパー工場で（キャンディ）

現在のぞうさんペーパー工場（ケゴール）

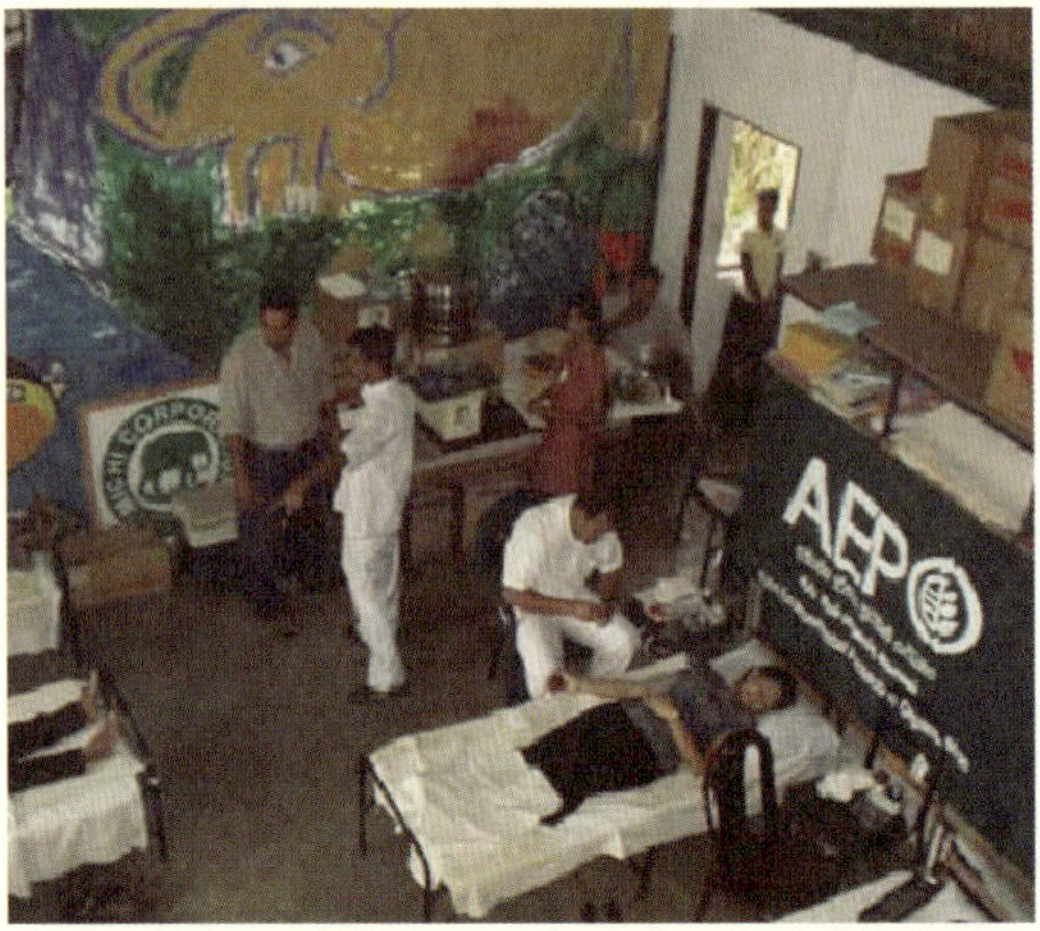

スマトラ島沖地震の被災者支援のため、ぞうさんペーパー工場を献血センターに

ブッシュ大統領に贈呈した
ぞうさんペーパー

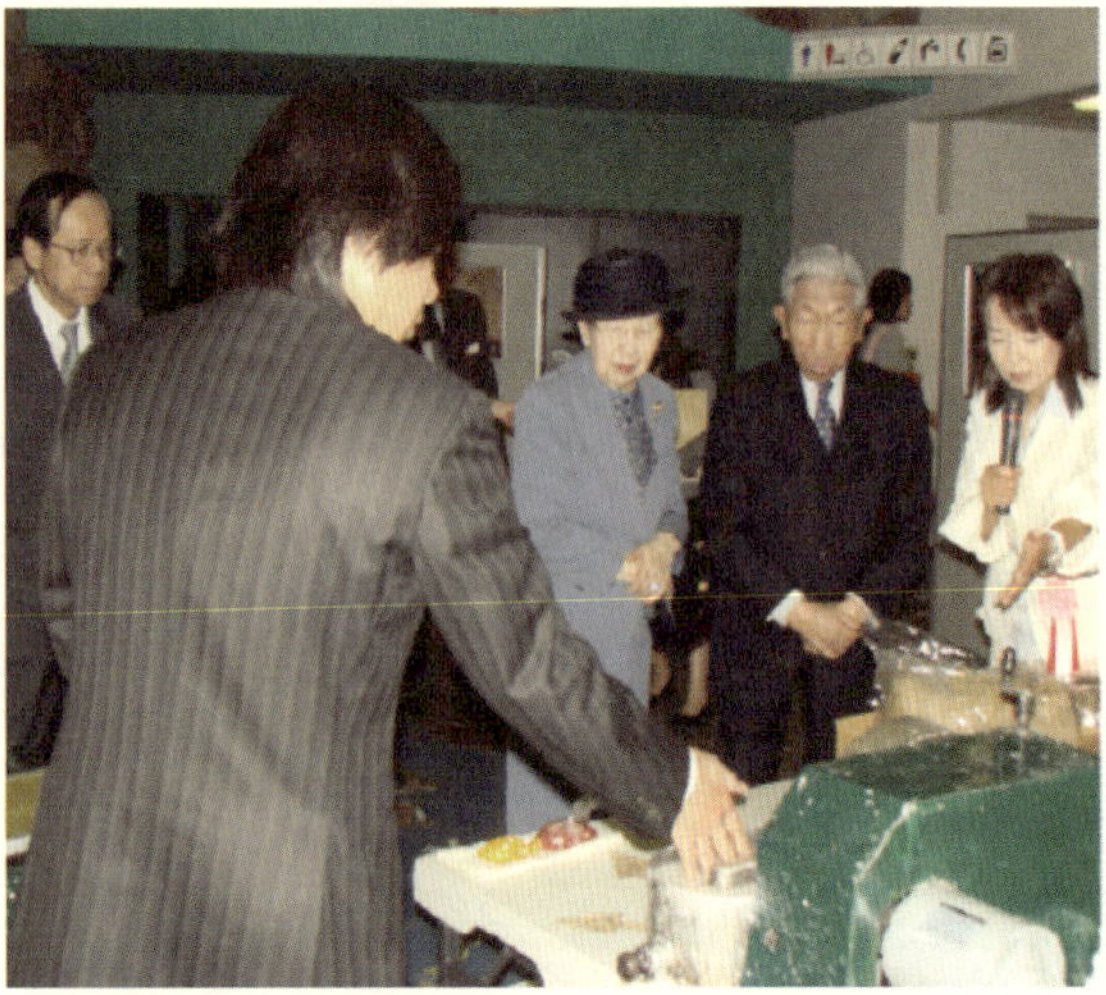

ぞうさんペーパー手漉きデモンストレーション
左から福田康夫元首相、三笠宮殿下ご夫妻、秋沢淳子アナ

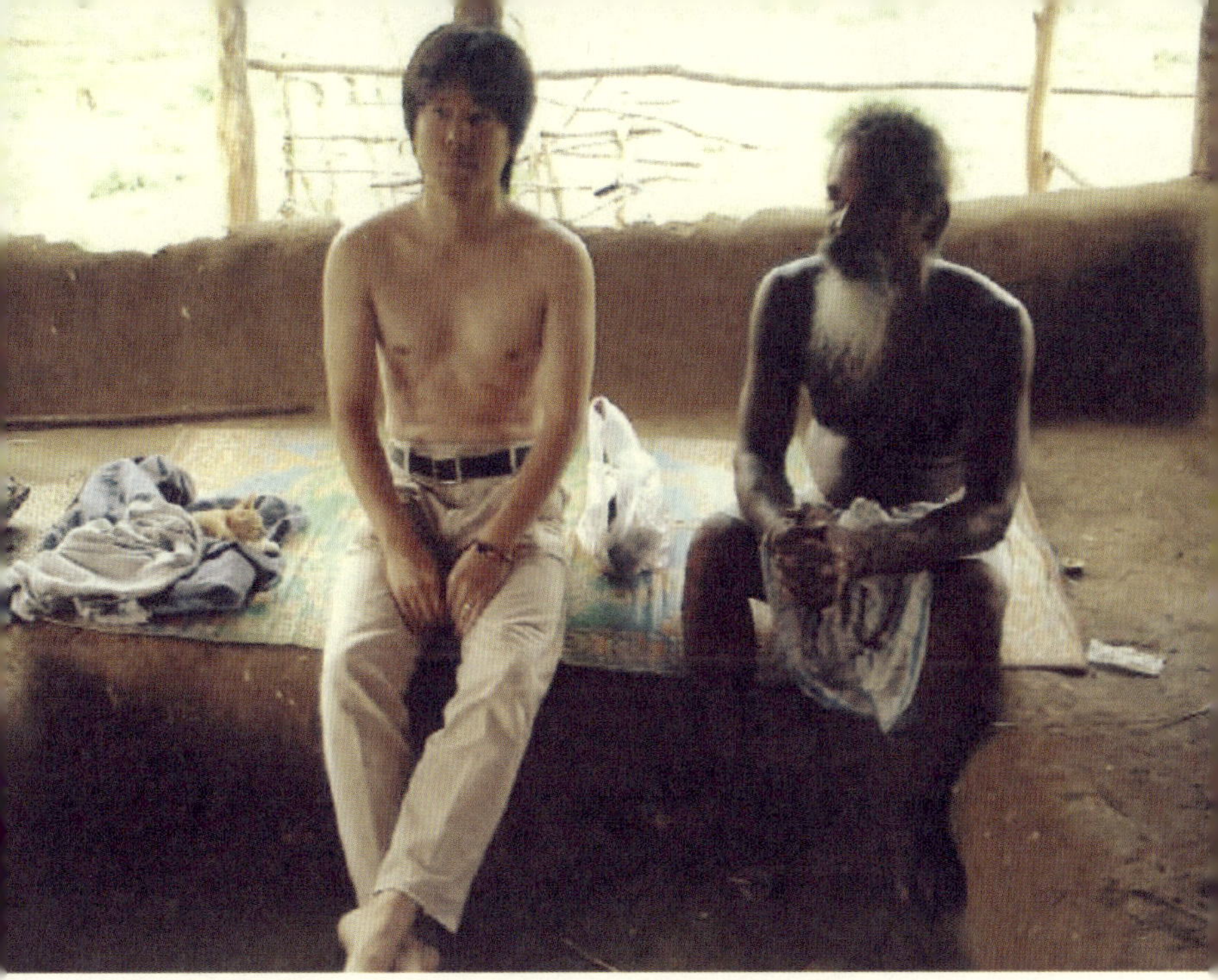

原住民の大酋長と幻のハチミツの商談

天然ゴムの採取

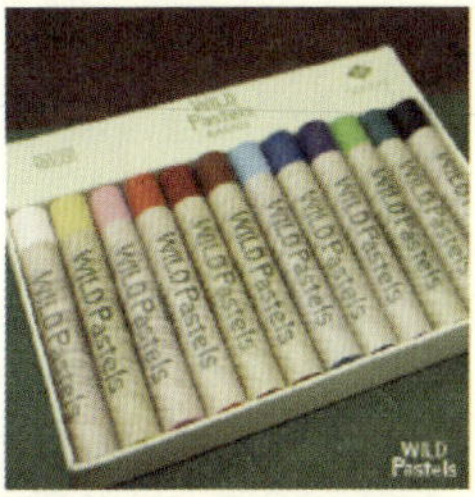

ワイルドパステル

ワイルドパステルで
描いた絵

屋上緑化自動車

アーティスト集団『ザ・フール』のメンバー
画家のスニル（左写真の右）とヘビ使いの男

ぞうさんペーパー工場でのオフィスワーク

日本でツシッタと営業活動

工場 10 周年のセレモニー

裸足で商談

豪雪地帯・芸北での危険な雪かき

東日本大震災を伝える韓国紙

韓国のフーンさん

ニシャーラ（中央）とヒヨリ（左）
ヒロヒロ（右）、ミチ（後ろ）

津波の廃材を再利用して製作した会社看板

ニシャーラの母と…

あとがき

２０１８年。

スリランカ政府軍がＬＴＴＥの支配地域を制圧し、26年続いた内戦が終結してから、さらに8年が過ぎた。

終戦後の経済発展のスピードは止まることなく、さらに中国から猛烈な勢いで投資も続き、コロンボの街には新しい高層ビルが次々に建設されている。

僕がミチランカを立ち上げたばかりの頃は、女性のほとんどが伝統的なサリーを着ていたが、今ではミニスカートの女性も街を楽しそうに歩いている。ボロボロの車にサンプルをたくさん積んで、僕の宿泊するホテルに売り込みに来ていたビジネスマンも、今は高級車を乗り回している。置き電話すら普及してなくて、町のコミュニケーションセンターにある電話に並んでいた人たちは、今では最新のスマートフォンを持ち歩いている。

貧しいながらも素朴に夢を追いかけていた時代と比べると、今のスリランカはまるで別の国になってしまったかのように感じるときもあるが、テロに怯える内戦の世の中より遥かにいい時代になった。

平和を満喫して豊かさを実感するスリランカ人たちと一緒に仕事した後、帰国して芸北の我が家に帰ってくると、ふと祖国・日本の将来が心配になることがある。

僕の住む芸北は、**この数年で5つあった小学校のうち4校が廃校になった。**あちこちに空き家や荒れた農地が目立つ。田舎に住んでいると、少子高齢化や過疎化が加速度的に進んでいるのが、都会にいたときよりも実感できるのだ。

なんとか地域活性化に繋がる田舎ビジネスを起業しようと、毎日いろいろと忙しくしている。

そんな僕に、スリランカの人たちは、心配そうな顔をして「もっとスリランカに来い、経済成長の波に乗り遅れるぞヒサシ」と言ってくる。こっそりと僕のフェイスブックをフォローしている工場スタッフもいるようだ。

紅茶会社の社長で友人のコリタは、わざわざ日本への渡航ビザを取得して芸北までやって来て、僕がここで何を夢中になってやっているのか様子を見に来てくれた。

僕の青春そのものだったスリランカでの10年を共に過ごした仲間達とは、もちろんこれからも一緒にビジネスを起業し続けていきたいと思っている。

ただ、内戦真っ只中のスリランカで、なんとか祖国のためにと、エコロジービジネスの立ち上げに、もがきながらも夢中で取り組んでいた頃のミチランカの仲間たちのように、僕も何か次の世代の子どもたちに残せるような、**新しくてファンキーな冒険ビジネス**を、日本の田舎から世界に向けて次々に起業したい。どんな困難に遭遇しても断行し、**過疎を吹き飛ばすようなビジネス**を必ず軌道に乗せるつもりだ。

ある日、すっかり広島弁になった娘のヒヨリがこんなことを言い始めた。

「ねえ、パパ」

「どうした、ヒヨタン」

「ヒヨリは中学を卒業したら、地元の高校には進学せんと留学したいんよ」

「え、そうなの？　女の子だから外国はちょっと危ないんじゃないか？」

「でもパパはこの前ヒヨリの学校で講演したとき、これからの子どもたちはどんどん外国に出て行けばいい、進路は進学や就職だけじゃない。起業だってできるし、外国に行って留学したっていいんだって言っとったじゃろ？」

「そりゃそう言ったけどさ、女の子が外国に行くと危ないことも多いからな…」

「でもヒヨリは、どうしても外国で勉強したいんよ」

「どうしてもか？」

「どうしても！」

「じゃあ、どこの国に行きたいんだ？」

「スリランカ」

「なにーっ！」

2018年7月末日　芸北ぞうさんカフェにて

～謝辞～

「田舎こそ世界に向けて情報発信をするべきだ」との思いから、ミチコーポレーションの新規事業として、「ぞうさん出版」という出版部門を立ち上げることになりました。

アジア出版構想と銘を打ち、日本の田舎から全国へ、そして韓国や中国などアジア各国に向けて、多くの方々に楽しんで頂ける本を世に出していきたいと考えております。

とはいえ、実績もない無名の出版社が最初に出版する書籍です。著者の皆様に何かしらご迷惑をかけるリスクを考え、まずは自分が書いたものを世に出して実験してみようと思い、この本を出版することにしました。

この物語を書いて、本として出版するために、多くの方々に大変お世話になりました。

日販広島支店の岡田支店長はじめスタッフの皆さまのご尽力、そして編集者の堀治喜さんのご協力には、心から感謝いたします。

貴重な助言をくださった、妙徳寺の河野通芳先生と坊守さん、岡本進さん・照子さん夫妻、田原孝一さん・智恵美さん夫妻、藤井喜代子さん、山根進さん・美貴子さん夫妻、英治出版の原田英治社長、深井隆爾さん、古原嗣健さん、池本芽以さん、大西美穂さん、若鍋聡さん、新装社の関口竜哉社長、丸目美秋さん、山元信彦さん、藤森聡さん、南智代寛さん、松島諒さん、岡田紗奈さん、本当に有難うございました。

２０１８年８月吉日　植田紘栄志

zousan
BOOKS

植田紘栄志　（うえだ ひさし）
1971年岐阜生まれ。豪州ウイリアムス・ビジネス・カレッジ卒業後、東京にてミチコーポレーション設立。スリランカにてペットボトルリサイクル事業や象の排泄物の再生紙「ぞうさんペーパー」など多くのビジネスを事業化する。現在は広島県北広島町にて「芸北ぞうさんカフェ」を拠点に、国際ビジネスの他にも様々な田舎活性化ビジネスを展開中。

冒険起業家 ゾウのウンチが世界を変える。

2018年10月23日　第1刷発行

著　者：　植田 紘栄志
発行者：　植田 紘栄志
発行所：　株式会社ミチコーポレーション
　　　　　ぞうさん出版事業部
　　　　　〒731-2431 広島県山県郡北広島町荒神原201
　　　　　電話 0826-35-1324　FAX 0826-35-1325
　　　　　http://zousanbooks.com
印　刷：　プリ・テック株式会社
装　幀：　井筒 智彦

世界で最も田舎にある出版社
「ぞうさん出版」

DJマンジューラ

©Hisashi Ueda 2018 Printed in Japan　ISBN978-4-9903150-1-6 C0093